Janine Meester
A SONG WITH TEARS
Buch 2 der Band-Reihe »Wild Weekend«

Buch

»Nicht beziehungsfähig« – so lautet Adams Fazit nach einigen Partnerschaften, die nicht gut endeten. Deswegen hat seine beste Freundin Linnea keine Ahnung davon, dass er seit Jahren in sie verliebt ist. Er will nicht riskieren, dass auch sie auf Abstand geht. Doch die schüchterne Linnea hat eigene Sorgen. Im Job ist es stressig, weil mehrere Kollegen ausfallen und sie Aufgaben übernehmen muss, die ihr nicht liegen. Ausgerechnet jetzt hat ihre beste Freundin Yuiko sich in den Kopf gesetzt, sie zu verkuppeln. Das erweist sich als schwierige Mission, bis Linnea schließlich doch auf einen Mann trifft, der überraschend für Schmetterlinge im Bauch sorgt. Das bleibt auch Adam nicht verborgen. Hat er seine Chance verpasst, endlich mit offenen Karten zu spielen?

Autorin

Seit sie acht Jahre alt ist, schreibt Janine Meester Geschichten und liebt unterhaltsame Literatur. Neben ihrer Arbeit in der Weiterbildungsbranche bildet sie sich zur Therapeutin weiter. Privat hat sie sich dem Schreiben von Romanen gewidmet, lebt mit ihrem Mann im Bergischen Land und reist gerne – am liebsten ans Meer.

Bisher von Janine Meester erschienen

»Bergische Nacht«, Kriminalroman, Emons Verlag (2022)
»Ein Wispern in der Nacht – Lucys 1. Fall«, Cosy Crime, BoD (2023)
»Ein Hauch von Täuschung – Lucys 2. Fall«, Cosy Crime, BoD (2023)
»Im Dunkeln ein Licht – Lucys 3. Fall«, Cosy Crime, BoD (2024)
»Todesfluch« als Kaya Meester, Fantasyroman, 2. Auflage, BoD (2023)
»A Song for Love«, Liebesroman, BoD (2024)

Janine Meester

A SONG WITH TEARS

Liebesroman

© 2025 Janine Meester
Coverdesign und Umschlaggestaltung: Florin Sayer-Gabor,
www.100covers4you.com – unter Verwendung von Grafiken von Adobe Stock: Vectorry
Verlag: BoD · Books on Demand GmbH, Überseering 33,
22297 Hamburg, bod@bod.de
Druck: Libri Plureos GmbH, Friedensallee 273, 22763 Hamburg
ISBN: 978-3-7693-2738-0

https://www.meester.digital
autorin@meester.digital

Aufgrund der technologischen Entwicklung weise ich darauf hin, dass sämtliche Texte in diesem Buch (inkl. Songtext) von mir, Janine Meester, ohne Unterstützung von KI verfasst worden sind.

Dieses Buch ist ein fiktiver Roman. Sämtliche Handlungen und Personen sind frei erfunden.

Von vielen unterschätzt,
immer sehr bescheiden,
oft von Zweifeln geplagt.
Aber zugleich jemand,
der klug ist, niemals aufgibt,
mit dem Herz am rechten Fleck und
mit einer besonderen inneren Stärke.
Inzwischen weißt Du, warum ich Dir den
Zauberstab von Neville Longbottom geschenkt habe.
Für mich der wahre Held der Harry-Potter-Reihe.

Dieses Buch ist für Dich, Lena.

Infos zur Band »Wild Weekend«

Dieser Liebesroman ist Teil 2 einer Trilogie. Die Bücher können jedoch unabhängig voneinander gelesen werden, denn die Geschichten sind in sich abgeschlossen. Falls du nicht chronologisch liest, gibt es hier ein paar Informationen zu den Charakteren, die bereits im ersten Buch aufgetaucht sind und auch in dieser Geschichte eine Rolle spielen.

Die Band »Wild Weekend« besteht aus den fünf Musikern:

- **Hannes** (Keyboard),
- **Adam** (Schlagzeug),
- **Elli** (Gitarre),
- **Alejandro** (Bass und Background-Gesang) sowie
- **Clara** (Gesang).

Hannes ist nicht nur der Keyboarder, sondern er hat die Band vor einigen Jahren gegründet und ist federführend verantwortlich, wenn es darum geht, neue Songs zu schreiben und Auftritte zu organisieren.

- **Yuiko** ist der Name von Claras Lebensgefährtin.
- **Moritz** ist der jüngere Bruder von Hannes, der lieber Sport statt Musik macht und sich mit Adam angefreundet hat.
- **Linnea,** die mit Adam und Yuiko eng befreundet ist, taucht erstmals in diesem 2. Band der Reihe auf.

1. Linnea – Mittwoch, 9.4.

»Das ist das schlimmste Geburtstagsgeschenk meines Lebens«, flüstere ich, während ich angespannt vor der Staffelei stehe. Ich versuche, meine Muskeln zu lockern und kreise einige Male mit den Schultern, dann werfe ich einen prüfenden Blick auf mein Bild. Die Konturen des Mannes habe ich bereits gemalt und mit dem Hintergrund bin ich auch fast fertig, doch mit dem Rest tue ich mich schwer. Im Augenwinkel bemerke ich, wie meine beste Freundin Yuiko von ihrer Leinwand ein paar Schritte zurücktritt. Ich drehe mich zu ihr und beobachte, wie sie stirnrunzelnd ihr bisheriges Werk betrachtet. Sie wirkt unzufrieden.

»Was meinst du?«, fragt sie und deutet auf ihre Leinwand. »Die Proportionen stimmen nicht, oder?«

Ich mustere ihr Bild und suche einen Moment nach den passenden Worten, um es zu beschreiben. »Es ist abstrakt.«

Sie verzieht den Mund. »Du findest es schrecklich.«

»Nein. Ich finde, es hat was. Du hast die Farben toll kombiniert und es wirkt lebendig. Es stört gar nicht, dass die Proportionen nicht perfekt sind.«

»Seine Arme sind zu lang geworden, aber die kann ich jetzt nicht mehr korrigieren. Und es ist zu spät, um noch mal neu anzufangen.« Yuiko seufzt laut, dann nähert sie sich meiner Staffelei. »Du hast das Wichtigste ja noch gar nicht gemalt«, stellt sie überrascht fest. »Das ist bloß ein Umriss seines Körpers.«

»Alles andere kommt später. Ich habe doch noch eine Stunde Zeit.« Eine schrecklich lange Stunde, in der ich einen fremden, nackten Mann malen muss.

»Ich hatte gehofft, du freust dich ein bisschen über das Geschenk.« Yuiko wirkt enttäuscht und versucht, sich eine türkisfarbene Haarsträhne aus dem Gesicht zu pusten. Weil das nicht gelingt, streicht sie diese schließlich mit dem Ende ihres Pinsels hinter das Ohr. »Du hast doch an Silvester gesagt, dass du in diesem Jahr alles etwas anders angehen möchtest. Mutiger und lockerer und ohne dir so viele Gedanken zu machen.«

»Damit war kein Aktmalkurs gemeint«, murmele ich. Vielmehr hatte ich daran gedacht, endlich mal mit meinem Chef Viktor über meine Ideen für die Frauenzeitschrift »Vicky« zu sprechen, für die ich seit fast zwei Jahren arbeite. Außerdem will ich mich nicht mehr so viel zu Hause mit meinen Büchern verkriechen, sondern mehr unternehmen. Ich bin schon eine Weile Single und manchmal vermisse ich es, eine Beziehung zu haben.

Online-Dating ist nichts für mich (ich hab's erfolglos getestet), und wenn ich fast jeden Abend auf meinem Sofa sitze und lese, werde ich den Mann fürs Leben kaum kennenlernen. Aber ganz sicher auch nicht bei diesem Aktmalkurs. Wir sind bloß zehn Leute und davon ist nur einer männlich und mindestens zwanzig Jahre älter als ich.

»Aber schau mal, du öffnest deinen Horizont für neue Erfahrungen«, meint Yuiko. »Außerdem hast du ein Problem mit Nacktheit und ich dachte, der Kurs kann dich da ein bisschen therapieren. Konfrontationstherapie, du weißt schon.« Sie grinst breit.

»Ich habe gar kein Problem damit«, lüge ich.

»Dann komm doch mal mit in die Sauna.«

»Ist mir zu heiß.«

Yuiko lacht. »Na klar! Du musst dir aber wenigstens Chiron auch mal zwischendurch ansehen, damit du ihn malen kannst, wie Gott ihn schuf.«

»Hm.« Ich schiele an meiner Leinwand vorbei zu unserem Aktmodell. Leider steht er so, dass er genau in meine Richtung guckt und zwinkert mir zu, als er merkt, dass ich ihn betrachte. Mit hochrotem Kopf verstecke ich mich wieder hinter meinem Bild.

»Ich mache lieber erst mal den Hintergrund fertig.«

Yuiko beäugt mich amüsiert. »Problem mit Nacktheit, sag ich ja.« Sie stellt sich zurück an ihre Staffelei und ich arbeite schweigend weiter. Zum Glück ist es ein einmaliger Kursabend. Um 22 Uhr ist der Spuk vorbei.

»Auch wenn ich auf Frauen stehe, würde ich sagen, der Blick auf ihn lohnt sich«, redet Yuiko plötzlich weiter und gesellt sich wieder zu mir. »Chiron hat mir mal erzählt, dass sein Name aus der griechischen Mythologie stammt. Laut dieser war Chiron ein Zentaur, also eine Mischung aus Mann und Pferd.« Sie wirft unserem Aktmodell einen langen Blick zu. »Wenn ich ihn mir genauer ansehe, dann finde ich das an gewissen Körperstellen sehr …«

»Wann hat er dir das mit seinem Namen denn erzählt?«, unterbreche ich sie schnell. Ich kann mich nicht daran erinnern, dass sie sich mit unserem Aktmodell unterhalten hat, seit wir hier sind. Der Kurs findet in den Räumlichkeiten der Mettmanner Volkshochschule statt und wir waren spät dran, weil Yuiko mich abgeholt hat. Sie ist eigentlich eine zuverlässige Freundin, aber pünktlich ist sie eher nicht. Daher sind wir mitten in die Vorstellungsrunde geplatzt, aber das hat uns die Kursleiterin nicht übel genommen. Vielmehr schien sie erfreut darüber, dass noch zwei weitere Künstlerinnen ihr Wissen im Bereich der Aktmalerei erweitern wollen.

»Ach, das ist schon lange her. Chiron und ich waren mal Kollegen.«

»Ihr kennt euch?«

»Jep. Von meinem Nebenjob bei der Versicherung, als ich noch studiert habe. Er hat seine Ausbildung dort gemacht. Ist ein echt cooler Typ. Und ich weiß, dass er derzeit Single ist.« Sie zwinkert mir verschwörerisch zu.

Ob das der wahre Grund dafür ist, dass sie mir die Teilnahme an diesem Aktmalkurs geschenkt hat?

Ich muss zugeben, dass Chiron sehr attraktiv ist mit seinen schwarzen, kurzen Haaren, markanten Gesichtszügen und hellen Augen. Ich frage mich, ob das seine echte Augenfarbe ist oder er mit Kontaktlinsen trickst. Außerdem ist er gut gebaut. Er hat Muskeln, aber nicht so viele, dass es unnatürlich aussieht.

»Er gefällt dir doch, oder?«, flüstert Yuiko mir ins Ohr.

»Quatsch!«, behaupte ich und spüre, dass meine Wangen warm werden.

Yuiko grinst breit. »Ich wusste, dass er dir gefällt. Wenn du willst, kann ich ein Date arrangieren. Ich habe seine Telefonnummer.«

»Das ist wirklich nicht nötig.«

»Ach, komm! Du kannst ihn gleich auch einfach ansprechen. Der Kurs geht nur heute, also nutze die Chance.«

»Ich glaube, er ist zu schön für mich.«

»Unsinn! Du bist auch schön.«

»Und zu nackt ist er auch«, wispere ich.

Sie seufzt laut. »Man soll es kaum glauben, aber wenn der Kurs hier gleich vorbei ist, wird er sich was anziehen.«

Ich werfe ihr einen genervten Blick zu. Das war mir schon klar! Aber ich bin nicht der Typ, der einen Mann einfach so anspricht. Ich schwärme lieber aus der Ferne.

»Denk an Silvester«, ermahnt Yuiko mich erneut. »Du

wolltest doch mutiger sein und nicht mehr so schüchtern im Umgang mit Männern. Ich hab eine Idee! Wenn der Kurs vorbei ist, frage ich ihn, ob er was mit uns trinken will, okay? Ich sage ihm auch nicht, dass du ein bisschen für ihn schwärmst.«

»Ich schwärme nicht für ihn! Ich kenne ihn doch gar nicht.«

»Und genau das werden wir ändern.«

Knapp zwei Stunden später blicke ich in der Gaststätte »Zum Türmchen« auf der Damentoilette in den Spiegel. Meine langen, hellbraunen Haare kräuseln sich stark – wie so oft, wenn die Luft draußen feucht ist. Leider habe ich keine Bürste dabei, also glätte ich sie ein wenig mit den Fingern.

Bisher ist der Abend mit Yuiko und Chiron sehr unterhaltsam, denn sie haben mich in ihre Gespräche einbezogen, statt bloß über alte Zeiten zu sprechen. Chiron sieht nicht nur gut aus, er ist auch sympathisch und hat eine angenehme, tiefe Stimme, der ich stundenlang zuhören könnte. Eben hat er von seinem Plan erzählt, ab Ende August für zwei Monate nach Griechenland zu reisen. Sehr zum Entsetzen seiner Eltern will er dort nur einen kurzen Abstecher bei seiner Verwandtschaft machen und dann endlich mal einige andere Ecken des Landes kennenlernen. Außerdem habe ich erfahren, dass er selbst Künstler ist und es sich dadurch ergeben hat, dass er gelegentlich als Aktmodell posiert. Angefangen hat es damit, dass händeringend Ersatz für einen krankheitsbedingten Ausfall gesucht wurde, sodass er schließlich eingesprungen ist. Obwohl ich seine Erlebnisse viel spannender finde als meine, redet er nicht die ganze Zeit über sich, sondern hört auch interessiert zu, wenn Yuiko oder ich etwas erzählen. Ich kann mir vorstellen, mich noch mal mit ihm zu treffen, um ihn besser kennenzulernen. Ob es ihm mit mir genauso geht?

Als ich wieder zurück zu unserer gemütlichen Sitzecke komme, merke ich, dass sich die Stimmung am Tisch verändert hat. Das ist so ein Moment, in dem ich mir wünsche, ich wäre nicht derart sensibel für die Empfindungen anderer Menschen. Ob die beiden über mich gesprochen haben und deswegen schweigen, als ich wieder zu ihnen stoße? Trotz meiner Unsicherheit bemühe ich mich, ein Lächeln aufzusetzen.

»Willst du noch was bestellen?«, fragt Yuiko und trinkt ihre Cola leer.

»Schließen die hier nicht bald?«, frage ich und sehe mich um. Es ist recht leer geworden und nur noch zwei andere Tische sind belegt.

»Oh! Du hast recht.« Yuiko wirkt überrascht, als sie auf ihre Uhr blickt.

»Dann also keine weitere Runde mehr«, stellt Chiron fest. »War schön mit euch zu quatschen und dich kennenzulernen«. Er sieht mich an und sein Lächeln wirkt echt. »Aber dann sollten wir mal zahlen.«

»Das geht auf mich heute«, meint Yuiko, springt auf und geht zu der dunkelbraunen Theke, an der sich die Kasse befindet. Die Einrichtung ist urig und passt zu dem alten Gebäude auf dem Mettmanner Marktplatz. Den Namen trägt die Gaststätte, weil das Bauwerk tatsächlich über einen kleinen Turm verfügt.

Chiron schiebt mir derweil sein Smartphone über den Tisch zu und ich sehe irritiert auf seinen Instagram-Account.

»Du hast eben gesagt, dass du noch nie in Griechenland warst und dort gerne mal Urlaub machen möchtest. Falls es dich interessiert, kannst du mir folgen. Sobald ich unterwegs bin, informiere ich auf dem Account über meine Tour. Vielleicht findest du so heraus, welche Ecke dir am ehesten für eine Reise zusagt.«

»Das hört sich prima an.« Ich freue mich, dass er sich mit mir vernetzen will und fische mein Smartphone aus meiner neuen Lieblingshandtasche aus Jeansstoff.

Auf meinem eigenen Instagram-Account passiert zwar nicht so viel, aber folgen kann ich Chiron dennoch. Ab und zu poste ich Urlaubsbilder, auf denen ich allerdings nicht zu sehen bin. Denn mein Account ist öffentlich, damit ich in den Storys Werbung für die Band Wild Weekend machen kann, bei der mein bester Freund Adam der Schlagzeuger ist.

»Das müssen wir mal wiederholen«, schlägt Yuiko vor, als sie zu uns an den Tisch zurückkommt.

»Gerne«, erwidert Chiron und begleitet uns noch zur Tiefgarage bis zu unserem Parkplatz, obwohl er woanders geparkt hat und für uns einen Umweg in Kauf nimmt. Ein Gentleman ist er also auch. Dass ich den ganzen Abend keine hektischen roten Flecken bekommen habe, so wie es mir sonst oft passiert, wenn ich nervös bin, werte ich ebenfalls als ein gutes Zeichen. »Flush« nennt man diese Neigung, wenn die Haut rötliche Stellen bildet, weil man gestresst oder aufgeregt ist, und es gibt leider nichts, was ich dagegen tun kann.

»Er ist wirklich nett«, gebe ich zu, als wir allein sind und Yuiko das Auto aus der Tiefgarage fährt.

»Hab ich doch gesagt, dass er ein toller Typ ist.«

»Habt ihr eigentlich über mich geredet, während ich eben auf der Toilette war?«, platze ich mit dem Thema heraus, das mich beschäftigt.

Yuiko gibt einen unzufriedenen Laut von sich. »Man kann vor dir echt nichts verheimlichen!«

»Also habt ihr«, stelle ich fest und mein Herz klopft ein bisschen schneller. »Was hat er gesagt?«

»Er hat gesagt, dass er dich sehr sympathisch und attraktiv findet. Er meinte sogar, er würde dich unglaublich gerne mal malen.«

»Echt?«

»Ja. Und ich rate dir dringend, das Angebot anzunehmen, falls er es dir gegenüber anspricht. Er ist ein toller Künstler und ihr habt doch Nummern getauscht eben, oder?«

»Haben wir, damit ich ihm auf Instagram folgen kann, wenn er seine Griechenlandreise startet.« Ich fühle mich geschmeichelt, dass Chiron mich malen möchte, doch es hängt ein unausgesprochenes »Aber« in der Luft.

»Aber?«, frage ich daher, weil Yuiko schweigt.

Sie seufzt. »Er wollte wissen, ob du immer so schüchtern und ruhig bist oder ob das an der speziellen Situation mit dem Aktmalkurs lag.«

»Oh! Was hast du gesagt?«

»Dass du immer so schüchtern und ruhig bist.« Sie sieht mich kurz an und hebt entschuldigend die Schultern. »Tut mir leid, aber was hätte ich sonst sagen sollen?«

»Schon okay. Es ist ja nun mal so. Wenn er auf aufregende, extravertierte Frauen steht, bin ich nicht die Richtige.«

Yuiko gibt mir einen Klaps auf den Oberschenkel.

»Au! Wofür war das denn?«

»Mach dich nicht runter! Du bist ein toller Mensch und die beste Freundin, die man sich wünschen kann. Aber Chiron ist ein Abenteurer. Ich fürchte, er sucht eine Frau, die ihm ähnlich ist. Zumindest klang es eben sehr danach. Ich dachte, ihr könntet gut harmonieren, weil sich Gegensätze angeblich anziehen. Wir sind schließlich auch beste Freundinnen.«

»Hm«, mache ich und versuche meine Enttäuschung zu verbergen, doch Yuiko scheint meine gedrückte Stimmung zu bemerken.

»Das wird schon noch dein Jahr«, versucht sie mich aufzumuntern. »Und ich habe außerdem noch was gut bei dir, weil du die Wette verloren hast.«

Ich unterdrücke ein Stöhnen. Die Wette hatte ich bis eben erfolgreich verdrängt. Es war mein Geburtstagsabend vor zwei Wochen, als Yuiko, Clara und eine weitere Freundin mit mir einen Mädelsabend in der Stadt verbracht haben. Leider ließ mich der Alkohol ein bisschen zu mutig werden, sodass ich mich auf eine Wette mit Yuiko eingelassen habe. Die habe ich prompt verloren.

»Verrätst du mir endlich, wie ich meine Wettschuld einlösen muss?«

»Bald.« Yuiko parkt vor dem Mehrfamilienhaus, in dem ich wohne. »Genauer gesagt am Samstag. Halt dich einfach ab siebzehn Uhr bereit, dann komme ich zu dir.«

»Ich dachte, da kommst du bloß vorbei, weil ich ausmisten will und du die Sachen zum Anprobieren für deine Schwester mitnehmen möchtest.«

»Hatte ich noch nicht angekündigt, dass wir zwei Hübschen danach noch was vorhaben?«

»Nein. Mein Plan war, dass wir uns danach eine Pizza bestellen und einen Film gucken, weil Clara mit der Band unterwegs ist.« Yuiko und sie sind seit mehr als drei Jahren ein Paar und Clara ist die Sängerin der Wild Weekends. So wurde ich letztes Jahr darauf aufmerksam, dass die Band einen neuen Schlagzeuger sucht und habe Adam den Tipp gegeben, sich bei ihnen zu melden.

»Sie haben Probe und danach ist noch Kino angesagt, aber ich habe für uns beide was viel Besseres geplant.« Yuiko sieht mich an und schnalzt mit der Zunge. »Mach nicht so ein entsetztes Gesicht. Das wird toll!«

»Wenn du meinst«, sage ich, habe aber ein ungutes Gefühl im Bauch, als ich sie zum Abschied umarme. »Danke fürs Mitnehmen und für den schönen Abend.«

Sie lacht kurz auf. »Du bist einer der höflichsten Menschen, die ich kenne. Du darfst ruhig zugeben, dass du den Kurs ganz schrecklich gefunden hast.«

»Es war eine spezielle Erfahrung. Aber im Türmchen war es wirklich nett.« Abgesehen davon, dass ich quasi einen Korb bekommen habe, obwohl ich nicht mal nach einem Date gefragt habe. Autsch!

»Immerhin etwas. Gute Nacht!«

»Bis dann. Grüß Clara von mir«, sage ich, dann schlage ich die Tür zu und hole mein Bild aus dem Kofferraum. Ich habe es letztendlich auch auf eine sehr abstrakte Art fertiggestellt, um nicht zu viele Details malen zu müssen. Die Kursleiterin, die zum Abschluss des Abends alle Werke begutachtet hat, beschrieb meines als »fröhlich und ein wenig brav«. Yuikos Ergebnis hat sie als »frech mit interessanten Komplementärkontrasten und einer Prise Erotik« beurteilt.

Vermutlich wird mein Werk auf dem Sperrmüll landen, auch wenn ich mir mit der Farbzusammenstellung viel Mühe gegeben habe. Aber wenn ich es irgendwo aufhänge, müsste ich jedes Mal an Chiron denken, der mich zu schüchtern findet. Oder ob er eigentlich langweilig meinte? Ein wenig wütend auf mich selbst stapfe ich die Treppen in die zweite Etage hoch. An meinem Neujahrsvorhaben bin ich bisher gescheitert. Introvertiert und schüchtern zugleich zu sein, ist manchmal eine schwierige Kombination. Meine Oma sagte mal, dass in jeder Frau eine aufregende Göttin schlummert, aber wenn das stimmt, wurde mir eine innere Göttin zugeteilt, die seit 26 Jahren tief und fest pennt.

2. Adam – Samstag, 12.4.

»Ich bin dagegen.« Clara legt den mehrseitigen Vertrag auf Hannes' Keyboard ab und sieht ihn entschuldigend an. »Tut mir leid, falls ich euch damit enttäusche, aber auf so einen Knebelvertrag will ich mich nicht einlassen. Euch war doch klar, dass ich mir das alles genau durchlese, oder?«

Für mich war es das, schließlich studiert unsere Sängerin Rechtswissenschaft.

Hannes nickt und murmelt ein »Sicher«.

»Ich hatte von Anfang an gesagt, dass das für mich nichts ist«, meldet Elli sich zu Wort. »Wenn ihr jetzt professionell mit der Musik durchstarten wollt, dann braucht ihr Ersatz für mich. Tut mir leid«, sagt sie an Hannes gewandt. »Aber ich bin mir sicher, ihr findet jemanden, der für mich übernehmen kann. Es gibt so viele Musiker, die alles tun würden für solch eine Chance.«

Dass unsere bühnenscheue Gitarristin keinen Vertrag mit einem Plattenlabel eingehen wird, war uns bereits bewusst, als wir vor einigen Wochen in einer Musik-kneipe gespielt haben, in der ein Talentscout vor Ort war.

»Und was meinst du?«, will Hannes wissen und sucht meinen Blick.

»Für mich ist die Musik ein Hobby.«

»Das heißt?«

»Mir ist meine Unabhängigkeit wichtiger als solch ein Vertrag.«

»Okay«, meint Hannes und blickt schweigend auf die Seiten in seinen Händen.

»Fakt ist, dass von dem Vertrag vor allem die Plattenfirma profitiert, aber wir Künstler bleiben auf der Strecke«, erklärt Clara und zwirbelt eine lange blonde Haarsträhne durch ihre Finger. »Die wollen unsere Zeit und unsere Ideen, aber zahlen quasi nichts dafür. Und Adam hat recht – wir wären weniger unabhängig.«

»Mit den Auftritten verdienen wir tatsächlich besser«, gibt Alejandro, unser Bassist mit spanischen Wurzeln, zu. »Streaming lohnt sich nicht. Das sehen wir doch auch an den Songs, die wir inzwischen veröffentlicht haben.«

Elli atmet laut aus. »Da kann man nicht mal ein Eis von essen gehen.«

»Aber von unseren Auftritten schon«, wirft Alejandro grinsend ein.

Den Zuverdienst durch unsere Auftritte weiß ich ebenfalls zu schätzen, auch wenn ich die Einnahmen als Entwickler in einem erfolgreichen Gaming-Unternehmen nicht bräuchte. Doch da ich darüber nachdenke, Eigentum zu kaufen, fließt das Geld, das wir für die Gigs bekommen, auf mein Sparkonto.

»Wir könnten profitieren, wenn das Plattenlabel Werbung für uns macht und unsere Songs im Radio laufen«, überlegt Hannes und blickt nachdenklich auf die Kellerwand, die wegen der Schallisolierung mit schwarzen Noppenschaumstoff-Platten beklebt ist.

Vor einigen Wochen mussten wir unseren Probenraum in Düsseldorf aufgeben, doch mit dem Keller im Haus von Hannes' Eltern war schnell Ersatz gefunden. Hannes' Familie ist sehr wohlhabend und seine Eltern stören sich nicht daran, wenn es ab und zu etwas lauter hier im

Untergeschoss ist. In dem großen, zweistöckigen Haus haben sie auch genügend Möglichkeiten, dem Lärm zu entgehen. Außerdem haben wir den Raum professionell gedämmt und Hannes hat extra eine Schallschutztür einbauen lassen. Da wir einmal dabei waren, haben wir den Keller direkt als Tonstudio eingerichtet, sodass wir unsere Songs selbst aufnehmen und veröffentlichen können. Insbesondere Hannes' Traum ist es, dass unsere Lieder irgendwann im Radio zu hören sind. Es stimmt, dass dies durch den Vertrag mit dem Plattenlabel möglich wäre. Dennoch überwiegen die Nachteile.

»Wir könnten vielleicht in größeren Locations auftreten und hätten mehr Publikum«, fährt Hannes mit der Aufzählung der Vorteile fort. Elli wird bei seinen Worten ein wenig blass um die Nase.

»Ich weiß, wie wichtig dir das ist, aber das Angebot ist nicht gut«, antwortet Clara. »Da müssten wir schon nachverhandeln, aber unsere Chancen stehen schlecht. Es gibt genügend andere Bands, die das Angebot sofort unterschreiben würden. Warum sollten die uns da entgegenkommen?«

»Ich weiß, ich weiß. Ihr habt ja recht.« Hannes schnippt gegen den Vertrag, den er noch immer in Händen hält. »Mann, das ist so frustrierend!«

Clara geht zu ihm und legt ihm einen Arm um die Schultern. »Kopf hoch! Wir haben doch schon so viel erreicht in den letzten Monaten. Elli ist nach ihrer Auszeit wieder bei uns und wir haben regelmäßig Anfragen für Auftritte. Auch wenn wir mit dem Streaming kein Geld verdienen, bekommen wir doch tolles Feedback von den Hörern.«

Hannes zieht die Nase kraus. »Also lehnen wir ab?«, fragt er in die Runde und erhält ein einstimmiges Nicken.

»Dir passt es doch auch nicht, dass wir fünf von zwölf

Songs ändern sollen, damit der Stil einheitlich ist und die Plattenfirma das Album besser vermarkten kann«, erinnert Clara ihn und bindet sich die langen blonden Haare zu einem Zopf.

»Das finde ich allerdings auch krass«, brummt Alejandro, zuckt mit den Schultern und zieht die Mundwinkel nach unten.

»Das ist dennoch die größte Chance, die wir jemals bekommen«, vermutet Hannes.

»Wir können stolz darauf sein, dass uns überhaupt so ein Angebot gemacht wurde«, meint Clara.

»Für mich stehen bald sowieso erst mal die Masterarbeit und die ganzen Prüfungen an«, sagt Elli seufzend und stellt ihre Gitarre zur Seite, um sich einen der Donuts zu nehmen, die sie mitgebracht hat. »Proben wir heute überhaupt noch?«, will sie wissen, nachdem sie das süße Gebäck halb aufgegessen hat.

»Klar«, meint Hannes, sieht aber nicht aus, als wäre er in Stimmung für Musik. Doch vielleicht irre ich mich. Manchmal fällt es mir schwer nachzuvollziehen, was in anderen Menschen vorgeht. Vieles im zwischenmenschlichen Umgang erscheint mir unlogisch oder unnötig kompliziert. Insbesondere im Teenageralter hat dies dazu geführt, dass ich bei anderen angeeckt bin. Es passiert mir auch heute noch, aber seltener, denn ich bin achtsamer geworden. Ich habe gelernt, oftmals besser zu schweigen, statt zu sagen, was ich denke.

Außerdem macht es mir weniger aus, wenn Menschen mit meiner Art nicht zurechtkommen. Zum Glück bin ich gerne allein, obwohl ich alle Mitglieder der Band sehr schätze. Sie akzeptieren mich so, wie ich bin. Dadurch strengt mich der Kontakt zu ihnen weniger an, als es in anderen Runden der Fall ist.

»Also für mich ist die Luft heute raus, wenn ich ehrlich

bin«, antwortet Clara als Erste auf Ellis Frage, während Hannes schweigend sein Keyboard mustert. Unsere Entscheidung scheint ihm zuzusetzen.

»Hm«, macht Elli, die sich etwas Donut-Zucker von ihrem blauen Shirt klopft und anschließend die dunklen Haare hochsteckt. »Kann ich verstehen. Außerdem gehen wir ja gleich noch ins Kino.«

»Wer ist wir?«, will Hannes wissen.

»Elli, Moritz und ich«, klärt Clara ihn auf. »Aber wenn noch jemand mitkommen möchte, sind bestimmt noch genügend Plätze frei.«

»Was ist denn mit Yuiko?«

»Sie hat keine Zeit. Sie geht auf eine Singleparty.«

»Wie jetzt?« Alejandro reißt erschrocken die Augen auf. »Habt ihr euch getrennt, oder was?«

»Quatsch! Aber Linnea muss doch ihre Wettschuld einlösen.«

»Was denn für eine Wette?«, fragt Hannes und wirkt irritiert.

»Es war Linneas Geburtstag, es gab Alkohol, und wir waren von der Stadt aus auf dem Weg nach Hause. Dann kamen wir an einem Spielplatz vorbei und Yuiko hatte die grandiose Idee, darum zu wetten, wer wohl die meisten Rollen an der Reckstange schafft.«

»O Gott«, meint Elli. »Wer macht so was denn freiwillig?«

Clara lacht. »Ich nicht! Aber Yuiko hat Linnea überreden können und dann hat Yuiko knapp gewonnen.«

»Und der Wetteinsatz war, dass Linnea mit Yuiko zu einer Singleparty muss?«, will Elli wissen.

Clara schüttelt den Kopf. »Nein. Darauf hätte Linnea sich niemals eingelassen. Yuikos Einsatz war, dass sie Linnea mit etwas überraschen darf, wenn sie gewinnt.«

Ich runzle die Stirn und Elli sieht mich fragend an.

»Linnea mag keine Überraschungen«, erkläre ich ihr. Das weiß ich, weil ich seit sechzehn Jahren mit Linnea befreundet bin.

»Oh, verstehe.« Elli schürzt die Lippen. »Und wenn sie dann jetzt zur Strafe auf eine Singleparty muss, wird sich ihre Einstellung zu Überraschungen auch bestimmt nicht ändern.«

»Ganz genau! Das habe ich Yuiko auch gesagt. Aber ihr wisst ja, wie stur sie ist. Und sie hat sich nun mal in den Kopf gesetzt, für Linnea einen passenden Mann zu finden.«

»Na, wenn das mal gut geht«, meint Elli und in mir zieht sich etwas zusammen. Als ihr bester Freund sollte ich Linnea wünschen, dass es gut geht, aber es fällt mir schwer, so zu denken.

Clara winkt ab. »Ich bin auch gespannt. Aber vielleicht haben sie dennoch einen netten Abend.«

Alejandro greift nach dem letzten Donut. »Wollte doch keiner mehr, oder?«, fragt er und beißt rein, bevor jemand antworten kann. »Rieke und ich sind heute noch zum Essen bei ihren Eltern eingeladen«, berichtet er mit vollem Mund. »Sorry«, sagt er dann und wischt sich etwas Zucker von den Lippen. »Ich bin also ganz froh, wenn wir heute früher Schluss machen.«

»Und dann futterst du jetzt noch einen Donut?«, fragt Clara und bindet sich ihre Jeansjacke um die Hüften.

»Hey, das Essen ist erst in anderthalb Stunden! Bis dahin ist der längst verdaut.«

»Wollt ihr beide denn mitkommen?«, fragt Elli und sieht von Hannes zu mir.

»Nee, keine Lust auf Kino«, murmelt Hannes.

»Schade«, sagt Elli und verstaut ihre E-Gitarre in dem Gitarrenkoffer. »Und was ist mir dir?«

»Ich gehe mit Hannes ein Bier trinken«, schlage ich vor.

Hannes sieht mich überrascht an.

»Echt?«, fragt er.

»Wenn du möchtest?«

»Schöne Idee. Ist perfektes Biergartenwetter heute«, meint Clara aufmunternd. Sie öffnet die Schallschutztür, sodass kühle Luft in den Raum strömt, und bleibt in der geöffneten Tür stehen. »Ich wünsche euch einen schönen Abend.«

»Ich euch auch. Bis nächste Woche«, ruft Elli uns zu und schiebt sich an Clara vorbei. Alejandro folgt ihr und hebt die Hand zum Abschied. Als die schwere Tür hinter den Dreien zufällt, wird es augenblicklich still im Raum. Ich sitze noch an meinem Schlagzeug, während Hannes ein weiteres Mal stumm durch den Vertrag blättert.

»Du weißt, dass es die richtige Entscheidung ist«, sage ich.

»Ja, irgendwie schon. Ich dachte nur, das wäre eine tolle Chance für uns. Ich bin zu naiv, oder?«

»Vielleicht zu idealistisch.«

Er schnauft. »Es wäre halt echt cool, wenn man unsere Songs auch im Radio hören könnte. Zumindest ich fände es cool.«

Ich weiß, dass Hannes sich viele Gedanken um seine berufliche Zukunft macht, seit sein jüngerer Bruder Moritz sein Sportstudium geschmissen hat, um Psychologie zu studieren. Hannes hat sein Psychologiestudium längst abgeschlossen, ist aber nicht therapeutisch tätig, sondern arbeitet in der HR-Abteilung im Familienunternehmen seiner Eltern.

Vielleicht ist Moritz' Entscheidung einer der Gründe dafür, dass Hannes sich in den letzten Monaten noch mehr um unsere Bandangelegenheiten kümmert als sonst. So muss er sich nicht mit anderen Themen befassen und damit, dass er in seinem Berufsleben genauso wenig glücklich ist, wie Moritz es mit seinem Sportstudium war.

»Dann gehen wir also einen trinken«, sagt er mit aufgesetzt fröhlicher Stimme. Zumindest vermute ich, dass es aufgesetzt ist, denn seine Mimik sieht alles andere als glücklich aus.

Er kommt zu mir und klopft mir auf die Schulter. »Danke, Adam.«

Dabei war mein Vorschlag nicht ganz so selbstlos, wie er denkt. Ich bin froh, wenn ich ihn ablenken kann. Doch auch ich brauche Beschäftigung, damit ich nicht den ganzen Abend daran denke, dass Yuiko auf einer Singleparty versucht, Linnea mit irgendeinem Mann zu verkuppeln.

3. Linnea – Samstag, 12.4.

»Du darfst mich mit etwas überraschen und ausgerechnet *das* ist deine Idee?«

Yuiko grinst mich an und wirkt ausgesprochen zufrieden. »Jep.«

»Das ist verrückt.« Ihre Idee zeigt mir aufs Neue, warum ich keine Überraschungen mag. Mir ist lieber, wenn ich weiß, was auf mich zukommt. »So dringend brauche ich nun wirklich keinen Freund«, versichere ich ihr. Außerdem ist eine Singleparty sicherlich kein Ort, an dem ich einen Mann kennenlerne. Es sei denn, da sind Typen unterwegs, die auf langweilige Frauen stehen. Vielleicht ist das zynisch, aber ich bedaure es immer noch ein wenig, dass Chiron mich zu schüchtern fand.

Yuiko steht von meinem Bett auf, fasst mich an den Schultern und schiebt mich vor den Spiegel, der sich in meinem Schlafzimmer befindet. Dessen Rahmen ist aus weißem Metall, weil ich ihn gemeinsam mit dem großen Himmelbett gekauft habe, das ebenfalls aus weiß lackiertem Metall ist. Allerdings wird der Bettrahmen größtenteils von den hellblauen Vorhängen verdeckt, die ich passend zu dem flauschigen blauen Teppichboden ausgesucht habe. Ich liebe dieses Zimmer, weil es mit dem Bett und den weißen Holzmöbeln im Landhausstil so gemütlich ist. Der einzige Nachteil ist, dass nur in einer

Ecke Platz für ein kleines Bücherregal ist. Deshalb stehen die meisten meiner Bücher im Wohnzimmer. Mein Traum ist es, irgendwann eine größere Wohnung zu haben, in der ich mir ein Lesezimmer einrichten kann.

»Du bist doch eine Frau im besten Alter«, meint Yuiko, während sie mich im Spiegel betrachtet.

»Ich bin 26«, erwidere ich und streiche meine langen hellbraunen Haare hinters Ohr. Heute fallen sie in Wellen über meine Schultern, weil ich sie nachts zu einem Zopf geflochten hatte.

»Sag ich ja! Bestes Alter, um den Mann fürs Leben kennenzulernen.«

»Du bist doch diejenige, die nie an die große Liebe geglaubt hat«, entgegne ich und winde mich aus ihrem Griff. Dann knie ich mich hin, um zwei Jeans aufzuheben und wieder in den Schrank einzusortieren, weil ich diese behalten möchte.

»Du hast immer gesagt, dass es die große Liebe nicht gibt, sondern sich Menschen bloß jemanden suchen und heiraten, damit sie nicht alleine alt werden müssen«, erinnere ich sie.

»Aber wen interessiert denn mein Geschwätz von gestern?« Mit einem lauten Seufzer wendet Yuiko sich von dem Spiegel ab und lässt sich rücklings auf mein Bett fallen.

»So hast du geredet, bis du Clara begegnet bist.«

»Und das ist über drei Jahre her. Meine geistige Reife hat sich seitdem sehr entwickelt.«

Ich muss lachen und Yuiko streckt mir die Zunge raus.

»Silvester hast du gesagt, dass du in der kalten Jahreszeit gerne jemanden zum Kuscheln hättest.«

»Da war ich bloß ein wenig melancholisch.« Mein Ex-Freund hat mich vor anderthalb Jahren ausgerechnet am Nikolaustag verlassen. Eigentlich ist das ein Tag, den ich sehr liebe, so wie die gesamte Adventszeit. Ich könnte stundenlang auf Weihnachtsmärkten unterwegs sein, ich mag Weihnachtsdeko und sogar den ein oder anderen Weihnachtskitsch. Doch inzwischen verbinde ich den Nikolaustag damit, dass mein Ex-Freund mir das Herz gebrochen hat. Denn während wir bereits auf Wohnungssuche waren, weil wir zusammenziehen wollten, hat er aus heiterem Himmel mit mir Schluss gemacht. Angeblich, weil er festgestellt hat, dass wir doch nicht gut genug zusammenpassen, um den nächsten Schritt zu gehen. Meine Vermutung war jedoch, dass die Trennung etwas mit einer Kollegin zu tun hatte, von der er in den Wochen zuvor auffällig häufig gesprochen hat.

»Jetzt hast du ihn wieder, diesen traurigen Blick«, ertappt Yuiko mich. »Also bleibt es dabei. Wir gehen heute auf die Singleparty.«

»Du bist doch nicht mal Single.«

»Clara hat es mir erlaubt, weil es für die gute Sache ist, dich unter die Haube zu bringen.« Sie steht wieder auf, geht auf meinen Schrank zu und streckt sich.

Die Behauptung nehme ich ihr nicht so ganz ab. »Clara findet es gut, dass du mich auf eine Singleparty mitnimmst?«

»So hat sie es nicht direkt ausgedrückt«, gibt Yuiko zu und wechselt schnell das Thema. »Ich suche dir mal was Schönes zum Anziehen aus.«

»Nein!«

»Hey!« Sie schenkt mir einen empörten Blick. »Willst du damit etwa sagen, ich hätte keinen Geschmack?«

»Doch, den hast du. Aber einen anderen als ich.«

»Ja, weil ich nicht herumlaufe wie ein Sack.«

Erstaunt sehe ich sie an. »Was?«

»Entschuldige, aber du hast Größe 34, oder?«

Ich nicke.

»Dann trag die doch auch mal! Und nicht 40 oder so.«

»Ich mag es, wenn Sachen bequem sind.«

»Und meine Schwester freut sich über deinen aussortierten Kram, denn sie ist ein großer Fan deiner Klamotten. Nur habt ihr eigentlich nicht dieselbe Größe, jedenfalls abgesehen von der Körperlänge.«

Yuikos Schwester und ich sind beide knapp einen Meter sechzig groß, weshalb sie immer happy ist, wenn ich Kleider in Kurzgrößen aussortiere. Yuiko dagegen ist fast zehn Zentimeter größer als ich und hat schlanke, definierte Muskeln, da sie viel Sport treibt.

Ich deute auf meinen luftigen, hellgrünen Frühjahrspulli, den ich trage. »Aber der ist für die Party gleich okay, oder?«

Yuiko lässt einen kritischen Blick von meinem Kopf bis zu den Füßen gleiten. »Nein! Für die Singleparty brauchst du definitiv etwas anderes.«

»Ich habe nichts Passendes für so eine Party.«

»Wir finden schon was.«

»Kann ich nicht auf andere Weise meine Wettschulden begleichen?« Der Gedanke an das Event macht mich nervös. Ich weiß, dass Yuiko es im Grunde gut meint, weil ich angekündigt hatte, dass ich in diesem Jahr häufiger über meinen Schatten springen möchte. Dennoch bereue ich es, dass ich mich auf eine Wette mit ihr eingelassen habe.

»Jetzt verdirb mir ... äh ... uns nicht den Spaß. Das wird sicherlich lustig.«

»O Mann!«

Ich freue mich wirklich riesig, dass Yuiko mit Clara ihre große Liebe gefunden hat. Obwohl die beiden sehr unterschiedliche Charaktere sind, passen sie perfekt zusammen. Es würde mich nicht wundern, wenn sie sich irgendwann sogar verloben. Früher hätte Yuiko niemals über eine Hochzeit nachgedacht, doch von Clara, mit der ich mich ebenfalls blendend verstehe, weiß ich, dass sie später mal heiraten will.

»Wenn keine passenden Typen für dich da herumlaufen, dann verpieseln wir uns und machen was anderes Schönes«, verspricht sie mir.

»Lass uns einfach gleich mit dem schönen Teil beginnen.«

Doch Yuiko tut, als würde sie mich nicht hören. Vielleicht hört sie mich auch wirklich nicht, weil sie mit dem Oberkörper in meinem Kleiderschrank steckt und dort herumwühlt. Es dauert eine Weile, bis sie mit rotem Kopf und erfreuter Mimik wieder daraus auftaucht.

»Na, das ist doch ein schönes Oberteil! Ich wusste gar nicht, dass du so was hast.« Sie hält ein lilafarbenes Bandeau-Oberteil hoch, wobei ihr Drachentattoo auf dem linken Arm zur Geltung kommt. Das ist ihr neuestes Tattoo, das sie sich erst letztes Jahr hat stechen lassen.

»Sehr cool! Dazu die weiße Bluse kombiniert, das ist dann sogar richtig sexy für deine Verhältnisse.« Sie strahlt mich an und fährt sich durch ihre Haare, die ihr inzwischen bis fast zur Schulter reichen. Nachdem sie lange Zeit die Haare kurz getragen hat, fand sie, dass mal wieder Abwechslung nötig ist. Nur dem Türkis ist sie treu geblieben, da es aktuell noch immer ihre Lieblingsfarbe ist. Frustriert blicke ich auf das Top. Hätte ich das mal aussortiert, denn ich habe es nie getragen.

»Guck nicht so bedröppelt, das wird bestimmt ganz nett später.« Yuiko kommt auf mich zu und kneift die Augen zusammen. »Bekommst du jetzt etwa deine hektischen Flecken? Dann nehmen wir noch ein Halstuch mit.«

»Das würde nichts bringen.«

»Doch. Im Gesicht hast du noch nichts, nur am Hals ein bisschen. Ich zahle übrigens das Taxi, damit wir beide was trinken können.«

»Darum geht es doch nicht. Ich muss nicht unbedingt was trinken. Aber es gibt bessere Möglichkeiten, einen Mann kennenzulernen.«

Yuiko unterdrückt ein Lachen und verschluckt sich dabei. »Sorry«, hüstelt sie. »Ich erinnere dich mal an Niko.«

»Was ist mit dem?«

»Den hast du damals im Studium über ein Jahr lang angeschmachtet. Und die ganze Zeit hast du mir erzählt, dass du ihn nächste Woche endlich ansprechen wirst.«

Dass sie nun ausgerechnet dieses Beispiel aus ihrem Gedächtnis hervorkramt! Ich habe die Sache mit Niko tatsächlich lange Zeit vor mir hergeschoben und dann ist mir eine Kommilitonin zuvorgekommen und die beiden sind ein Paar geworden. Was mir durchaus gelegen kam, weil ich in Wirklichkeit nie vorhatte, ihn anzusprechen.

»Oder ... ach, wie hieß er noch mal? Der Blonde mit der auffälligen Brille, der Bodybuilding gemacht hat? Der von der Party?«

»Welche Party?«

»Von Estelle. Der Austauschstudent aus Frankreich. Der hat dich den ganzen Abend angeflirtet.«

»Er wollte Sex mit mir haben, um die deutsch-französischen Beziehungen zu verbessern«, frische ich ihre Erinnerung auf.

»Durchaus originell, oder?«

»Nein, kein bisschen. Er war schrecklich aufdringlich.«

»Und mit der Dating-App hast du es auch gleich wieder aufgegeben.«

»Das ist alles so oberflächlich.«

»Deswegen die Singleparty. Was kann da schon schiefgehen? Wenn es uns nicht gefällt, gehen wir halt wieder. Und außerdem: Verloren ist verloren.«

4. Adam – Samstag, 12.4.

»Bin ich undankbar, wenn ich mein Leben gerade scheiße finde?«, fragt Hannes und betrachtet sein Bier. Wir sind von seinem Elternhaus aus in die Mettmanner Innenstadt gefahren und haben uns auf der Außenterrasse eines Restaurants einen Platz gesucht. Es ist recht frisch, aber nicht kalt, und die Location ist auch im Außenbereich gut besucht.

»Jeder hat schlechte Phasen«, antworte ich und versuche, nicht an Linnea und Yuiko zu denken. Eine Singleparty passt nicht zu Linnea. Für so etwas ist sie viel zu schüchtern. Als wir noch Teenager waren, sagte sie mal, dass sie eher sterben würde, als einen Mann anzusprechen. Aber vermutlich muss sie das nicht selbst in die Hand nehmen. Sie ist hübsch, hat schöne braune Augen und ein tolles Lächeln. Wahrscheinlich gibt es genug Kerle, die sie ansprechen werden.

»Alles in Ordnung bei dir?«, erkundigt Hannes sich. »Du siehst genauso angefressen aus, wie ich mich fühle.«

»Ja.«

»Ja, du bist angefressen oder ja, es ist alles in Ordnung?«

»Es ist alles in Ordnung«, behaupte ich.

Seine Augen ruhen noch einen Moment auf mir, dann starrt er wieder auf sein Getränk. »Ich denke mir manchmal, dass Moritz alles richtig gemacht hat. Der macht nun endlich etwas, das ihm Spaß macht. Und ich sitze im HR-Team im Familienunternehmen meiner Eltern.«

»Niemand zwingt dich dazu.«

Hannes zuckt mit den Schultern. »Ich weiß. Aber der Job erlaubt es mir, nebenbei Songs zu schreiben und Zeit in die Band zu investieren.«

»Es gibt andere Teilzeitjobs.«

»Du meinst also, ich soll meinen Job schmeißen?«

»Wenn es dir damit besser geht.«

»Wer weiß das schon.« Er dreht sein Bierglas hin und her. »Hast du denn täglich Spaß an deinem Job?«

»Meistens schon.«

»Echt?«

Ich nicke, denn es ist die Wahrheit. Ich arbeite die meiste Zeit von zu Hause aus und kann dort in Ruhe meine Aufgaben erledigen. Es sind Tätigkeiten, die ich gerne mache.

»Tja, vermutlich brauche ich einfach mehr Mut. Aber das ist wohl nicht so meine Stärke.«

Ich bin unsicher, ob da noch mehr in Hannes' Zeilen mitschwingt. Es scheint ihm nicht nur um die Musik zu gehen.

»Egal, Schwamm drüber«, sagt er. »Jetzt sind wir hier und machen uns einen schönen Abend. Ich glaube, ich werde auch was essen. Heute ist Schnitzeltag. Willst du auch was? Ich lade dich ein.«

»Danke«, sage ich, während Hannes mir die Speisekarte zuschiebt.

»Immerhin habe ich eine neue Songidee«, verkündet er und klingt mit einem Mal deutlich fröhlicher als zuvor. »Ich schreibe sonst nicht gerne Balladen, aber ich glaube, das wird ein richtig gutes Stück. Ich habe die Melodie schon im Ohr, aber der Text ist noch nicht perfekt. An dem muss ich noch feilen. Ich werde Elli mal fragen, vielleicht hat sie eine Idee.«

»Hat sie bestimmt.«

»Elli ist super. Ich bin froh, dass sie sich uns wieder angeschlossen hat.« Er lächelt. »Und ich bin echt erleichtert, dass Moritz noch immer bis über beide Ohren in sie verliebt ist. Er sprach neulich sogar schon davon, dass er gerne mit ihr zusammenziehen würde.« Er hebt sein Bierglas an und prostet mir zu. »Jetzt müssen nur noch wir beide unseren passenden Deckel finden, was?«

5. Linnea – Samstag, 12.4.

Es ist stickig, es ist laut und ich möchte am liebsten nach Hause. Um mich herum sind viel zu viele Menschen, die zu viel Parfüm aufgetragen haben und sich unterhalten – oder vielmehr schreien sie sich an, denn die Musik ist nur schwer zu übertönen. Immerhin haben wir beide einen kleinen Stehtisch ergattert und Yuiko tanzt immer mal wieder zur Musik, wenn ein Song kommt, den sie gerne mag. Sie kann sich toll bewegen. Sie hat mir mal erzählt, dass sie seit ihrer Kindheit nicht nur Kampfsport macht, sondern früher auch Tanzunterricht hatte, doch mit dem Umzug nach Mettmann hat sie das Tanzen aufgegeben. Dem Kampfsport hingegen ist sie treu geblieben. Doch auch wenn Yuiko nicht tanzen könnte, hätte sie keine Hemmungen, es dennoch zu tun. Sie ist einfach sie selbst und denkt nicht darüber nach, was andere von ihr halten. Wenn ich versuche, mir darüber weniger Gedanken zu machen, verraten mich meine roten Flecken, die ich dann bekomme.

»Ich muss mal«, sagt sie plötzlich. »Soll ich dir auf dem Rückweg vom Klo auch was zu trinken mitbringen?« Sie deutet auf mein leeres Colaglas. »Vielleicht doch mal was Stärkeres? Ach, ich überrasch dich einfach«, ruft sie, um die Musik zu übertönen. Ehe ich etwas erwidern kann, bahnt sie sich einen Weg durch die anderen Gäste.

Ich blicke in mein Glas, um nicht aus Versehen zu jemandem Blickkontakt aufzunehmen. Ich fühle mich nicht wohl unter so vielen fremden Menschen. Neujahrsvorhaben hin oder her, ich weiß nicht, wie ich das mal eben ändern soll. Eine Singleparty ist noch weniger für mich geeignet als eine Dating-App, in der man zunächst auf Abstand miteinander kommunizieren kann. Im Studium hatte mir eine Kommilitonin geraten, mich auf Hochsensibilität testen zu lassen. Ich hatte ihren Rat befolgt und der Test fiel positiv aus, was aber für mich im Alltag nicht immer so positiv ist. Ich bin ziemlich geräuschempfindlich und auch zu viele Menschen eng um mich herum stressen mich schnell. Auf der anderen Seite wird mir oft gesagt, dass ich ein sehr einfühlsamer Mensch sei und viele meiner Freundinnen vertrauen sich mir an, wenn sie ein Problem haben. Doch dass ich so empathisch bin, hat dazu geführt, dass ich nach meinem Studium der Erziehungswissenschaften keine Weiterbildung zur Kinder- und Jugendlichenpsychotherapeutin gemacht habe. Mich nimmt es zu sehr mit, wenn anderen etwas Schlimmes passiert, und das ist für diesen Job nicht gerade die beste Voraussetzung. Also bin ich in der Redaktion für die Frauenzeitschrift »Vicky« gelandet. Ich habe schon immer gerne Artikel gelesen und verfasst, weshalb ich auf dem Gymnasium auch bei der Schülerzeitung mitgearbeitet habe.

»Na, meine Schöne«, sagt plötzlich eine tiefe Stimme neben mir und reißt mich aus meinen Gedanken. Ich lächle dem Mann kurz zu und murmele ein »Hallo«, dann konzentriere ich mich wieder auf mein Glas. Wenn ich ihn ignoriere, geht er vielleicht weg.

Oder auch nicht.

»So alleine hier?«, will er wissen.

»Nein.« Diesmal spreche ich lauter.

»Hast du etwa noch eine schöne Schwester, die dich begleitet?«

Ich wünschte, ich wäre so schlagfertig wie Yuiko. Ihr würde garantiert irgendein frecher Spruch einfallen, um den Kerl in die Flucht zu schlagen. Denn ich weiß jetzt schon, dass ich nicht interessiert daran bin, ihn näher kennenzulernen. Er hat sich viel zu nah neben mich gestellt, was ich aufdringlich finde, und er riecht stark nach Bier. Ob er sich Mut antrinken musste, um mich – oder andere Frauen hier auf der Party – anzusprechen? Das wiederum kann ich nachvollziehen. Ich hebe fragend die Schultern, so als ob ich ihn nicht verstanden hätte und merke, dass das ein Fehler war. Denn er lacht und beugt sich zu mir herunter, wodurch er mir noch näher kommt.

»Sorry, Kleines. Ist echt laut hier. Sollen wir woanders hingehen, wo wir uns besser kennenlernen können?«

Ich sehe ihn entsetzt an und schüttele den Kopf, während ich fieberhaft nach einer Antwort suche, damit ich ihn loswerde.

»Sicher? Ich kenne da ein gemütliches Plätzchen.« Er stellt sich so nah neben mich, dass unsere Arme sich berühren. Ich weiche einen Schritt zurück.

»Ich will nirgendwo mit dir hingehen«, stelle ich klar, doch statt laut und selbstbewusst, klingt meine Stimme dünn. Daher sehe ich mit großer Erleichterung, dass Yuiko zurück an unseren Tisch kommt. Sie hält in jeder Hand einen Cocktail und hebt diese wie eine Trophäe hoch, während der Typ sie interessiert mustert. Kaum hat sie die Gläser auf dem Tisch abgestellt, gehe ich zu ihr und drücke ihr einen Kuss auf den Mund. Wenn der Typ denkt, dass wir nicht auf Männer stehen, wird er hoffentlich einsehen, dass er sich besser eine andere Frau sucht, die er anbaggern kann. Doch als ich seinen lüsternen Ausdruck bemerke, wird mir klar, dass meine

Rechnung nicht aufgeht. Er streicht sich lässig durch die kurzen braunen Haare und wirft Yuiko einen anzüglichen Blick zu.

»Wir können die Party auch gerne zu dritt fortsetzen«, schlägt er vor.

»Was geht denn hier ab?«, fragt Yuiko und sieht mich entgeistert an.

»Noch nicht so viel, Süße«, meint der Typ und glotzt ihr in den Ausschnitt. »Aber das können wir ändern.«

Obwohl Yuiko bestimmt zehn Zentimeter kleiner ist als er, baut sie sich vor ihm auf. »Ich sag's, wie es ist, du aufdringlicher Kotzbrocken: Hör auf mit uns deine Zeit zu vergeuden, wenn du heute Nacht nicht alleine nach Hause gehen willst, klar? Und arbeite mal an deiner Flirttechnik. Keine Frau mit weniger als zwei Promille hat sonst Bock auf dich.« Sie rümpft die Nase und er sieht sie völlig verblüfft an, während Yuiko mich in ihren Arm zieht und eine wegscheuchende Handbewegung macht. Der Kerl verdreht die Augen und murmelt etwas, das sicherlich nichts Nettes ist, aber immerhin nimmt er sein Bier und entfernt sich von unserem Tisch. Ich atme erleichtert aus.

»Was war das denn?«, fragt Yuiko und nimmt einen großen Schluck von ihrem Cocktail. »Und was tippst du da auf deinem Handy?«

Ich ziehe das Smartphone aus ihrem Blickfeld, doch offenbar reagiere ich zu spät, denn Yuiko prustet los.

»Du hast dir aufgeschrieben, was ich zu dem Kerl gesagt habe?«

»Äh, nein ...«

»Aber ich hab's doch gerade gesehen.«

»Ich kann so was halt nicht – so unhöflich sein und Menschen abwimmeln. Ich bin nicht schlagfertig. Ich muss es mir aufschreiben und einprägen, damit ich beim nächsten Mal vorbereitet bin.«

Yuiko wirkt noch immer belustigt. »Deswegen der Kuss? Weil dir nichts anderes eingefallen ist?«

Ich spüre den Flush bis zu den Haarwurzeln. »Es tut mir furchtbar leid, das war schrecklich übergriffig.«

Yuiko stupst mich an. »Hey, mach dir keinen Kopf. Ich werde nur besser Clara nichts davon erzählen, sie ist furchtbar eifersüchtig.«

»O Gott, wirklich?«

»Ach was, nur Spaß.« Sie sieht sich um. »Ich hatte ja gehofft, dass dich jemand Nettes anspricht, während ich weg bin, aber das war wohl ein Reinfall. Gefällt dir denn sonst irgendjemand hier?«

»Ich möchte lieber nach Hause.«

»Das hatte ich befürchtet, aber lass uns wenigstens die Cocktails noch trinken. Solange kannst du dich noch mal umsehen. Hier ist richtig viel los. Es muss doch wenigstens einen Mann geben, der dir gefällt.«

Ich schüttele den Kopf.

»Hm.« Sie mustert mich nachdenklich. »Vielleicht stoßen wir erst mal mit den Cocktails an und entdecken später noch eine wilde Seite an dir, die wir herauskitzeln können.«

Yuiko kennt mich lange genug, um zu wissen, dass ich keine wilde Seite habe, die man herauskitzeln könnte. Da hilft auch ein Lady Killer nichts. Von dem bekomme ich höchstens Kopfschmerzen, wenn er zu stark gemixt ist.

»Wenn du dich nicht traust, jemanden anzusprechen, übernehme ich das für dich.« Sie grinst mich keck an.

»Das wäre auch gar nicht peinlich.«

»Höchstes ein bisschen.« Sie nuckelt an ihrem Strohhalm. »Lecker. Also, wenn ich jetzt mal versuche, mich in eine Heterofrau hineinzuversetzen, dann glaube ich schon behaupten zu können, dass ein paar süße Männer hier herumlaufen.«

»Ich stehe bei Männern nicht unbedingt auf süß«, flüstere ich.

Aber Yuiko, die offenbar Ohren wie ein Luchs hat, hat mich dennoch verstanden. »Ah, verstehe. Wir suchen nach was Kernigem. Holzfällerhemd und Vollbart wären der Dame genehm? Vielleicht noch die ein oder andere Narbe im Gesicht?«

Ich muss lachen. »Du bist blöd.« Dennoch tue ich ihr den Gefallen und lasse meinen Blick über die Gäste schweifen. Überrascht bleibe ich an einem meiner Lieblingstrainer aus meinem Fitnessstudio hängen.

»Oh!«

»Hast du ihn entdeckt, den Holzfäller?«, fragt Yuiko sofort. »Wo?« Sie reckt neugierig den Hals.

»Kein Holzfäller! Bloß jemanden, den ich kenne. Wie unangenehm.«

»Was ist denn daran unangenehm? Dass er auch Single ist?« Sie nickt in die Richtung des Trainers. »Der da? Groß, gut gebaut, blonde Haare – nicht schlecht. Könnte Claras Bruder sein.«

»Das ist Finn. Er ist Trainer in dem Fitnessstudio, in dem ich Mitglied bin.«

Yuiko reißt begeistert die Augen auf. »Ach, etwa der süße Blonde aus dem Fitnessstudio, von dem du mal erzählt hast? Der das Probetraining mit dir gemacht hat?« Ich kann ihr deutlich ansehen, wie sie gerade versucht, sich eine schmutzige Bemerkung zu verkneifen.

»Lass es raus.«

Yuiko winkt ab und schüttelt den Kopf. »Er hat was. Lass uns zu ihm gehen.«

»Bist du verrückt?« Erschrocken halte ich sie am Arm fest, als sie nach ihrem Cocktail greift und sich von unserem Tisch abwendet. »Was soll er denn denken?«

»Dass du auf ihn stehst.«

»Auf gar keinen Fall soll er das denken!«

»Aber wenn die Männer, auf die du stehst, nicht wissen sollen, dass du auf sie stehst, dann wird das nichts mit einer Beziehung. Hellsehen wird er nicht können.«

»Ist mir egal. Finn lassen wir raus«, entscheide ich. »Stell dir mal vor, der gibt mir einen Korb und dann laufe ich ihm ständig beim Training über den Weg? Das geht nicht. Da müsste ich mir ein neues Fitnessstudio suchen.«

»Es ist doch nichts dabei, einen Korb zu bekommen. Den bekommt doch jeder mal. Und wieso sollte er dir einen Korb geben? Er sieht doch nett aus und du bist eine junge, attraktive Frau, die das Hobby Sport mit ihm teilt.« Sie kneift die Augen zusammen. »Guck mal, die Schwarzhaarige da macht sich schon an ihn ran. Nicht quatschen, machen. Die hat es kapiert. Los, nimm deinen Cocktail, wir gehen da jetzt hin.«

»Ich will nicht. Außerdem steht er da auch noch mit einem anderen Typen! Und ich habe rote Flecken im Gesicht.«

»Ach, die sieht man in dem schummerigen Licht kaum.« Sie hält mir auffordernd meinen Drink hin. »Um den anderen Kerl kümmere ich mich. Los, komm mit.«

Da ich weiß, dass ich sie sowieso nicht mehr von ihrem Vorhaben abbringen kann, dackele ich ihr hinterher. Es stimmt ja: Wie soll ich den passenden Mann finden, wenn ich mich nicht traue, jemanden anzusprechen, der mir gefällt? Warum sollte immer der Mann den ersten Schritt wagen? Für das andere Geschlecht ist das genauso schwierig wie für uns Frauen. Niemand kassiert gerne einen Korb. Außerdem war Finn im Fitnessstudio immer sehr nett zu mir, bloß war ich davon ausgegangen, dass er vergeben ist. Aber vielleicht dachte er das von mir auch?

6. Adam – Dienstag, 15.4.

»Irgendwas ist noch nicht stimmig«, moniert Hannes und spielt den Refrain der Ballade noch einmal auf seinem Keyboard. Clara reibt sich die Augen und unterdrückt ein Gähnen. Es ist inzwischen fast elf Uhr abends. Wie so oft, wenn wir gemeinsam an einem neuen Song arbeiten, ist es später geworden als geplant.

»Heute werden wir das nicht mehr lösen«, meint Clara und streckt sich ausgiebig.

»Ich bin auch müde«, gibt Elli zu. »Ich musste heute früh aufstehen und morgen muss ich auch wieder früh raus.«

»Wird echt Zeit für Feierabend«, stimmt Alejandro zu.

»Bisher konnten wir solche Song-Probleme meistens lösen, wenn wir es nicht mit aller Gewalt versucht haben«, sagt Elli. »Bestimmt fällt uns eine Lösung ein, was wir noch ändern müssen, wenn wir gar nicht bewusst darüber nachdenken.«

»Das stimmt schon.« Hannes seufzt laut, doch mir ist bewusst, dass er die Ballade heute gerne fertig bekommen will. Doch irgendetwas ist nicht rund. Melodie und Rhythmus sind gut, der Text passt zu einer Ballade, aber dennoch ist keiner von uns von dem bisherigen Ergebnis so richtig überzeugt. Normalerweise landen solche Stücke dann erst mal auf einer Warteliste. Wenn einmal der

Wurm drin ist, wird es schwierig. Nun, da wir weiterhin unabhängig von einem großen Plattenlabel agieren können und unser neues Album verschiedene Musikstile beinhalten kann, möchte Hannes mindestens eine Ballade unter den Titeln haben.

»Vielleicht muss ich noch mal an dem Text feilen«, überlegt er laut, während wir unsere Sachen zusammen packen.

»Oder Ellis Ratschlag befolgen und den Song einfach mal ruhen lassen«, schlägt nun auch Clara vor. »Du hast doch noch vier andere neue Texte, dann machen wir eben erst mal mit denen weiter.«

»Läuft ja nicht weg«, ergänzt Alejandro. »Aber dass wir mal eine Ballade ins Programm nehmen, finde ich schon cool, auch wenn es sonst nicht so meine Musik ist. Rieke ist schon sehr gespannt.«

»Yuiko auch, aber nur, wenn wir auch weiterhin was Rockiges machen.« Clara grinst. »Mit Balladen kann sie nicht so viel anfangen.«

»Ich finde das auch mal schön zur Abwechslung«, meint Elli. »Tut mir leid, Hannes, dass ich aktuell keine so große Hilfe bin. Ich habe mit der Uni gerade so viele andere Sachen im Kopf. Das killt jegliche Kreativität.«

»Kein Problem, Elli«, beruhigt Hannes sie sofort. »Du hattest uns doch vorgewarnt. Ich bin froh, dass du dir überhaupt die Zeit für die Proben freischaufelst und wir übernächsten Samstag noch mal auftreten können.«

»Die Proben sind zwischendurch eine willkommene Abwechslung. Ich fürchte, sonst platzt mir noch der Kopf vom Lernen.«

»Vor meinen Prüfungen graut es mir auch schon.« Clara schüttelt sich. »Nächste Probe dann am Donnerstag? Freitag ist Karfreitag, da sollten wir wohl nicht den Raum deiner Eltern belagern.«

»Mir passt es am Samstag besser«, sagt Elli. »Donnerstag haben Moritz und ich was vor.«

»Da kann ich nicht«, meint Clara. »Familientreffen. Das kann ich nicht verschieben.«

»Ich kann höchstens später am Donnerstag. Moritz und ich haben eine Wohnungsbesichtigung und danach wollen wir noch was essen gehen.«

»Ach, dann sucht ihr sogar schon?«, fragt Hannes überrascht.

Elli wirkt verlegen. »Moritz hat einfach mal geguckt, was so zu haben ist aktuell und die Wohnung gefiel uns auf Anhieb.«

»Wie toll, dass ihr euch jetzt umseht«, freut Clara sich.

»Er hat auch vorgeschlagen, dass ich erst mal zu ihm ziehe, denn wir sind eh meistens bei ihm. Aber wir wollen auch nach Alternativen gucken.«

»Er hat ja auch diese schrägen Nachbarn, die sich wegen jedem Mist beschweren«, meint Hannes.

Elli verdreht die Augen. »Die sind wirklich furchtbar. Als hätten sie den ganzen Tag nichts anderes zu tun, als auf etwas zu warten, worüber sie meckern können.«

»So Menschen gibt es«, sagt Clara und macht mit beiden Händen ein Victory-Zeichen. »Manche Juristen leben von solchen Leuten.«

»Hat Yuiko eigentlich was von der Singleparty erzählt?«, will Elli plötzlich wissen.

Ich horche interessiert auf. Linnea und ich schreiben uns häufiger mal, aber seit Samstag habe ich nichts von ihr gehört und ich hatte meine Gründe, nicht aktiv nachzufragen. Mit vielen Dingen lässt es sich leichter leben, wenn man sie einfach nicht weiß.

»Linnea hat ein Date«, verrät Clara. »Weshalb Yuiko überzeugt davon ist, dass diese Singleparty eine grandiose Idee von ihr war.«

»Krass, dass sie dort echt jemanden getroffen hat.« Elli wirkt verblüfft.

»Sie sind dort auf einen Trainer aus Linneas Fitnessstudio gestoßen.«

Alejandro lacht. »So ein Mucki-Boy?« Er streckt seinen rechten Arm aus und spannt den Bizeps an.

»Keine Ahnung, ich habe nicht weiter nachgefragt.«

»Vielleicht war das dann wirklich ein Glücksgriff«, überlegt Elli. »Ich hätte auch niemals damit gerechnet, dass ich ausgerechnet in Las Vegas auf den Richtigen treffe.«

»Tja, wer weiß«, erwidert Clara nachdenklich. »Mich würde allerdings auch mal Linneas Version von Samstagabend interessieren, aber ich habe seitdem noch nicht mit ihr gesprochen.«

»Aber wenn Linnea ein Date hat, ist Yuikos Plan aufgegangen«, stellt Elli fest.

»Falls das Date erfolgreich sein sollte, bin ich mir sicher, dass sie nicht müde werden wird, ihren Beitrag zu betonen.«

»Singleparty also«, murmelt Hannes. »Vielleicht sollte ich es damit auch mal versuchen.«

»Du und Linnea hätten auch ein gutes Match sein können«, kommt Clara auf eine Idee, während sie Hannes ansieht. »Sie Pädagogin, du Psychologe – da gibts doch bestimmt einige gemeinsame Interessen. Falls es mit dem Fitnesstrainer nicht klappt, kann man das doch mal in Erwägung ziehen.« Sie zwinkert ihm zu.

Hannes' Blick streift mich, dann schüttelt er den Kopf. »Nee, lass mal«, sagt er, und ich bin mir ziemlich sicher, dass es kein Zufall war, dass er mich angesehen hat. Manchmal habe ich den Eindruck, dass er einer der wenigen Menschen ist, die wissen, was in mir vorgeht.

7. Linnea – Freitag, 18.4.

Es sind nur ein paar Schritte bis zu dem cremefarbenen Haus mit den Sprossenfenstern, das an eine Villa erinnert, aber ich bleibe noch einen Moment im Auto sitzen und sehe mich skeptisch um. Das Haus ist wunderschön gelegen, mit den Wiesen drumherum und den vielen Pflanzen und Bäumen, und es ist der Blickfang des idyllisch gelegenen Reiterhofs. Adams Schwester Marlene und ihr Mann Maurice haben diesen vor etwa drei Jahren in Wülfrath gekauft. Das Gelände ist riesig mit einem großen Stall, in dem Reiter Boxen für ihre Pferde mieten können. Eine Reithalle gehört natürlich auch dazu, welche Marlene und ihr Mann für Reitunterricht nutzen. Am Ende des Hofes befindet sich zudem noch ein Reitplatz, der sich insbesondere im Frühjahr und Sommer großer Beliebtheit erfreut.

Außer den Fahrzeugen von Maurice und Marlene ist noch kein anderer Wagen zu sehen. Anscheinend bin ich die Erste heute Abend. Wie immer parke ich auf dem Privatparkplatz, der näher am Haus als an den Ställen liegt. Die Mieter der Boxen müssen den Kundenparkplatz nutzen, der – anders als die private Parkfläche – vor den Ställen liegt und nicht dahinter. Ab und zu kommen jedoch Reiter hier vorbei, denn angesichts des trockenen Wetters von angenehmen fünfzehn Grad ist das Gelände an diesem Freitagabend gut besucht. Das bedeutet für mich gleich einen unentspannten Weg vom Auto bis zum Haus. Eigentlich mag ich die Kampen-Schey-Abendessen bei Marlene, aber ich habe panische Angst vor Pferden.

Zu der Familie Schey gehöre ich mit meinem jüngeren Bruder Lukas und meinen Eltern, die Kampens sind ebenfalls zu viert mit Adam, seiner acht Jahre älteren Schwester Marlene sowie ihren Eltern. Schon seit Jahren treffen wir uns jeden dritten Freitag im Monat zum gemeinsamen Abendessen. Es ist eine schöne Erinnerung an frühere Zeiten, in denen wir alle noch Nachbarn waren und regelmäßig zusammen gegessen haben, insbesondere im Sommer zur Grillsaison. Denn abgesehen von meinem Bruder Lukas, der drei Jahre jünger ist als ich, sind wir anderen längst ausgezogen und haben unsere eigenen Wohnungen.

Da Marlene am liebsten von uns allen kocht und auch eine sehr begabte Köchin ist, hat es sich in den letzten Monaten eingebürgert, dass wir meistens bei ihr zu Gast sind. Mir wäre es lieber, Marlene hätte ihr Koch-Hobby zum Beruf gemacht, doch sie ist eine absolute Pferdenärrin, ebenso wie ihr Mann. So haben sie sich auch kennengelernt, weil sie beide Pferdewirtschaft studiert haben. Doch das ist schon lange her. Marlene ist 36 und seit fünf Jahren mit Maurice verheiratet. Ich mochte Marlene immer sehr, obwohl sie nur wenige Monate meine Nachbarin war. Sie war bereits zwanzig, als ihre Eltern in das Haus neben uns gezogen sind. Kurz nach dem Umzug in unsere Straße war sie für ein halbes Jahr in Spanien und hat dort auf einer Pferderanch gearbeitet. Danach hat sie mit dem Studium begonnen und ist ausgezogen.

Dass Adam und ich uns angefreundet haben, lag anfangs vor allem daran, dass wir vom Alter her näher beieinanderlagen. Adam war damals zwölf und ich zehn Jahre alt. Da unsere Eltern sich auf Anhieb ausgezeichnet verstanden haben, gab es nicht nur gemeinsame Grillabende, sondern wir sind auch einige Male zusammen in den Urlaub gefahren.

Wenn ich nicht bei Marlene zu Besuch bin, mache ich um Reiterhöfe jedenfalls einen großen Bogen und das hat einen guten Grund. Als ich sechs Jahre alt war, haben meine Eltern mit meinem Bruder Lukas und mir einen Ausflug in ein Familienhotel gemacht. Dort gab es unter anderem Ponyreiten für Kinder und ich wollte das unbedingt ausprobieren. Leider bekam ich das biestige Pony zugewiesen, das dann auch noch von meinem pferdeunerfahrenen Vater geführt wurde. Der ließ erschrocken den Führstrick los, als das Pony nach ihm schnappte, woraufhin es in wildem Galopp davon preschte. Es konnte zwar nicht von der Koppel ausbrechen, aber ich hatte dennoch furchtbare Angst. Ich erinnere mich auch noch an den Reitlehrer, der uns hinterherlief und der schließlich von dem Pony getreten wurde, woraufhin der Rettungsdienst gerufen werden musste. Ich fiel bei der Aktion vom Pferd, hatte aber mehr Glück als der Reitlehrer und kam mit ein paar Prellungen davon, auch wenn einer der Hufe haarscharf an meinem Gesicht vorbeigesaust ist. Seitdem bin ich mit dem Thema Pferde durch. Bis heute bekomme ich Atemnot und weiche Knie, wenn diese Tiere in meine Nähe kommen. Lukas und Yuiko meinen, ich solle das mal therapieren lassen, aber wozu? Im städtischen Leben kann man Pferden sehr gut aus dem Weg gehen.

Ich tätschele liebevoll das Lenkrad meines kleinen Hyundais und zucke zusammen, als plötzlich jemand an die Beifahrerscheibe klopft. Es ist Adam, der mir zulächelt.

Ich schnappe mir meine Handtasche und steige aus.

»Hey, sagt er.

Ob er ahnt, dass ich mich nicht getraut habe, auszusteigen? Immerhin weiß er von meiner Angst. Marlene hat früher mehrfach versucht, mich davon zu überzeugen, mit einem ihrer gutmütigsten Pferde Freundschaft zu schließen, doch dazu konnte ich mich bisher nicht überwinden.

»Hallo«, sage ich, gehe auf ihn zu und umarme ihn, was immer etwas holprig wirkt, weil Adam knapp einen Meter neunzig groß ist und somit dreißig Zentimeter größer als ich. Seit er in Las Vegas war, sieht er verändert aus, weil er keinen Vollbart mehr trägt, sondern inzwischen meist einen Dreitagebart. Anfangs war es ungewohnt, aber inzwischen finde ich, dass es ihm – in Kombination mit seinen schwarzen, kinnlangen Locken – ausgesprochen gut steht.

»Ob Marlene wieder ihre Königsberger Klopse macht?«, spekuliere ich, während wir auf die Treppen zugehen, die zum Haus führen. Ich bin froh, dass Adam mir auf dem Weg Gesellschaft leistet. Er hat sich von der Pferdebegeisterung seiner Schwester anstecken lassen und kennt sich mit den Tieren aus.

»Vielleicht.«

»Oder Lasagne, die liebe ich auch. Eigentlich liebe ich alles, was deine Schwester kocht. Wie geht es dir?«, erkundige ich mich dann, denn die letzten Tage haben wir uns nicht geschrieben. In unserer Redaktion ist derzeit wahnsinnig viel los. Eine Kollegin ist seit zwei Wochen im Mutterschutz und ihre Nachfolgerin fängt erst nächsten Monat an. Ein Kollege ist zudem nach einer Knie-OP länger in der Reha und dadurch sind wir nun schon eine Weile unterbesetzt. Mir macht es nichts aus, zwischenzeitlich etwas mehr zu arbeiten. Dennoch bin ich froh, dass in den nächsten Wochen einige Feiertage anstehen, sodass ich Gelegenheit zum Verschnaufen habe.

»Gut«, sagt Adam. »Und dir?«

»Es ist etwas stressig im Büro, aber es macht auch Spaß. Die Tage vergehen wie im Flug, aber ich freue mich auf die neue Kollegin, die Mitte Mai endlich anfängt.«

»Das ist ja bald.«

»Gibt es von der Band was Neues? Yuiko erzählte, Clara hat neulich einen Plattenvertrag unter die Lupe genommen, war aber nicht überzeugt von dem Angebot.«

»Das waren wir alle nicht. Außer Hannes.«

»Dann habt ihr den Vertrag nicht unterschrieben?«

»Nein.«

»Das war sicherlich hart für Hannes, oder?« Ich weiß von Yuiko, wie sehr ihm die Band am Herzen liegt und dass es sein sehnlichster Wunsch ist, irgendwann von der Musik leben zu können.

»War es.«

Wenn ich Adam nicht schon so lange kennen würde, würde ich jetzt denken, dass er mich nicht mag und deshalb so kurz angebunden ist. Aber da ich schon so lange mit ihm befreundet bin, weiß ich, dass er einfach kein Mann der großen Worte ist. Anders als mein Bruder Lukas. Vermutlich wird der gleich wieder alle mit seinen Geschichten unterhalten.

Adam drückt auf die Klingel, während ich mich ängstlich umsehe, weil ich Hufgetrappel höre. In diesem Moment bin ich genervt von meiner Phobie, die Therapeuten als Equinophobie bezeichnen. Es hat mich beruhigt, als ich mal gelesen habe, dass relativ viele Menschen davon betroffen sind und dass ein traumatisches Erlebnis oftmals der Auslöser für diese irrationale Angst ist. Dieses Wissen hilft mir allerdings nicht dabei, sie loszuwerden.

8. Adam – Freitag, 18.4.

Es tut mir leid zu sehen, wie angespannt Linnea jedes Mal ist, wenn das Freitagsessen auf dem Reiterhof stattfindet. Daher lasse ich ihr den Vortritt, als mein Schwager uns die Tür öffnet. Er trägt ein Geschirrtuch über der Schulter und durfte vermutlich wieder nur Hilfstätigkeiten in der Küche ausführen. Darüber beschwert er sich immer. Marlene kocht ausgesprochen gerne und hat auch mir einige Gerichte beigebracht, aber sie gibt in der Küche nur ungern das Zepter ab.

»Das riecht nach Lasagne«, meint Linnea und hält schnuppernd die Nase in die Luft.

»Richtig! Schön, dass ihr da seid«, sagt Maurice mit einem leichten französischen Akzent. Er war vierzehn, als seine Eltern von Thionville mit ihm nach Düsseldorf gezogen sind.

»Marlene,«, ruft er. »Adam und Linnea sind da.«

»Huhu«, tönt es von weiter drinnen im Haus. »Ich bin gleich bei euch. Nehmt einfach schon mal Platz.«

Wir ziehen unsere dünnen Jacken aus und Maurice führt uns ins Esszimmer.

»Ihr seid die Ersten und habt freie Platzwahl«, verkündet er. Linnea setzt sich und ich wähle den Platz ihr gegenüber, denn ich sehe sie gerne an.

In den letzten Jahren ist unser Kontakt seltener

geworden, seit ich vorübergehend etwas weiter weg gewohnt habe. Außerdem arbeiten wir beide Vollzeit und sind nicht mehr so flexibel wie früher, als wir noch studiert haben. Ich bedaure es oft, dass wir weniger Zeit miteinander verbringen, und muss an die Singleparty denken, von der Clara uns erzählt hat. Offenbar hat sich daraus ein Date ergeben, aber vermutlich ist jetzt nicht der beste Zeitpunkt, um Linnea danach zu fragen. Vielleicht ist es sowieso sinnvoller, wenn ich so wenig wie möglich darüber weiß.

»Was möchtet ihr trinken?«, will Maurice wissen. »Seid ihr beide mit dem Auto hier? Oder seid ihr zusammen gekommen?«

»Wir sind getrennt gefahren«, antworte ich.

»Das hätten wir besser planen können«, meint Linnea. »Wir wohnen nur drei Straßen voneinander weg.« Sie zieht die Stirn kraus. »Total duselig, dass wir nicht zusammen herfahren. Das sollten wir ab sofort ändern.« Sie sieht zu Maurice. »Ich nehme eine Cola.«

»Alkoholfreies Bier«, antworte ich.

»Kommt sofort.«

»Ich bin diesmal direkt von der Arbeit gekommen, aber das ist bloß eine Ausnahme, weil so viel zu tun ist«, erklärt sie dann.

»Ich kann dich nächstes Mal abholen«, biete ich an.

Sie lächelt. »Okay, dann wechseln wir uns zukünftig ab. Da hätten wir wirklich schon früher drauf kommen können.«

Maurice hat uns gerade die Getränke gebracht, als es erneut an der Tür klingelt.

»Ich gehe schon«, hören wir Marlene rufen und kurz darauf erkenne ich die Stimmen meiner Eltern im Flur. Keine fünf Minuten später klingelt es erneut und mit Linneas Eltern und ihrem Bruder ist die Runde vollständig, sodass Maurice und Marlene das Essen auftischen.

»Ich habe gehört, du warst auf einer Singleparty«, sagt Lukas kurze Zeit später mit Blick auf seine Schwester, während er seine noch dampfende Lasagneportion in kleine Stücke schneidet.

Linnea wirkt überrascht. »Yuiko hat mich dorthin geschleppt. Woher weißt du davon? Warst du auch dort?«

»Sicher nicht! Als ob ich auf eine Singleparty gehen würde!« Er tippt sich an die Stirn. »Bente hat dich gesehen.«

Linnea seufzt laut.

»In einer Kleinstadt bleibt eben nichts verborgen«, sagt Marlene lachend.

»So klein ist Mettmann gar nicht«, murmelt Linnea.

»Wer ist Bente?«, will dagegen Marlene wissen.

»Ein Kumpel«, erzählt Lukas. »Und?« Mit seiner Gabel deutet er auf Linnea, der das Thema unangenehm zu sein scheint.

»Was und?«, fragt sie und ihr Hals wird rot.

»Hat es sich gelohnt? Jemanden aufgerissen?« Er grinst so breit, dass seine Zähne zu sehen sind.

Linnea verdreht die Augen und schiebt sich ein Stück Lasagne in den Mund.

»Also ist die Antwort Nein«, vermutet Lukas. »Du gehst auf eine Singleparty und bekommst keinen Kerl ab? Also ehrlich, Schwesterchen!«

»Lukas!«, fährt Stefanie, seine Mutter, dazwischen.

»Ich frag doch nur.«

»Ich habe morgen ein Date«, meint Linnea und die roten Flecken werden stärker.

»Cool«, meint Lukas. »Wie heißt er?«

»Ich fühle mich wie bei einem Verhör!«

»Ich bin dein kleiner Bruder, ich muss so was wissen.«

»Nee, nee! Das geht uns ja mal gar nichts an«, ergreift Marlene schnell das Wort und zwinkert Linnea zu. »Aber falls ihr gerade auf Neuigkeiten steht ... Maurice und ich haben was zu verkünden.«

»Mila ist endlich trächtig?«, fragt unser Vater sofort. In den letzten Monaten war es bei den Abendessen wiederholt ein Thema, dass Maurice und Marlene mit der Stute, die sie vor zwei Jahren gekauft haben, Nachwuchs bekommen wollen.

Marlene lacht. »Mila nicht.«

Unsere Mutter gibt einen jauchzenden Laut von sich und springt von ihrem Stuhl auf. »Das sind fantastische Neuigkeiten.« Sie umarmt Marlene und zieht dann meinen Schwager in ihre Arme.

»Herzlichen Glückwunsch«, sage ich und nehme meine Schwester in den Arm, als unsere Eltern mit der Glückwunschrunde fertig sind. Mum und Dad wünschen sich schon lange Enkel, doch Marlene und Maurice hatten immer viel zu tun mit dem Hof und nie den richtigen Zeitpunkt gefunden, wie sie mir mal sagten. Außerdem haben sie auch finanziell ein paar schwierige Zeiten hinter sich. Es freut mich für sie, dass sich die unsichere Lage beruhigt hat.

»Das sind so tolle Neuigkeiten«, sagt Linnea, während sie die beiden ebenfalls in die Arme schließt. »Ich freue mich so für euch.« Dann kommt sie zu mir und klopft mir auf die Schulter. »Da wirst du also bald Onkel. Das ist toll.«

Ich weiß noch nicht, ob ich das toll finde. Ich kenne mich mit Kindern nicht aus, aber vielleicht hat mein Kumpel Moritz, der in seinem Nebenjob mit Kindern arbeitet, einige Tipps für mich parat.

Marlene tätschelt sich den Bauch, als wir alle wieder auf unseren Plätzen sitzen. »Ich bin jetzt in der vierzehnten

Woche und ich würde am liebsten den ganzen Tag schlafen.« Passend dazu gähnt sie.

»Du hättest doch auch wirklich was sagen können«, sagt unsere Mutter besorgt. »So viel Arbeit mit dem Essen. Nächstes Mal machen wir das bei uns!«

»Ach was, Maurice hat viel geholfen.«

»Und viel falsch gemacht«, meint er und drückt Marlene einen Kuss auf die Wange.

»Eigentlich sind wir im Mai mal wieder dran«, stellt Linneas Vater fest.

»Wie ihr mögt«, meint Marlene. »Aber ich koche wirklich gerne für euch. Außerdem werde ich bald auf dem Hof was kürzertreten und habe mehr Zeit für andere Dinge.«

»Wir haben endlich jemanden eingestellt«, ergänzt Maurice. »In Vollzeit.«

Unsere Mutter wirkt erleichtert. »Das freut mich. Ich freue mich sehr darüber, dass wir Großeltern werden, aber fünf Jahre muss ich noch arbeiten bis zu meiner Rente. Dann könnt ihr mich auch auf dem Hof einspannen.«

»Wann ist denn der Geburtstermin?«, will Linnea wissen.

»Anfang Oktober«, antworte ich.

Erstaunt sieht sie mich an.

»Vierzig Wochen, oder?«, frage ich nach.

Marlene nickt. »Ja, richtig. Anfang Oktober. Vielleicht wird es sogar ein Feiertagskind und es hat am Geburtstag immer frei. Das wäre doch auch was.«

»Wisst ihr schon, was es wird?«, erkundigt sich Stefanie.

»Noch nicht«, sagt Maurice.

»Hauptsache gesund«, ergänzt Marlene.

»Richtig«, meint unser Vater und erhebt sein Glas, das mit Rotwein gefüllt ist. »Auf die Gesundheit und darauf, dass wir ab dem Winter zu zehnt unser Nachbarschafts-essen abhalten.«

»Und nicht zu vergessen auf unseren Urlaub«, ergänzt unsere Mutter.

»Wann geht eure Reise los?«, fragt Linnea, während sie versucht, einen Käsefaden um ihre Gabel zu wickeln.

»Übermorgen. Freunde von uns sind heute schon geflogen und wollen uns dort in Empfang nehmen.«

Marlene legt ihren Kopf mit den dunklen Locken in den Nacken und lässt ihn kreisen. »Ah, so zwei Wochen in Portugal würden mir nun auch guttun.«

Maurice streichelt ihr über den Rücken. »Wenn Jakob, unser neuer Mitarbeiter, eingearbeitet ist, gönnen wir uns vielleicht noch mal ein paar Tage Urlaub an der Ost- oder Nordsee.«

»Das ist eine wunderbare Idee«, meint Stefanie. »Bevor der Nachwuchs euch auf Trab hält, könnt ihr euch so ein wenig erholen.«

»Ich glaube nicht, dass das möglich sein wird.« Marlene verzieht das Gesicht. »Jakob kann uns nicht beide ersetzen.«

»Für ein langes Wochenende wird es hoffentlich mal gehen«, meint Maurice zuversichtlich.

»Das hoffe ich aber auch«, stimmt unsere Mutter ihm zu. »Ihr müsst euch auch mal erholen. Ihr habt die letzten Jahre so viel geschuftet.«

»Es war uns bewusst, dass das so sein wird«, sagt Marlene leise.

»Ich habe als Teenager einen Babysitter-Führerschein gemacht«, berichtet Linnea. »Mit den Pferden kann ich euch nicht helfen. Wenn ihr aber jemanden braucht, der aufs Kind aufpasst, dann könnt ihr euch gerne melden.«

»Und das dann auch noch als studierte Pädagogin.« Maurice prostet ihr zu.

»Wenn sie denn Zeit hat«, wirft Lukas grinsend ein. »Denn vielleicht ist das Date ja erfolgreich und sie hat bald einen Freund und andere Dinge zu tun.«

Linneas Flecken werden wieder sichtbar. »Du bist unmöglich«, murmelt sie und legt ihre Handflächen an die Wangen. Ihr Blick fällt auf mich und sie zuckt leicht mit den Schultern. Es ist ihr peinlich, wenn sie rot im Gesicht wird, doch wenn sie sich gerade im Spiegel sehen könnte, würde sie bemerken, dass sie dennoch wunderschön ist.

Wie so oft sind Linnea und ich die Letzten, die gehen, wenn das Abendessen bei Marlene und Maurice stattfindet. Als ich sie zu ihrem Auto begleite, ist es bereits kurz vor Mitternacht.

»Brr, ist das noch kühl abends«, sagt sie und zieht die Jacke enger um sich. »Aber was für tolle Neuigkeiten! Ich freue mich so für die beiden. Ich wünschte, Lukas wäre älter als ich und hätte schon Kinder. Dann könnte ich als Tante ein bisschen üben, bevor ich eigene bekomme.«

»Du hast Pädagogik studiert.«

»Das ist das Problem! Heißt es nicht immer, dass Pädagogen die allerschlimmsten Eltern sind?«

»Dein Vater ist Lehrer.« Ich sehe sie an. »Scheint ja dennoch funktioniert zu haben, bei Lukas und dir.«

Sie lacht und ich liebe den Klang ihrer Stimme, doch als aus der Ferne ein Wiehern zu hören ist, verstummt sie sofort und scheint erleichtert zu sein, als wir ihr Auto erreichen.

»Es gibt einige neue Filme bei den Streamingdiensten. Möchtest du zum Film schauen vorbeikommen?«, schlage ich vor, weil ich nicht bis zum nächsten Nachbarschafts-essen warten möchte, bis ich sie wiedersehe. Linnea sieht mich nachdenklich an. Ich frage mich, ob ich etwas Falsches gesagt habe, doch dann verzieht sich ihr Mund zu einem Lachen.

»Auf jeden Fall«, sagt sie. »Ich habe mich nur gerade gefragt, warum wir das irgendwann eingestellt haben.«

»Weil ich weggezogen bin.«

»Aber jetzt bist du schon lange wieder hier. Ich kann morgen nicht, aber sonst sieht es die nächsten Tage gut aus. Mittwoch bis Freitag arbeite ich außerdem meist im Homeoffice, dann kann ich morgens länger schlafen.«

»Dann Mittwochabend?«

»Ja, super. Bei dir oder bei mir?«

»Ich habe den größeren Fernseher.«

»Okay, also bei dir. Aber ich bringe die Knabbersachen mit.«

»Vorher Pizza?«

»Klingt super«, bestätigt sie und umarmt mich zum Abschied. »Das war schön heute. Ich freue mich auf Mittwoch.«

Ich suche nach den richtigen Worten und das »Viel Spaß morgen«, weil sie ein Date hat, kommt mir schließlich zögerlich über die Lippen.

9. Linnea – Samstag, 19.4.

Voriges Jahr im Sommer hatte ich mein letztes Date. Wir haben uns online kennengelernt und in einer Eisdiele getroffen. Es war nett, aber gefunkt hat es nicht. Es fiel uns auch schwer, Themen zu finden, die uns beide interessieren, aber immerhin hatten wir diese Erkenntnis gemeinsam, sodass es nicht unangenehm bei der Verabschiedung wurde. Nach dem Treffen habe ich die Dating-App gelöscht. Ich konnte mir nicht mehr vorstellen, auf diese Art und Weise den Mann fürs Leben kennenzulernen. Stattdessen habe ich den Rest des Sommers genutzt, um zwei längere Städtereisen mit einer Freundin zu unternehmen. Erst haben Yasmine und ich uns Hamburg angesehen und waren dort in dem Harry-Potter-Theater, die zweite Reise hat uns nach Brügge geführt. Die Kurzurlaube waren eine tolle Auszeit und wir hatten viel Spaß zusammen. Daher überlegen wir bereits, wo wir diesen Sommer hinfahren wollen. Ich bin froh, dass Yasmine noch Lust hat, mit mir wegzufahren, obwohl sie seit einem halben Jahr wieder einen Freund hat. Ob meine Single-Zeit sich auch dem Ende nähert?

Dass ich allerdings mal ein erstes Date zu Hause habe, hätte ich nie erwartet. Schon seit dem Frühstück mache ich mir Gedanken darüber, dass Finn das vielleicht falsch auffassen könnte. Ob er denkt, er kann nicht nur zum

Essen bei mir landen? Ich wünschte, ich hätte auf der Singleparty keinen Alkohol getrunken! Nüchtern hätte ich mich niemals getraut, ihn zu mir zum gemeinsamen Kochen einzuladen, auch wenn wir uns bereits seit einigen Monaten aus dem Fitnessstudio kennen. Würden wir in ein Restaurant gehen und uns dort nicht wohlfühlen miteinander, ließe sich so ein Abend leichter beenden. Aber vielleicht verstehen wir uns ja bestens. Zwar hatte ich auf der Singleparty keine Schmetterlinge im Bauch, andererseits war ich in dem Gedränge dort die ganze Zeit über etwas angespannt. Heute dagegen haben Finn und ich die Gelegenheit, ganz in Ruhe miteinander zu reden. Außerdem meinte Yuiko, dass es nicht immer Liebe auf den ersten Blick sein kann und ich den Männern eine Chance geben soll.

Ich lege die Zutaten auf die Küchentheke, die wir für den Hackfleisch-Gemüseauflauf brauchen. Finn hatte angeboten, dass er die Getränke mitbringt. Da ich ihm auf Instagram folge, weiß ich, dass er sich viel mit dem Thema Ernährung beschäftigt und Wert auf gesunde Zutaten legt. Ich hoffe, das zucker- und sahnehaltige Dessert mag er dennoch. Falls nicht, muss ich mich wohl opfern und alles alleine essen.

Mein Smartphone summt und eine Nachricht von Yuiko ploppt auf.

Hey, viel Spaß heute mit Finn. Morgen erwarte ich einen ausführlichen Bericht! Und falls es nichts wird mit euch, habe ich einen Plan B. :)

Der Plan B beunruhigt mich ein bisschen, aber ich frage nicht nach, da ich gerade anderes zu tun habe, denn ich muss mir noch ein Outfit für den Abend aussuchen. Die Jeans bleibt an, aber den dünnen Hoodie tausche ich gegen ein pinkfarbenes Shirt und eine roséfarbene Stoffbluse. Sicherlich nicht das, was Yuiko als sexy bezeichnen würde, aber die Bluse ist in meiner Größe und sogar tailliert.

Meine Wohnung ist immer sehr aufgeräumt, aber heute Vormittag habe ich extra Staub gesaugt und sogar in dem großen Bücherregal Staub gewischt. Auf meiner cremefarbenen L-Couch liegen einige Zierkissen in dunklem Blau mit fliederfarbenem Muster, die ich nun etwas dekorativer platziere. Meine beiden Harry-Potter-Kuscheldecken lasse ich jedoch an ihrem Platz. Ich bin so an sie gewohnt, dass das Sofa leer wirkt, wenn sie nicht dort liegen. Ich mag meine Wohnung sehr gerne. Sie hat zweieinhalb Zimmer und im Flur einen großen Bereich, wo ich meinen Schreibtisch stehen habe, auch wenn ich an den Homeoffice-Tagen meistens am Küchentisch sitze, an dem bis zu sechs Leute bequem Platz nehmen können. Nur ein Lesezimmer fehlt, dann wäre die Wohnung perfekt.

Als ich das letzte Kissen drapiert habe, habe ich noch immer zwanzig Minuten Zeit, bis Finn kommt. Ich bin unruhig, laufe hin und her und denke an das Abendessen von gestern. Adam hat es ziemlich neutral aufgenommen, dass er Onkel wird. So reagiert er oft, aber ich weiß, dass er durchaus auch emotional sein kann. Ich schätze, die Rolle des Onkels ist ihm nicht geheuer. Dabei bin ich mir sicher, dass er ein ziemlich cooler Onkel sein wird. Adam ist ein verantwortungsbewusster Mensch, ganz anders als mein kleiner Bruder. Bei dem hätte ich wirklich Bedenken, ihn als Babysitter einzuspannen.

Fünf Minuten früher als erwartet, klingelt es. Es ist Finn, der eine Stofftasche in der einen Hand hält und einen großen Blumenstrauß in der anderen. Ich finde das ein bisschen Oldschool, aber auch irgendwie süß. Er trägt Jeans und ein weißes Hemd mit aufgekrempelten Ärmeln.

Ob er extra noch im Sonnenstudio war? Er wirkt plötzlich so braun gebrannt.

»Schön, dass du da bist«, sage ich und nach kurzem Zögern drückt er mir einen Kuss zur Begrüßung auf die Wange, dann überreicht er mir die Blumen. In der Tasche hört man Glas gegeneinanderstoßen.

»Danke für die Einladung. Ich hoffe, du magst den?«, fragt er und zieht eine Rotweinflasche aus dem Stoffbeutel.

»Bestimmt«, antworte ich höflich, obwohl ich die Marke nicht kenne. Ich führe ihn in die Küche, wo ich die Blumen in eine Vase stelle, die ich ganz hinten aus einem Schrank hervorwühlen muss. Ich habe schon seit Ewigkeiten keine Blumen mehr geschenkt bekommen.

»Vielen Dank, die sind wirklich schön.«

Das scheint ihn zu freuen und er stellt mit einem breiten Lächeln die beiden Weinflaschen auf die Arbeitsfläche. Dann zeigt er auf das Gemüse, das dort liegt.

»Ich kann mich direkt nützlich machen«, bietet er an, also lege ich ihm das Rezept vor die Nase.

»Das Gemüse ist bereits gewaschen, das Fleisch muss noch angebraten werden.«

»Das kann ich auch übernehmen.«

»Wie du magst. Äh, willst du vielleicht erst was trinken, bevor wir anfangen? Ich habe auch alkoholfreies Bier gekauft, weil ich nicht wusste, ob du mit dem Auto da bist.«

»Nee, ein Kumpel hat mich hergefahren. Soll sich ja lohnen mit dem Wein.«

»Ah, klar. Die beiden Flaschen kann ich auch unmöglich alleine trinken.«

Er lacht. »Also, dann schneide ich mal die Paprika in Streifen, okay?«

»Klar«, sage ich und kümmere mich um das Fleisch.

Sobald es angebraten und gewürzt ist, kommt es mit dem Gemüse und einer Sahnesoße sowie Käse in die Auflaufform. Das ist zwar nicht das leichteste Essen, aber wie Yuiko schon festgestellt hat, haben wir beide Sport als gemeinsames Hobby.

Eine Weile arbeiten wir schweigend nebeneinander. Ich bin nicht wortgewandt in solchen Situationen. Ich wünschte, Yuiko wäre hier, denn mit ihr gehen mir nie die Gesprächsthemen aus. Gleichzeitig überkommt mich ein schlechtes Gewissen, weil Finn mir sogar Blumen mitgebracht hat. Außerdem riecht er sehr angenehm und ist frisch rasiert. Er hat sich offenbar Mühe gegeben, um einen guten Eindruck zu machen.

»Hast du schon gesehen, dass wir ab sofort auch Kickboxen im Fitnessstudio anbieten?«, fragt er und ich nehme das Thema dankbar auf.

»Das klingt toll. Eine Freundin hat überlegt, damit anzufangen. Das muss ich ihr erzählen.«

»Mitte Mai startet der Kurs. Vorerst nur einmal pro Woche, aber wenn der Termin Interesse weckt, soll es auf zweimal erhöht werden.«

»Unterrichtest du das auch?«

»Nein, beim Kampfsport bin ich raus. Aber es kann neue Kunden anlocken.«

»Andererseits scheint es an denen nicht zu mangeln.« Ich finde das Fitnessstudio immer recht gut besucht, wenn ich dort trainiere.

Er atmet laut aus. »Anfang des Jahres hatten wir wie immer enorm viel Zulauf, aber dann nimmt es so ab März stark ab. Und im Sommer, sowie generell in der Ferienzeit, ist es meist sehr ruhig. Daher überlegen Uta und Mehmet immer, wie sie die Leute zu mehr Sport motivieren können.«

Uta und Mehmet sind die Eigentümer des Studios.

Beide stehen oft am Empfang oder an der Bar, an der man verschiedene alkoholfreie Getränke und Smoothies kaufen kann. Daher habe ich mich mit beiden schon einige Male unterhalten.

»Ich hatte überlegt, mal zu dem neuen Zumba-Kurs zu gehen, aber der ist nachmittags so früh und ich schaffe es nie.«

Finn wirft mir einen fragenden Blick zu. »Bist du etwa nicht mehr zufrieden mit mir als Trainer für die Fitnessübungen?«

»Doch, natürlich«, antworte ich schnell. Eigentlich mache ich gerne Fitnesstraining, aber manchmal ist es etwas eintönig. »Ich würde Zumba zusätzlich machen.«

Er scheint besänftigt und ich muss plötzlich an Chiron denken, mit dem die Stimmung irgendwie entspannter war. Aber vielleicht lag das daran, dass Yuiko mit dabei war und wir kein Date hatten.

»Der Wein ist lecker«, stelle ich eine halbe Stunde später fest, als wir am Tisch sitzen und essen. Das Kompliment ist keine reine Höflichkeit. Er schmeckt wirklich gut, weshalb ich ein Foto von dem Etikett mache, um ihn nachkaufen zu können.

»Ich dachte schon, du magst ihn nicht.« Finn deutet auf mein Glas. Es ist noch mein Erstes und ich habe nur die Hälfte getrunken.

»Ich trinke nie viel Alkohol«, erkläre ich.

Finn nickt verständnisvoll. Er hat schon sein drittes Glas geleert, aber sicherlich verträgt er deutlich mehr als ich.

»Die Cocktails auf der Singleparty waren ziemlich verwässert«, sagt er. Das ist mir nicht aufgefallen – im

Gegenteil. Ich fühlte mich an dem Abend ziemlich beduselt von dem Lady Killer und nur so kam es überhaupt dazu, dass wir beide gerade hier sitzen. Das sage ich ihm allerdings nicht. Er kann nichts dafür, dass ich noch immer keine Schmetterlinge im Bauch habe. Da hilft es nicht, dass er sportlich ist, kochen kann und schöne blaue Augen hat. Meine Gedanken wandern erneut zu Chiron, mit dem ich mich besser unterhalten konnte.

»Wohnst du eigentlich in der Nähe?«, erkundige ich mich, weil ich daran denken muss, dass ein Freund ihn zu mir gefahren hat.

Er schüttelt den Kopf. »Nein. Wieso?«

»Ach, ich dachte nur, weil du hergefahren wurdest.« Eigentlich versuche ich, eine Überleitung hinzubekommen, damit er versteht, dass es irgendwann Zeit für ein Taxi wird oder um nach Hause zu gehen. Finn hat während des Kochens vorgeschlagen, dass wir gleich noch einen Film zusammen gucken und es uns gemütlich machen können. Ich habe zugestimmt, sehe dem Plan aber mit gemischten Gefühlen entgegen. Wenn Adam und ich früher unsere Filmabende gemacht haben, habe ich mich bei ihm immer wie zu Hause gefühlt. Es gab kein unangenehmes Schweigen zwischen uns, sondern es war einfach schön, miteinander Zeit zu verbringen. Aber was, wenn Finn nicht nur einen Film schauen will? Jetzt sitzen wir uns gegenüber und haben den Esstisch zwischen uns. Auf dem Sofa könnte er sich eingeladen fühlen, mir näherzukommen.

»Das war eine tolle Idee mit dem Auflauf, danke«, meint Finn und schiebt seinen leeren Teller von sich.

»Den habe ich ja nicht alleine zubereitet«, erwidere ich und stehe auf, um die Teller abzuräumen. Auch er macht Anstalten, sich zu erheben. »Ich erledige das schon.« Immerhin ist er mein Gast.

»Okay«, sagt er und sieht mir zu, während ich den Geschirrspüler einräume. Ob es ihm so geht wie mir und er ebenfalls überlegt, wie er das Date beenden kann? Wenn ich ehrlich zu mir selbst bin, dann glaube ich das nicht. Er hat durchaus versucht zu flirten während des Essens und ich habe mich bemüht, das zu ignorieren. Das müsste ihm doch aufgefallen sein, oder?

»Soll ich die zweite Flasche Wein öffnen für den Film gleich?«, fragt er und macht meine Hoffnungen zunichte.

»Für mich nicht, danke. Magst du im Wohnzimmer schon mal einen Film aussuchen?«, schlage ich vor. »Mach's dir einfach auf der Couch gemütlich. Ich komme dann gleich.«

Er steht auf, kommt zu mir und streicht mir eine Haarsträhne hinter das Ohr. Überrumpelt von der vertraulichen Geste, gehe ich hastig einen Schritt zurück und stolpere über den geöffneten Geschirrspüler. Finn greift nach mir, sodass ich mich wieder fange.

»Danke«, sage ich, andererseits ist es seine Schuld, dass ich überhaupt gestolpert bin. Gehört er etwa zu den Männern, die nach dem Genuss von Alkohol anhänglich werden? Das hat mir gerade noch gefehlt!

»Ganz schön stürmisch.« Er zwinkert mir zu und hat wohl nicht mitbekommen, dass ich ihm ausweichen wollte und nicht vorhatte, in seine Arme zu fallen!

»Ich … äh … muss dann noch was vorbereiten für das Dessert.«

»Ich kann es kaum erwarten«, sagt er, während er mir in die Augen sieht und sich etwas näher zu mir beugt.

»Schön, dann komme ich gleich zu dir«, sage ich und wende mich ab, bevor er noch auf die Idee kommt, mich zu küssen.

»Klar.« Er zwinkert mir noch einmal zu, nimmt unsere Weingläser und verlässt die Küche, sodass ich einen

Moment durchatmen kann. Ob ich Yuiko bitten soll, gleich hier anzurufen, damit ich so tun kann, als ob es einen Notfall gäbe? Aber das wäre zu offensichtlich. Ich will nicht, dass Finn sich blöd fühlt. Immerhin werden wir uns im Fitnessstudio auch zukünftig begegnen. Dennoch möchte ich, dass er nach dem Dessert geht, denn wenn er nun anhänglich wird, fühle ich mich erst recht unwohl.

Vielleicht ist der Alkohol schuld daran, dass er etwas begriffsstutzig ist, aber umso wichtiger ist, dass ich ihm gleich sage, dass es ein netter Abend war, aber mehr auch nicht. Solche klaren Worte sind nicht meine Stärke, daher versuche ich, mir passende Sätze zurechtzulegen, während ich die Deko für den Nachtisch aus einem Küchenschrank hole. Die süße Creme ist eine Art Tiramisu, jedoch ohne Alkohol und mit frischen Früchten. Ich schraube die Deckel von zwei der vier Einmachgläser und verteile etwas Kakaopulver sowie kleine Schokokügelchen auf der Creme. Dann schnappe ich mir die langstieligen Löffel aus der Besteckschublade und gehe zu Finn ins Wohnzimmer. Dort lasse ich die Gläser vor Überraschung fast fallen. Er sitzt mit nacktem Oberkörper auf meiner Couch und hat sich eine der Kuscheldecken genommen, die er bis zur Hüfte über sich gelegt hat. Ich spüre sofort, wie sich Flecken an meinem Hals bilden. Lieber Gott! Bitte lass ihn unter der Decke nicht nackt sein!

»Oh!«, sagt er und sieht ebenso verwirrt aus wie ich. »So ein Dessert meintest du.«

»Was dachtest du denn?«, frage ich, obwohl es offensichtlich ist.

»Na ja ...«, meint er und schlägt die Decke zurück. Ich halte den Atem an, doch zu meiner Erleichterung kommt eine weiße Boxershorts zum Vorschein. Die liegt so eng an, dass ich einen Blick auf seine gut durchblutete Körpermitte bekomme.

»Ich, äh, es tut mir echt leid mit dem Missverständnis«, sage ich, als ich mich wieder gefasst habe, und stelle die beiden Desserts auf dem Couchtisch ab. Zugleich frage ich mich, wofür ich mich eigentlich entschuldige. Es ist nicht so, dass ich ihn gebeten habe, sich schon mal zu entkleiden, während ich mich um den Nachtisch kümmere. Meine Irritation schlägt in Verärgerung um. Wir haben uns noch nicht einmal geküsst! Wie kommt er also auf die Idee, sich halb nackt auf meine Couch zu setzen?

»Das ist jetzt ein bisschen peinlich«, stellt er fest.

»Hm ...« Mehr fällt mir nicht ein. Er hätte den Wein nicht so schnell trinken sollen! Offensichtlich ist ihm der zu Kopf gestiegen.

»Vielleicht ist das nicht mehr so eine passende Idee mit dem Film«, äußere ich und meine Haut glüht regelrecht vor Aufregung.

Völlig konsterniert sieht er mich an. »Ernsthaft? Willst du, dass ich gehe?«

»Ja. Ich fürchte, wir haben unterschiedliche Vorstellungen von dem weiteren Abend.« Ich zeige auf die Dessertgläser auf dem Couchtisch. Im ersten Moment wirkt er verblüfft, dann wird seine Miene ernst. Oder eher wütend. Das macht mir Angst. Finn ist knapp zwanzig Zentimeter größer als ich und sehr muskulös. Da hilft es nicht, dass ich regelmäßig im Fitnessstudio trainiere – mit ihm kann ich nicht mithalten. Ich gehe ein paar Schritte zurück in Richtung der Wohnzimmertür, während Finn nach seinen Klamotten greift, die sich unter der Decke verstecken.

»Unglaublich«, schimpft er, schlüpft in seine Jeans, und ich trete den Rückzug an und stelle mich im Flur an die Wohnungstür. Er scheint sich mit meiner Entscheidung abgefunden zu haben, denn er taucht mit Jeans und Socken bekleidet hinter mir auf. Mir ist es dennoch nicht geheuer und ich öffne die Tür zum Hausflur einen Spalt. Ob mir irgendjemand helfen würde, falls er aggressiv wird und ich um Hilfe rufe? Die Wohnung gegenüber steht leer, oder zumindest war das bis vor Kurzem der Fall. Als ich gestern Abend nach Hause kam, habe ich erst ein Hämmern und dann Stimmen von dort gehört. Vielleicht zieht dieses Wochenende jemand Neues ein.

Finn streift sich das T-Shirt über und reißt die Tür zum Hausflur ein Stück weiter auf.

»So was habe ich echt noch nicht erlebt«, motzt er, während er in seine Schuhe schlüpft. Das weiße Hemd hat er sich über die Schulter gelegt.

»Es tut mir leid«, sage ich reflexartig und könnte mir auf die Zunge beißen, weil ich mich schon wieder entschuldigt habe.

»Was glotzt du denn so blöd«, schnauzt er plötzlich und ich brauche einen Moment, um zu bemerken, dass das nicht mir galt, sondern einem jungen Mann, der im Hausflur steht.

»Ist alles in Ordnung?«, fragt der. Ich schätze ihn auf Ende zwanzig. Er sieht besorgt aus, während er in meinen Flur lugt und sich die hellbraunen Haare aus der Stirn streicht. Irgendwie kommt er mir bekannt vor, aber ich kann nicht sagen, woher.

»Alles bestens, kümmere dich um deinen eigenen Scheiß!« Der bisher nett wirkende Finn zeigt plötzlich ein ganz anderes Gesicht von sich. »Kann ich die Blumen zurückhaben?«, fährt er mich dann an. »Und die Flasche Wein, die noch zu ist?«

»Oh! Klar.« Ich will eigentlich nicht von der Tür weg, aber der andere Mann ist stehen geblieben. Anscheinend hat er bemerkt, dass irgendetwas nicht in Ordnung ist. Also laufe ich schnell in die Küche, wickele Küchenpapier um die nassen Blumenstiele, schnappe mir den Wein und eile zurück in den Flur. Bei Finn angekommen, reißt er mir die Pflanzen und die Flasche aus den Händen, dann stürmt er die Treppe ins Erdgeschoss hinunter. Der andere Mann sieht ihm einen Moment nach und blickt mich schließlich verdutzt an.

»Das war schräg«, sagt er.

»Entschuldige, dass du das mitbekommen hast.«

»Alles in Ordnung?«

»Ja, jetzt wieder. Danke, dass du gefragt hast.«

Er lächelt mich an und mir fallen seine schönen grünen Augen auf. Warum kommt er mir so bekannt vor?

»Ich wohne seit heute hier«, sagt er und deutet auf die Wohnungstür hinter sich. »Ich hoffe, es war nicht zu laut zwischendurch?«

»Nein. Ich habe kaum was mitbekommen.« Wie unangenehm, dass er die Situation mit Finn miterlebt hat! Ich spüre, dass meine Flecken schlimmer werden, was mir noch peinlicher ist. »Herzlich willkommen hier.«

»Danke. Ich wünsche dir noch einen schönen Abend.«

»Danke, den wünsche ich dir auch. War echt nett, dass du gefragt hast, ob alles okay ist.«

»Na klar doch. Bis dann.«

»Bis dann«, antworte ich und schließe die Tür. Plötzlich habe ich Schmetterlinge im Bauch. Ob das von der Aufregung kommt?

Ich bin ein bisschen durcheinander. Das Problem, wie ich den Abend beenden soll, ist gelöst, aber es fühlt sich dennoch mies an. Vorerst werde ich wohl eine Weile in meinem Wohnzimmer Fitnessübungen machen, statt im Studio zu trainieren, denn dort würde ich Finn früher oder später über den Weg laufen.

Obwohl Finn nicht völlig nackt unter meiner Harry-Potter-Decke saß, habe ich plötzlich das Bedürfnis, sie zu waschen. Eine frühere Kommilitonin erzählte mal, es gäbe

Rituale, um einen Raum von schlechter Energie zu befreien. Ich fand ihre Ausführungen dazu immer etwas seltsam, aber jetzt weiß ich, was sie mit schlechter Energie meint. Ich habe allerdings nicht mal Raumspray im Haus. Aber dafür habe ich ein Dessert. Genau genommen sogar vier. Die dürften reichen, um mich gleich wieder besser zu fühlen.

Ich schmeiße die Decke in der Küche in die Waschmaschine, dann mache ich es mir mit meiner zweiten Harry-Potter-Kuscheldecke auf dem Sofa gemütlich und lasse mir den Nachtisch schmecken. Gleichzeitig tippe ich eine Nachricht an Yuiko und frage, ob sie Zeit zum Quatschen hat. Sicherlich ist sie enttäuscht, dass es bei mir nicht gefunkt hat. Aber sie soll bloß nicht auf die Idee kommen, sich eine neue Verkupplungsaktion einfallen zu lassen, so wie sie es mit ihrem Plan B angedeutet hat. Ich bin bedient!

10. Adam – Samstag, 19.4.

»Ich bin raus für heute«, sage ich, schalte den Rechner aus und nehme mein Headset von den Ohren. Nach einem längeren Teamevent mit ein paar anderen Gamern brauche ich eine Pause. Das Zocken war in den letzten Stunden eine gute Ablenkung, aber jetzt ist es genug.

Außerdem habe ich eben im Augenwinkel gesehen, dass mir jemand eine Nachricht geschickt hat.

> *Hi, ich bin für ein paar Tage bei meinen Eltern in Düsseldorf. Wie geht's dir? Sollen wir uns treffen, bei unserem Griechen? Lass von dir hören, Natalie*

Natalie. Wir haben uns im Studium kennengelernt, doch nach der Uni ist sie für ihren Job nach Berlin gezogen, was zugleich das Ende unserer Affäre war. Es war nie etwas Ernstes zwischen uns. Natalie kam zu dem Zeitpunkt gerade aus einer Langzeitbeziehung und wollte nichts Festes, und mich strengen Beziehungen an. Laut meiner Schwester liegt das daran, dass ich noch nicht an die richtige Frau geraten bin. Aber wer wäre schon die Richtige für einen Mann, der am liebsten seine Ruhe hat und ungestört seinen Hobbys nachgeht? Der gerne reist und auch in einer Band spielt, aber kein Interesse hat auf ständige soziale Interaktionen. Ich mag es, einen festen Rhythmus zu haben und für andere ist es oft schwierig, sich an diesen anzupassen. Das habe ich Marlene auch gesagt, als sie mich fragte, ob ich plane, mir irgendwann einzugestehen, dass Linnea mehr für mich ist als eine Freundin.

Leider hat Linnea nie irgendwelche Anzeichen gezeigt, dass sie mehr für mich empfindet. Und Marlene hat das bestätigt, denn mir kann es passieren, dass ich solche Zeichen übersehe. Also würde ich unsere Freundschaft zerstören, wenn ich ihr sage, wie ich wirklich für sie empfinde. Als sensibler Mensch würde Linnea nach meinem Geständnis unter einem schlechten Gewissen leiden, weil sie meine Gefühle nicht erwidert und ich möchte nicht, dass sie sich schlecht fühlt.

Ich genieße die Zeit, die ich mit ihr verbringen kann, und weiß es zu schätzen, dass sie zu den Menschen gehört, die mit der ein oder anderen Eigenart von mir umgehen können. Bei ihr muss ich mich nicht verstellen. Sie akzeptiert mich so wie ich bin, und ich arrangiere mich damit, dass sie an manch einem Filmabend bei traurigen Szenen schon in Tränen ausgebrochen ist, heftige Schluchzer inklusive. Es stört mich nicht, wenn Linnea Emotionen zeigt, aber ich werde nie verstehen, wie man über etwas weinen kann, das in einem Film passiert, vor allem, wenn es ein Zeichentrickfilm ist. Vermutlich ist es kein Wunder, dass meine Ex-Freundin mir Gefühllosigkeit vorgeworfen hat.

Als wir noch Teenager waren und nebeneinander wohnten, hat Linnea mir gelegentlich dabei zugeguckt, wenn ich ein Fantasy-Spiel gezockt habe. In einigen Spielen muss man Rätsel lösen und bei diesen hat sie mit Begeisterung geholfen. Unsere Denkweisen haben sich wunderbar ergänzt. Inzwischen hat sie eine eigene PlayStation, spielt aber nichts Unheimliches, wie sie mir neulich erzählte. Ich habe mich oft gefragt, wie es mit uns beiden in einer Beziehung funktionieren würde, aber wahrscheinlich würde es genauso laufen wie in jeder meiner bisherigen Partnerschaften: schlecht.

Wir sind zu unterschiedlich. Ich wundere mich manchmal, dass unsere Freundschaft so gut funktioniert, aber vielleicht hat Marlene recht damit, dass wir uns perfekt ergänzen. Mag sein, dass dies tatsächlich das Geheimnis unserer Verbundenheit ist – und die ist mir viel wert.

Ich tippe eine Antwort an Natalie.

> *Abendessen beim Griechen klingt gut. Ich kann am Donnerstag.*

> *Donnerstag ist super. Ich reise erst Samstag wieder ab. Passt 19 Uhr? Dann reserviere ich einen Tisch.*

> *Passt!*

11. Linnea – Dienstag, 22.4.

»Morgen, Linnea. Herr Blum, äh … Viktor will dich sehen«, kündigt unser Auszubildender Alessio an, als ich Dienstagfrüh nach dem Osterwochenende ins Büro komme. Ich mag Alessio. Er ist aufmerksam und fleißig und backt mit Vorliebe, wovon wir im Team sehr profitieren. Er bringt nämlich häufiger Gebäck mit und egal, was er bisher an Rezepten ausprobiert hat, es schmeckte immer großartig. Obwohl er nur wenig Zucker nimmt oder diesen durch natürliche Süßungsmittel ersetzt.

»Ungewöhnlich, dass unser Chef so früh schon im Büro ist«, erwidere ich.

»Ach je, du weißt es ja noch nicht.« Alessio verzieht missmutig das Gesicht und fährt sich mit der Hand verlegen durch die kurzen braunen Haare. »Sunny hat sich krankgemeldet und ihm gestern Abend schon Bescheid gesagt.«

»O nein! Sie nicht auch noch! Wir haben doch schon zwei Ausfälle«, stöhne ich.

»Aller guten Dinge sind drei«, feixt er.

Sunny, die eigentlich Annika heißt, hatte zuletzt ebenso viele Aufgaben auf dem Tisch wie ich. Anfang Juni erscheint ein Sommerspecial zu unserer Frauenzeitschrift und daher haben wir Urlaubsstopp in den letzten Wochen vor der Veröffentlichung, weil es wahnsinnig viel zu tun gibt. Dass Sunny in der heißen Phase nun auch noch ausfällt, ist wirklich übel.

Ihr Spitzname steht für ihr sonniges Gemüt und das schon seit ihrer Schulzeit. Wer auch immer ihr diesen Namen verpasst hat, hat den Nagel auf den Kopf getroffen. Sunny ist der fröhlichste, gutmütigste und unkomplizierteste Mensch, den ich kenne. Es ist außerdem eine Freude, mit ihr zu arbeiten, denn sie ist sehr engagiert und hat für jeden ein nettes Wort übrig, egal wie stressig es ist.

»Kein Wunder, dass Viktor mich schon so früh sprechen möchte«, murmele ich und Alessio wirft mir einen betroffenen Blick zu. Ich lege nachdenklich meine Handtasche und die Laptoptasche auf meinem Schreibtisch ab, der gegenüber von Sunnys Arbeitsplatz steht, welcher heute leer bleiben wird.

»Viktor meinte, ich soll dich gleich zu ihm schicken, wenn du da bist.«

»Dann mache ich mich mal auf den Weg.« Der ist nicht besonders weit, denn Viktor sitzt nur zwei Räume weiter. Als ich sein Büro betrete, wirkt er äußerst erleichtert darüber, mich zu sehen.

»Linnea, du kannst dir gar nicht vorstellen, wie froh ich bin, dass du da bist«, sagt er mit seiner angenehmen Stimme. Viktor hat als Kind in einer Hörspielserie mitgemacht und man hört ihm bis heute an, dass er ein geschulter Sprecher ist. Er hat allerdings in seinen Teenagerjahren festgestellt, dass dies auf Dauer kein Job für ihn ist und sich anders orientiert. Eigentlich schade. Ich bin mir sicher, er wäre ein bestens gebuchter Synchronsprecher. Allerdings scheint er in unserer Redaktion sehr glücklich zu sein. Inzwischen sind auch seine Augenringe nicht mehr so schlimm wie noch vor ein paar Wochen. Viktor ist im November zum zweiten Mal

Papa geworden. Seine ältere Tochter ist schon neun Jahre alt und aus dem Gröbsten raus, wie er mal sagte. Doch vor drei Jahren hat er ein zweites Mal geheiratet und ist nun auch Vater von Zwillingsjungs, was ziemlich anstrengend zu sein scheint.

»Dass du so froh bist, mich zu sehen, liegt vermutlich an Sunnys Ausfall, oder?«

Er guckt mich ertappt an. »Ich habe schon ein wenig umgeplant wegen der Artikel, die noch verfasst werden müssen. Ich dachte, du kannst das Sommerhoroskop und die erotischen Geschichten übernehmen.«

Mir wird warm. »Oh! Ich glaube eher nicht. Haben die Storys denn nicht Zeit, bis Sunny wieder zurück ist?«

»Hat Alessio dir nicht gesagt, was sie hat?«

Ich setze mich vorsichtshalber auf einen der weißen Designerstühle, die vor Viktors ebenso weißem Schreibtisch stehen. Diese Stühle sind entsetzlich unbequem, was wir alle ihm auch schon gesagt haben. Aber da diese sehr teuer waren, ist Viktor nicht gewillt, schon wieder neue zu kaufen. Was ich verstehen kann. Zum Glück sitze ich auch nur selten bei ihm im Büro, in dem – neben ein paar Kunstdrucken – vor allem Bilder seiner Tochter hängen, die sie in den letzten Jahren gemalt hat.

»Ist es so was Schlimmes?«, traue ich mich schließlich zu fragen.

»Es ist der Blinddarm. Sie ist gestern Abend ins Krankenhaus gekommen.«

»Oje, die Arme.« Ich nehme mir vor, ihr gleich eine Nachricht zu schreiben und zu fragen, in welcher Klinik sie liegt. Ich möchte sie unbedingt besuchen.

»Sunny vermutet, dass sie nächsten Montag schon wieder arbeiten kann, aber selbst wenn das stimmt, will ich nicht, dass sie sich überanstrengt. Und die Fristen rücken näher.«

»Die Horoskope bekomme ich hin, da kann Aylin sicherlich auch helfen, falls sie noch etwas Zeit übrig hat. Aber die erotischen Geschichten ...« Ich schüttele den Kopf.

»Nicht?« Viktor wirkt enttäuscht. »Ich hatte gehofft, das wäre okay für dich. Hm, Aylin übernimmt von Piedro schon die Modeartikel. Das sind ja einige in der Sommerausgabe. Außerdem berichtet sie über die neuesten KI-Tools, wobei Alessio sie da etwas unterstützt. Eventuell können wir da tauschen.«

»Also KI oder Mode bleiben noch als Alternative?«

Viktor nickt.

»Dann nehme ich wohl doch die Erotikgeschichten.« Kaum habe ich das ausgesprochen, bereue ich es schon. Bei dem Artikel rund um KI hätte mir Adam vielleicht helfen können.

»Ehrlich? Wunderbar«, sagt Viktor und klatscht erfreut in die Hände, bevor ich wieder zurückrudern kann. »Ich wusste, dass ich mich auf dich verlassen kann. Abgabefrist ist nächsten Dienstag, allerspätestens Mittwoch, denn Donnerstag ist schon der Maifeiertag. Bekommst du das hin?«

Ich habe keine Ahnung. »Ich schätze schon«, sage ich dennoch. »Wenn mein Chef mir Überstunden freigibt?«

Viktor tut, als würde er auf einem Blatt etwas abstempeln. »Sind hiermit genehmigt. Aber natürlich nur im gesetzlich erlaubten Rahmen. Und danach haben wir uns alle Urlaub verdient. Apropos, du hast bisher nur im März zwei Tage Urlaub gehabt und ansonsten noch gar nichts eingereicht für dieses Jahr.«

»Das hole ich noch nach«, verspreche ich, allerdings habe ich bisher keinerlei Pläne. Ich muss mich wegen der Städtereise endlich mit Yasmine abstimmen, dann kann ich Urlaubszeiten eintragen. Yuiko hat mir außerdem angeboten, dass ich mit ihr und Clara nach Japan reisen kann. Da Yuikos Mutter gebürtige Japanerin ist, war Yuiko schon häufiger dort, aber Clara noch nie. Im September fliegen die beiden zum ersten Mal zusammen dorthin. Japan ist sicherlich ein interessantes Land, aber ich würde mich die ganze Zeit wie das fünfte Rad am Wagen fühlen. Das ist tatsächlich ein Nachteil daran, dass ich zurzeit lauter Pärchen in meinem Umfeld habe.

»Hat jetzt auch keine Eile«, meint Viktor. »Aber ich bin froh, wenn die Sommerferien starten und wir im Juli endlich Familienurlaub haben.« Er gähnt. »Der ist auch schon gebucht.«

»Ist es okay, wenn ich mich dann ab morgen im Homeoffice vergrabe?«, frage ich, als ich an die Mehrarbeit denke, die auf mich zukommt. »Da schaffe ich meist mehr als hier im Büro.«

»Klar! Mach es so, wie es am besten für dich passt. Danke, Linnea. Du bist wirklich ein Schatz.«

Ungeliebte Aufgaben erledige ich lieber sofort, damit ich sie schnell hinter mir habe. Also sitze ich am Abend an meinem Büro-Laptop an meinem Küchentisch und versuche mich daran, erotische Geschichten zu schreiben. Die Arbeitszeit von den gesetzlich erlaubten zehn Stunden habe ich bald überschritten, aber ich will dieses Thema abschließen. Dann kann ich die Texte anschließend ein paar Tage liegen lassen, am Freitag mit frischem Blick verbessern, und hab das Projekt vor dem Wochenende aus dem Kopf. Perfekt!

Als mein Telefon klingelt, bin ich genervt und dankbar zugleich. Genervt wegen der Störung, dankbar, weil ich eigentlich eine Bildschirmpause brauche, aber nicht gegen den Drang ankomme, die Geschichten zu schreiben.

»Hey, was gibts?«

»Äh, hi.« Yuiko klingt verdutzt. »Alles in Ordnung bei dir?«

»Ich arbeite noch«, gebe ich zu.

»Oh! Sorry. Ich wollte nicht stören. Aber ich stehe hier gerade vor dem Hähnchengrill und wollte für mich und Clara Abendessen holen. Sie ist aber gestresst, denn Hannes möchte am Samstag unbedingt einen neuen Song beim Gig performen und Clara sagt, wenn sie dieses fettige Zeug isst, wird ihr beim Singen üben schlecht.«

»Und nun hoffst du, dass du dir stattdessen mit mir den Bauch vollschlagen kannst?«

»Exakt. Hunger?«

Jetzt, da sie fragt, bemerke ich, dass ich tatsächlich hungrig bin. »Allerdings.«

»Perfekt. Wie immer: Halbes Hähnchen, Pommes mit Mayo und Krautsalat?«

»Ja.«

»Super. Ich bin so in zehn bis zwanzig Minuten bei dir und gebe Clara Bescheid, dass sie dann mal schön alleine ihr fettarmes Süppchen löffeln kann. Bis später.«

Ich lege mein Telefon beiseite und mache kurz eine Entspannungsübung für die Augen. Dann räume ich den Laptop aufs Sideboard und decke den Tisch. Inzwischen bin ich gar nicht mehr genervt, sondern froh, dass Yuiko mich aus der Arbeit herausgerissen hat. Besser ist das. Es reicht auch, wenn die Texte morgen fertig werden. Der Stress, den ich mir mache, ist völlig unnötig. Gerade in so turbulenten Zeiten sollte man sich bewusste Ruhezeiten gönnen. Das ist auch etwas, das wir in unserer Frauenzeitschrift »Vicky« zur psychischen Gesundheit immer predigen. Leider ist es erstaunlich schwierig, sich selbst an diese Tipps zu halten.

Eine Viertelstunde später steht Yuiko vor meiner Wohnungstür und verbreitet mit dem Essen sofort den Duft nach Frittiertem. Mein Magen knurrt, als sie mir strahlend eine große weiße Papiertüte entgegenhält.

»Ich glaube, Clara war sogar froh, dass sie mich heute Abend los ist.«

»Echt? Wieso?«

»Sie hasst es, wenn sie einen Song gesanglich verbessern will und ich ihr Tipps gebe, was sie noch ändern kann.«

Ich muss lachen. »Du bist ja auch keine Sängerin.«

»Ey! Ich bin aber trotzdem Zuhörerin von Musik und kann ihr sagen, was mir gefällt.«

»Also ich verstehe, dass Clara dich nicht dabei haben will.« Ich weiß schließlich, wie Yuiko ist, wenn sie einem Ratschläge erteilen möchte.

Yuiko stößt ein lang gezogenes »Pff« aus und folgt mir in die Küche.

»Hast du eigentlich deinen Nackedei-Trainer noch mal gesehen?«, will sie mit breitem Grinsen wissen, als wir am Tisch sitzen und essen.

»Er war nicht ganz nackt! Und nein, habe ich nicht. Ich war seitdem nicht wieder im Fitnessstudio.«

Sie mustert mich skeptisch.

»Ich habe gerade sehr viel zu tun.«

»Geht es noch immer um den Sommerausgaben-Stress?«

»Ja. Und jetzt ist noch eine weitere Kollegin ausgefallen.«

»Krass. Geht jetzt im Frühjahr schon die Sommergrippe rum?«

»Bei Sunny nicht. Sie hatte eine Blinddarm-OP.«

»Wie unangenehm. Musst du jetzt etwa ihre Artikel auch noch übernehmen?«

»Wir haben es aufgeteilt, deswegen ist nur ein Teil bei mir gelandet.«

»Du musst dich aber auch mal ausruhen!«

»Das tue ich, wenn wir die Artikel für die Sonderausgabe fertig haben.«

»Und welcher Artikel hält dich so auf Trab, dass du bis eben gearbeitet hast?«

»Erotische Sommergeschichten.«

Yuiko hustet und spuckt eine angebissene Pommes zurück auf ihren Teller. »Ehrlich?«

»Leider ja.«

»Kann ich gleich mal sehen, was du geschrieben hast?« Sie sieht mich erwartungsvoll an.

»Ich glaube nicht.«

»Wieso nicht?«

»Das ist mir unangenehm.«

»Aber nächsten Monat lesen das doch zig Leserinnen.«

Das ist ein guter Hinweis. Das wird dann ein Artikel sein, unter dem ich nicht meinen Namen stehen haben will.

»Außerdem bin ich noch nicht fertig«, rede ich mich raus. »Ich habe noch nicht mal eine von vier Geschichten zustande bekommen. Ich bin kurz davor, ein KI-Tool um eine erotische Geschichte zu bitten, dabei ist das sonst echt ein Tabu für mich. Aber so was liegt mir einfach nicht. Ich kann keine solchen Szenen schreiben. Oder meinst du, KI kann so was auch nicht?«

»Keine Ahnung. Aber es gibt zig Bücher mit wilden Sexszenen auf dem Markt. Vermutlich würde ChatGPT einfach daraus Ideen klauen. Oder du lädst dir gleich so ein paar sexy Romance-Bücher auf deinen E-Reader. Dann bekommst du Inspiration.«

»Nein, das ist nichts für mich. Außerdem ist der nur für den Urlaub. Ich lese lieber Taschenbücher.«

»Du sollst dir ja keine ganze Bibliothek herunterladen, sondern nur ein oder zwei Bücher, damit du ein Gefühl für solche Geschichten bekommst.«

Das wäre vielleicht eine Möglichkeit.

»Liest du so was denn sonst gar nicht?«, fragt Yuiko erstaunt.

»Nein. Du?«

»Ja, sicher. Das liest doch jeder, bloß redet keiner darüber.« Sie kichert und spießt die letzten zwei Pommes auf ihre Gabel, die sie in Mayo tunkt. »Nicht dass Clara und ich so was bräuchten, um in Stimmung zu kommen«, erklärt sie, nachdem sie die Pommes verputzt hat. »Aber so ein bisschen Kopfkino hat noch keinem geschadet. Aber ich lese meist nur queere Geschichten für Frauen. Diese seitenlangen Ausführungen über erigierte Schwänze brauche ich echt nicht.« Sie schiebt den leeren Teller von sich. »Boah, bin ich jetzt satt. Clara hat schon recht, dass das schwer im Magen liegt.« Sie macht ein Bäuerchen. »Hast du Cola da? Die sollte beim Verdauen helfen. Schnaps geht nicht, ich muss noch fahren.«

»Habe ich da«, sage ich und hole ihr das koffeinhaltige Getränk, dann räume ich den Tisch ab. Während ich den Müll entsorge und die Teller in den Geschirrspüler stelle, sehe ich, dass Yuiko sich meinen Laptop schnappt.

»Ich darf doch, oder?«, fragt sie, als sie meinen Blick auffängt und sich wieder an den Küchentisch setzt.

»Meinetwegen.« Im besten Fall hat sie sogar Ideen für die Storys zwei, drei und vier. Gespannt beobachte ich ihre Mimik, während sie liest. Yuiko wirkt konzentriert. Zwischendurch zieht sie eine Augenbraue hoch und runzelt die Stirn, sieht mich an, dann wieder auf den Bildschirm.

»Die erste Geschichte ist wirklich nicht so doll«, lautet ihr ernüchterndes Urteil. Ich hatte es befürchtet, aber dennoch tut es ein bisschen weh, es aus ihrem Mund zu hören.

»Das liest sich wie ein Aufklärungstext. Für Grundschüler.«

Ich weiß, sie meint es nicht so böse, wie es klingt. Das ist einfach ihre Art, aber dennoch kann ich plötzlich einen Schluchzer nicht unterdrücken. Yuiko reißt die Augen auf und schlägt sich erschrocken die Hände vor den Mund, als sie bemerkt, dass mir die Tränen kommen. Sie läuft um den Tisch herum, stellt sich hinter meinen Stuhl, nimmt mich in die Arme und legt ihr Kinn auf meinen Kopf.

»Ach, Süße. Das war doch nicht so gemeint. Es tut mir leid. Ich hätte das netter formulieren können.«

»Aber das macht die Texte auch nicht besser«, schniefe ich.

»Sonst schreibst du wirklich erstklassige Artikel. Ich bin ein großer Fan eurer Vicky. Du bekommst das sicherlich hin mit den Geschichten, wenn du da erst mal eine Nacht drüber geschlafen hast und ausgeruht bist.«

Ich winde mich aus ihrer Umarmung und stehe auf. »Es ist gerade einfach alles so viel. Jetzt fehlen schon drei Leute aus unserem Team und ich mache so viele Überstunden. Und dann kommt Viktor auch noch mit dieser Aufgabe. Ausgerechnet! Aber was sollte ich ihm denn sagen? Dass ich mich schäme, wenn ich so was schreibe? Dass ich außerdem keine Ahnung habe, wie toll erfüllend Sex mit einem Mann sein kann, weil ich noch nie einen Orgasmus hatte?«

Yuiko starrt mich mit offenem Mund an.

»Was ist?«, frage ich gereizt.

»Du hattest noch nie einen Orgasmus?« Sie klingt fassungslos.

Ich spüre, wie mir die Hitze ins Gesicht schießt. »Doch! Hatte ich schon. Aber halt noch nie mit einem Mann.«

»Wow. Krass. Das hast du mir nie erzählt.«

»Wozu auch? Du kannst an dem Problem sowieso nichts ändern.«

»Aber du hattest doch schon Beziehungen.«

»Ja.«

»Und da hattest du auch Sex, oder?«

»Ja.«

»Und keiner von denen hat es geschafft, es dir richtig zu besorgen?«

»Yuiko! Das klingt so ordinär! Und es ist ja nicht schlimm, der Sex war trotzdem okay.«

»Der war okay? Hast du das mal einem von den Jungs gesagt?«

»Ich weiß nicht, ob das bei Frauen anders ist, aber Männer reagieren ziemlich empfindlich auf solche Kritik.«

»Na gut, aber da müssen sie dann halt mal durch.«

»Außerdem vermute ich, es liegt an mir.«

»Wieso an dir?«

»Weil … ich … vielleicht ein kleines bisschen verklemmt bin.«

»Du bist nicht nur ein bisschen verklemmt«, bestätigt Yuiko netterweise und beginnt mit ihren Zähnen an ihrer Unterlippe zu nagen.

»Du brauchst gar keinen Plan auszuhecken, wie ich nun an einen Orgasmus mit einem Mann komme. Ich gehe nicht noch mal auf eine Singleparty und auch nicht auf ein Blind Date oder so was.«

Yuiko klatscht erfreut in die Hände. »Das ist auch gar nicht nötig. Ich habe doch schon den Plan B und noch was viel Besseres obendrauf!«

»Ich will es gar nicht wissen«, sage ich schnell. »Egal was es ist, ich mache es nicht.«

»Aber das wird großartig. Am kommenden Wochenende ist doch die Erotikmesse in Düsseldorf.«

Ich halte mir die Ohren zu und summe.

Yuiko lacht mich an und zieht meine Hände von den Ohren. »Das ist doch ein Zeichen, dass die ausgerechnet jetzt stattfindet. Findest du nicht?«

»Nein!«

»Wir gehen da am Samstag hin. Ich schwöre dir, danach schreibst du so heiße Erotikgeschichten, dass deine Leserinnen nach wenigen Zeilen ganz feucht im Höschen sind.«

»Das ist eine schreckliche Idee. Ich gebe die Geschichten wieder ab. Ich sage Viktor morgen, dass ich so was nicht kann.«

»Aber jeder Mensch kann Sexgeschichten schreiben. Ich meine, wenn du keine Erfahrungen damit hast, kannst du doch den Orgasmus einfach dazu erfinden. Also, lass mal überlegen, wo hattest du denn schon überall Sex?«

»Im Bett.«

»Hm, das hätte ich mir wohl denken können, dass du nicht mit ‚im Auto‘ oder ‚am Strand‘ antwortest.« Sie klopft auf den Küchentisch. »Aber wo denn so hier in der Wohnung?«

»Ich will über so was nicht reden.«

»Aber du brauchst Inspiration für deine Erotikgeschichten. Und da fällt es nun mal leichter, auf eigene Erfahrungen zurückzugreifen.«

»Aber ich habe keine ausgefallenen Erfahrungen.«

»Deswegen müssen wir zu der Erotikmesse. Da bekommt man auch Sexspielzeug. Wenn schon kein Mann in der Lage ist, dich sexuell zu befriedigen, dann finden wir dort auch das ein oder andere Hilfsmittel.«

»Ich habe zwei gesunde Hände.«

»Du willst jetzt nicht behaupten, dass du sonst nichts hast? Einen Vibrator zum Beispiel«, ergänzt Yuiko in einem Tonfall, als wäre ich vollkommen begriffsstutzig.

»Quatsch!«

»O wow, du bist echt 'ne Kanone. Ich dachte, heutzutage ist so was Standardzubehör in jedem Schlafzimmer.«

»In meinem nicht. Ich mag so was auch gar nicht bestellen.«

»Das kommt aber ganz diskret verpackt an. Man kennt das doch mit diesen Paketen für Druckerzubehör.«

Das verwirrt mich. »Was meinst du?«

Yuiko sieht mich völlig erstaunt an. »Meine Güte, man könnte echt meinen, du lebst hinter dem Mond. Die schreiben doch auf die Kartons nichts drauf von Erotikartikeln. Man kann sogar auswählen, wie es verpackt werden soll.«

»Aber trotzdem. Man muss seine ganzen Daten angeben auf so einer Seite, um das zu bestellen. Das muss doch nicht sein.«

Yuiko grinst zufrieden. »Ich wusste, dass du interessiert bist.«

»Das habe ich nicht gemeint. Ich bin nur vorsichtig, wo ich welche Daten von mir angebe.«

»Siehst du, dann ist die Messe doch ideal. Dort kannst du so was ganz anonym kaufen. Da musst du deinen Namen und deine Adresse nicht angeben.«

»Ich kaufe es also mit meinem Gesicht, aber ganz anonym, meinst du?«

Yuiko schürzt die Lippen. »Hm, so habe ich das noch gar nicht betrachtet. Na komm, wir gehen am Samstag mal dahin. Schaden kann es doch nicht. Vielleicht will Clara ja auch mit. Das wird bestimmt lustig und bestenfalls bekommst du wirklich Inspiration für die Schweinskramgeschichten.«

»Ich dachte, Wild Weekend hat am Samstag einen Auftritt. Da wird Clara doch bestimmt keine Zeit haben.« Ich bin froh, dass ich einen Grund gefunden habe, um ihre Idee abzuwimmeln. Der Besuch einer Erotikmesse reizt mich kein bisschen. Und sicherlich wird es dort ebenso voll sein wie auf der Singleparty, wenn nicht sogar noch schlimmer.

»Ach, Mist! Das mit dem Gig hatte ich total vergessen. Aber der ist doch sogar in Düsseldorf. Clara hatte doch was von der Musikkneipe erzählt. Das müsste sogar die sein, in der wir uns kennengelernt haben. Also noch besser: Dann besuchen wir beide die Messe und fahren von dort aus direkt zum Auftritt.«

»Zum Auftritt komme ich wirklich gerne mit, aber was die Messe betrifft ...«

»Ich schwöre dir, wenn es dir auf der Messe nicht gefällt, dann gehen wir ganz schnell wieder«, fällt Yuiko mir ins Wort. »Und ich zahle auch den Eintritt. Als Dankeschön für deine Begleitung schreibe ich dir notfalls auch diese Sexgeschichten. Glaub mir, ich kann so was.«

Das klingt tatsächlich verlockend, denn ich kann mir nicht vorstellen, dass KI solche Texte gut schreiben kann. Außerdem widerspricht es meinem beruflichen Ethos, mir von einer KI beim Schreiben helfen zu lassen.

»Die Geschichten kannst du aber auch jetzt direkt schreiben«, schlage ich vor. »Wir müssen nicht bis zum Wochenende warten, dann wird es knapp mit der Deadline.«

»Das könnte dir so passen! Dann habe ich doch kein Druckmittel mehr.«

»Das ist Erpressung!«

»Ach, komm schon! Wir machen uns am Samstag einen lustigen Mädelstag. Clara und die anderen freuen sich bestimmt, wenn wir danach bei ihrem Auftritt vorbeischauen.«

»Aber ...«

»Mega!«, sagt Yuiko. »Ich wusste doch, dass du mich nicht enttäuschst.«

Nachdem Yuiko gegangen ist, setze ich mich auf meine Couch und scrolle durch die neuesten Beiträge auf Instagram. Als ich mich gerade wieder abmelden will, fällt mir auf, dass ich eine neue Nachricht habe. Sie ist von Chiron. Aufregung macht sich in mir breit, als ich den Chat öffne.

Interessant, was Yuiko ihm erzählt hat. Sie hat mir zwar empfohlen, dass ich solch ein Angebot von ihm nicht ablehnen sollte, aber ich habe nie zu ihr gesagt, dass ich mir vorstellen kann, mich von Chiron malen zu lassen. Ich bin mir sicher, das ist der Plan B, den Yuiko erwähnt hat.

Mein erster Impuls ist, ihm abzusagen, aber da ich ihm auf Instagram folge, habe ich mir seine geposteten Bilder dort angesehen. Sowohl was Porträts als auch Aktbilder angeht: Er hat wirklich Talent!

Wenn er ein Bild von mir anfertigt, muss ich nichts weiter tun, als ruhig sitzen zu bleiben, während er die Arbeit erledigt. Das bekomme ich hin. Es wäre außerdem eine Gelegenheit, ihn noch mal wiederzusehen. Auch wenn mir bewusst ist, dass ich mir keine Hoffnungen machen sollte. Andererseits scheint Yuiko darauf zu bauen, dass es mit uns beiden passen könnte, obwohl ich ihm zu schüchtern bin. Ich habe mich mit ihm jedenfalls viel wohler gefühlt als mit Finn. Also tippe ich eine Zusage an Chiron und wir verabreden uns für den Maifeiertag. Anschließend schreibe ich Yuiko von meinem Verdacht, dass sie ihn dazu angestiftet hat, sich bei mir zu melden.

Ihre Antwort lässt nicht lange auf sich warten.

Manchmal braucht die Liebe ein bisschen Nachhilfe. Voll cool, dass du dich von ihm malen lässt. Aber denk bloß nicht, du kommst deswegen um die Erotikmesse drumherum. ;)

12. Adam – Mittwoch, 23.4.

Die Pizza habe ich vorbestellt, denn Linneas und mein Lieblingsitaliener hat auch unter der Woche lange Lieferzeiten und auf Linneas Pünktlichkeit kann ich mich verlassen. Um zwei Minuten vor achtzehn Uhr klingelt sie an meiner Tür. Mit einem Lächeln hält sie mir eine Knabberbox entgegen, die ich ihr abnehme, dann umarmt sie mich zur Begrüßung.

»Hey«, sagt sie, während sie den Flur betritt, dann streift sie sich ihre weißen Sneakers von den Füßen. »Wie gehts dir?«

»Gut. Die Pizza kommt so in zehn bis fünfzehn Minuten.«

»Prima. Ich bin furchtbar hungrig.«

»Wie geht es dir?«, möchte ich wissen, denn ich erinnere mich daran, dass sie beruflich zuletzt Stress hatte.

»Ganz okay.«

»Nur okay?«

»Es ist weiterhin viel zu tun und ich muss mich jetzt auch noch um einen Artikel kümmern, der so gar nicht zu mir passt.«

»Weil so viele Kollegen ausfallen?«

»Ja.« Sie seufzt laut. »Dank unseres Filmabends sitze ich jetzt aber zum Glück nicht mehr in meiner Wohnung und arbeite. Sollen wir am Esstisch oder auf der Couch essen?«

»Wie du möchtest«, antworte ich und das scheint sie zu freuen.

»Dann Couch. Ich liebe deine Couch.«

Ich folge ihr ins Wohnzimmer und stelle die Knabberbox auf den Tisch, während Linnea sich zwei Kissen zurecht klopft.

»Bist du zu Fuß gekommen?«, frage ich.

»Ja, bei dem schönen Wetter. Hast du Cola da? Ich bin etwas müde heute und will nicht einschlafen auf dem bequemen Sofa.« Sie unterdrückt ein Gähnen.

»Klar, habe ich. Möchtest du was Bestimmtes gucken?«

»Ich habe eine Idee, aber vielleicht hast du auch einen Vorschlag?«

»Nein.« Es ist mir lieber, wenn Linnea entscheidet, was wir uns ansehen. Viele Thriller sind ihr zu unheimlich, Horrorfilme sowieso, deswegen gucken wir meistens Actionfilme.

»Mich interessiert Fall Guy, das soll ein witziger Actionfilm sein. Oder kennst du den schon?«

»Nein, noch nicht«, antworte ich und in dem Moment klingelt es erneut. Ich nehme die Bestellung entgegen und Linnea läuft währenddessen an mir vorbei in die Küche. Mit Besteck und zwei Servietten in den Händen kommt sie kurz nach mir ins Wohnzimmer, wo ich gerade die Pizza auf dem Sofatisch platziere.

»Wie war deine Woche?«, fragt sie, als wir schließlich nebeneinandersitzen und essen.

»Gut«, antworte ich und überlege, ob ich noch etwas dazu sagen soll, dass sie auf der Arbeit so viel Stress hat, doch sie kommt mir zuvor.

»Das ist schön. Zumal du mit der Band am Wochenende wieder einen Auftritt hast. Ich bin gerade echt froh, dass ich keine solchen Verpflichtungen habe neben dem Beruf. Das wäre im Moment schwierig. Nicht mal mehr zum Sport gehe ich aktuell.«

»Dann arbeitest du zu viel.«

»Na ja, das liegt nicht nur an der Arbeit. Dank Lukas habt ihr das doch alle mit dem Date mitbekommen.« Sie wendet den Blick ab und konzentriert sich auf ihre Pizza.

Also hat sie anscheinend nicht nur Job-, sondern auch Dating-Stress. Ich beiße in mein Pizzastück, weil ich nicht weiß, was ich dazu sagen soll.

»Das Date war eine Katastrophe!«, meint sie und wischt sich die Hände an der Serviette ab. »Und er ist Trainer in dem Fitnessstudio, in dem ich bin. Ich mag da nicht mehr hingehen.«

Ein ungutes Gefühl breitet sich in meinem Inneren aus. »Was ist passiert?«

»Wir haben zusammen gekocht. Bei mir. Das war eine dumme Idee, obwohl ich ihn durch das Fitnessstudio schon länger kenne.« Sie errötet, während sie spricht. »Es gab ein dummes Missverständnis und dann habe ich den Abend beendet. Er war ziemlich sauer und ich möchte ihm nicht mehr beim Sport begegnen.«

»War er gewalttätig?« Ich spüre Wut in mir aufsteigen.

»Nein, das nicht.«

»Du musst vorsichtig sein, wenn du datest.« Eigentlich muss man ihr so etwas nicht sagen. Linnea ist einer der vorsichtigsten Menschen, die ich kenne. Aber es gibt viele Arschlöcher auf dieser Welt und ich möchte nicht, dass ihr jemand wehtut. Eigentlich war ich immer der Ansicht, dass ihr die Freundschaft mit Yuiko guttut. Yuiko ist eine ganz andere Persönlichkeit, was Linnea manchmal dabei hilft, ihr Schneckenhaus zu verlassen. Doch die Idee mit der Singleparty war absolut unpassend.

»Ich weiß«, meint Linnea nun. »Ich kannte Finn, sonst

hätte ich ihn niemals zu mir eingeladen. Aber es war dennoch eine dumme Idee.«

Es tut mir leid für sie, dass der Abend misslungen ist, aber ich bin auch erleichtert, obwohl ich weiß, dass das egoistisch ist. Irgendwann wird sie jemanden finden und damit muss ich klarkommen. Ob es jetzt passiert oder später spielt eigentlich keine Rolle.

»Also Fall Guy?«, fragt sie und ich nehme die Fernbedienung und rufe die App auf dem Fernseher auf, als mein Smartphone klingelt. Normalerweise ignoriere ich Anrufe, wenn ich beschäftigt bin. Es ist Filmabend und man muss nicht jederzeit erreichbar sein. Aber als ich sehe, dass es Marlene ist, gehe ich ran. Es ist ungewöhnlich, dass sie abends anruft, statt eine Nachricht zu schicken. Sie weiß, dass ich um die Zeit häufig zocke und dann meistens nicht ans Telefon gehe. Vielleicht ist es wichtig.

»Hey«, sagt sie und ihre Stimme klingt anders als sonst. Angespannt. »Störe ich?«

»Linnea ist da. Wir gucken einen Film.«

»Oh! Das tut mir leid. Dann störe ich wirklich.«

»Warum rufst du an?« Mir macht es Sorge, wie sie sich anhört.

»Maurice ist im Krankenhaus.« Sie atmet laut aus. »Er ist die Treppe zum Keller runtergefallen und hat sich wohl ein Bein gebrochen. Ich bin gerade zu Hause, um Sachen für ihn zu packen und ich brauchte jemanden zum Reden, bevor ich gleich wieder ins Krankenhaus fahre.« Sie fängt an zu weinen. »Entschuldige, ich habe mich gleich wieder im Griff.«

»Ich komme sofort«, sage ich und Linnea sieht zu mir. Sie wirkt erschrocken und legt ein angebissenes Pizzastück zurück in die Schachtel.

»Nein, das ist nicht nötig«, behauptet Marlene. »Ich will euch nicht stören.«

»Ich mache mich auf den Weg, bringe aber erst noch Linnea nach Hause.«

»Wirklich?« Sie zieht die Nase hoch.

»Natürlich. Bis gleich.«

»Was immer da los ist, kann ich helfen?«, erkundigt sich Linnea. »Dann komme ich mit.«

13. Linnea – Mittwoch, 23.4.

Ich mache mir Sorgen um Marlene. Es muss schrecklich für sie sein, dass Maurice im Krankenhaus liegt – und das ausgerechnet jetzt. Sie hat schon am Freitag erwähnt, wie müde sie zurzeit ist, und nun hat sie noch solchen Kummer zusätzlich. Meine eigenen Sorgen, die ich mir wegen der Erotikgeschichten mache, kommen mir plötzlich total unbedeutend vor.

Als Marlene uns die Haustür öffnet, wirkt sie einigermaßen gefasst. Aber Adam hat mir auf der Fahrt erzählt, dass sie geweint hat, daher nehme ich sie zur Begrüßung etwas länger in den Arm als sonst.

»Das ist so lieb von euch«, sagt sie gerührt. »Entschuldigt, dass ich euch den Abend kaputtgemacht habe.«

»Gut, dass du angerufen hast«, sagt Adam.

»Allerdings«, stimme ich ihm zu. »Damit musst du doch nicht alleine klarkommen.«

»Gott, was für ein schrecklicher Abend.« Marlene atmet tief durch. »Ich muss jetzt gleich wieder in die Klinik. Eben haben sie mich weggeschickt, weil ich nicht in die Notaufnahme durfte. Aber Maurice wird über Nacht bleiben müssen und braucht Sachen. Und dann darf ich hoffentlich zu ihm.«

»Ich fahre dich ins Krankenhaus«, bietet Adam an.

»Kann ich auch irgendwie helfen?«, frage ich. »Vielleicht beim Tasche packen, oder so?«

»Das ist lieb von dir, aber inzwischen habe ich alle Sachen gepackt, die er braucht. Ich muss die Tasche nur noch aus dem Schlafzimmer holen.«

»Ich hole sie«, sagt Adam und läuft die Treppen nach oben.

»Ich war so geschockt, als es passiert ist«, erzählt Marlene, während sie ihm nachsieht. »Maurice wollte nur eine kaputte Lampe in den Keller stellen, weil der Sperrmüll erst in drei Wochen kommt und sie uns hier im Weg stand. Plötzlich poltert es, dann höre ich einen Schrei und ...« Sie schlägt sich die Hände vors Gesicht, dann reibt sie sich über die Schläfen. »Sorry, es geht schon wieder. Aber das war wirklich schlimm. Ich war so froh, als der Notarzt endlich da war. Maurice hatte Schmerzen und ich konnte ihm überhaupt nicht helfen.« Sie holt tief Luft und Adam erscheint mit einer kleinen schwarzen Reisetasche im Erdgeschoss.

»Danke«, sagt sie.

»In welchem Krankenhaus liegt er denn?«, möchte ich wissen.

»In Velbert. Ich hoffe, die Ärzte können mir gleich schon mehr sagen. Es hat sein Schienbein erwischt und ich habe eben kurz gegoogelt, während ich auf euch gewartet habe. Ich fürchte, er muss operiert werden.«

»Oje«, sage ich. »Kann ich mich hier nützlich machen, während ihr unterwegs seid?«

Marlene zögert, dann schüttelt sie den Kopf. »Nein, ich will dir nicht zur Last fallen. Es ist schlimm genug, dass ich euren Filmabend unterbrochen habe.«

»Das ist doch Unsinn«, widerspreche ich. »Ich helfe gerne, wenn du mir sagst, wie.«

»Ich habe den Keller noch nicht aufgeräumt. Der

Lampenschirm ist kaputt gegangen, Maurice hat sich sogar noch dran geschnitten. Ich muss das noch irgendwann wegräumen, aber ...«

»Dann übernehme ich das. Es wird ja bestimmt eine Weile dauern im Krankenhaus.«

Marlene blinzelt ein Tränchen weg. »Ehrlich? Das ist so lieb.«

»Das ist selbstverständlich!«

»Das ist es nicht.«

Adam hebt die Tasche an. »Da ist alles drin, was er braucht?«

»Ach, warte! Da fällt mir noch was ein.« Sie läuft ins Wohnzimmer und kommt mit einem E-Book-Reader zurück, den sie in die Tasche packt. »Jetzt haben wir alles.«

Adam wirft sich die Tasche über die rechte Schulter und öffnet die Haustür.

»Grüßt Maurice ganz lieb von mir und wünscht ihm gute Besserung.«

»Danke, Linnea. Und wenn du Langeweile hast, dann schau doch einfach was TV. Ihr seid mit einem Auto gekommen, oder?«, fragt Marlene.

Ich nicke.

»Du kannst dir natürlich auch ein Taxi rufen, damit du nicht auf uns warten muss. Ich zahle das.«

»Mach dir darüber keine Gedanken«, bitte ich sie. »Bis später.« Ich schaue den beiden einen Moment nach, als sie zu Adams Auto gehen. Was für ein Abend! Ich bin wirklich froh, dass Marlene Adam angerufen hat. Zumal ihre Eltern im Urlaub in Portugal sind und gerade nicht helfen können.

Schließlich wende ich mich der Tür zu, die zum Keller führt. Ich bin auch in einem Haus aufgewachsen, da war die Treppe zum Keller hin offen, doch bei älteren

Gebäuden scheint das noch anders zu sein. Ich öffne die knarzende Holztür und blicke in die Dunkelheit. Zum Glück kenne ich mich ein bisschen hier aus, da Marlene und Maurice ihre ganzen Vorräte und Getränke im Keller lagern. Von dort habe ich auch schon mal eine Flasche Wasser oder Wein geholt, wenn wir zum Essen hier waren. Dennoch ist es mir mit einem Mal etwas unheimlich, in diesem großen, frei stehenden Haus ganz alleine zu sein.

Ich knipse das Licht an, das aus einer einzelnen Glühbirne besteht, und entdecke die kaputte Stehlampe am Fuß der Treppe. Überall liegen Splitter verteilt, an der weißen Kellerwand ist sogar ein kleiner Blutfleck. Marlene hatte erwähnt, dass Maurice sich geschnitten hat. Ob man den Fleck wieder wegbekommt? Vielleicht versuche ich das besser nicht. Hinterher verschmiere ich den nur und mache es sogar schlimmer. Notfalls kann man drüber streichen, aber das kann ich nicht jetzt erledigen. Doch ich kann die Scherben aufsammeln und danach gründlich staubsaugen.

In der Küche unter der Spüle finde ich Müllbeutel und im Kabuff im Erdgeschoss einen Handfeger. Es ist mir ein bisschen unangenehm, dass ich ein paar Schränke in der Küche öffnen musste, um die Müllbeutel zu entdecken, aber ich wollte Marlene deswegen nicht extra anrufen.

Mit den benötigten Utensilien bewaffnet, mache ich mich auf den Weg zu den Scherben und sammle diese vorsichtig ein. Ein Blutfleck an der Wand reicht, da muss ich mich nicht auch noch verletzen. Den Lampenständer, der unversehrt geblieben ist, stelle ich in eine Ecke, wo er nicht stören dürfte, wobei ich fast über das lange Kabel stolpere. Ob das Maurice zu Fall gebracht hat? Was für ein Pech, dass er sich so schwer dabei verletzt hat.

Während ich im Keller aufräume, muss ich an Finn und

das misslungene Date denken. Heute Nachmittag habe ich meine Kündigung an das Fitnessstudio geschickt. Ich glaube nicht, dass Yuiko meine Entscheidung verstehen würde, weil es ihrer Ansicht nach Finn ist, der sich schämen muss.

Obwohl Finns übergriffige Art eine miese Erfahrung war, mache ich mir keine Sorgen wegen der bevorstehenden Verabredung mit Chiron. Auch wenn Yuiko ein weltoffener Mensch ist, sucht sie sich ihren Freundes- und Bekanntenkreis sehr genau aus. Sie würde mich niemals zu einem Mann schicken, der solch eine Situation ausnutzt, und Chiron war ja nicht mal interessiert an mir. Er will bloß ein Porträt von mir anfertigen. Vielmehr muss ich aufpassen, dass ich nicht doch noch mein Herz an den Künstler verliere, der ab und zu für Aktbilder posiert. Immerhin bin ich vorgewarnt, dass ich nicht sein Typ bin.

14. Adam – Mittwoch, 23.4.

Marlene ist ungewöhnlich still, als wir vom Krankenhaus zurück zum Reiterhof fahren. Ein Oberarzt hatte in der Klinik Zeit für uns und hat uns mitgeteilt, dass es zum Glück ein einfacher Bruch ist. Dennoch wird eine Operation empfohlen, da Maurice ansonsten mehrere Wochen lang einen Gips tragen müsste, während ein Eingriff die Heilung beschleunigt. Maurice war sofort dafür, die Operation vornehmen zu lassen, Marlene hatte jedoch Bedenken wegen der möglichen Narkoserisiken. Ich habe mich in ihr Gespräch nicht eingemischt. Maurice hat keine Vorerkrankungen, daher hätte ich mich an seiner Stelle auch für den Eingriff entschieden, der bereits für morgen geplant ist. Anschließend wird er noch einige Tage in der Klinik bleiben. Wie lange genau konnte der Arzt allerdings nicht sagen, da es davon abhängt, wie die Heilung verläuft.

»Ich wünschte, Jakob könnte schon morgen starten und nicht erst am zweiten Mai«, murmelt Marlene, kurz bevor wir den Parkplatz vor ihrem Haus erreichen. »Aber herrje, was rede ich da! Ich bin vor allem dankbar, dass Maurice Glück im Unglück hatte.«

»Immerhin habt ihr bereits eine Vollzeitkraft einge-stellt, die bald startet.« Andererseits war Jakob als Ersatz für Marlene gedacht, damit sie kürzertreten kann. Dass er nun erst mal Maurice ersetzen muss, war so nicht geplant.

»Ich werde zusehen, dass ich ein paar Aufgaben anders verteile. Selbst wenn Maurice wieder zu Hause ist, wird er nicht sofort auf dem Hof herumspringen können. Aber wir haben zwei Teilzeitkräfte und noch vier Aushilfen, die schon mal flexibel ihre Stunden anpassen können. Vielleicht haben wir Glück und sie können vorübergehend etwas mehr arbeiten.«

Ihre Aussage stimmt mich nachdenklich. Ich habe mitbekommen, wie viel Zeit und Energie Maurice und sie in den letzten Jahren in den Hof investiert haben. Dabei ging es nicht nur um Buchhaltung und Organisation, sondern auch um körperliche Tätigkeiten. Nachdem sie den Hof gekauft hatten, konnten sie sich nicht sofort mehrere Angestellte leisten. Also setzten sie vor allem auf Aushilfen und auch ich habe unterstützt, wann immer es mir neben meinem Vollzeitjob möglich war.

Es ist schön zu sehen, dass sich Marlenes und Maurices Einsatz in den letzten Jahren gelohnt hat, denn inzwischen läuft das Geschäft sehr erfolgreich. Sie können keine neuen Pferde mehr aufnehmen, da alle Boxen belegt sind. Außerdem sind ihre Reitstunden gefragt. Vor allem seit Marlene unterrichtet, wie man ohne Sattel und Trense reitet und eine echte Verbindung zu den Tieren aufbaut.

Dass Jakob nächste Woche Freitag startet, ist gut, um Maurices Ausfall etwas abzufangen, doch vor allem bis dahin wird Marlene Unterstützung brauchen.

»Ich bin so froh, dass wir im Erdgeschoss ein Gästezimmer haben«, unterbricht sie meine Gedanken. »So muss Maurice nicht ständig die Treppen rauf- und runterlaufen.« Sie atmet laut aus. »Gott sei Dank ist das unser geringstes Problem, sobald er die OP überstanden hat. Es hätte so viel schlimmer ausgehen können.«

Ich höre, wie sie ein paar Mal tief ein- und ausatmet,

während ich den Wagen parke. Unvermittelt packt sie mich am Arm. »Adam, wenn jemals was mit Maurice und mir sein sollte, dann würdest du dich doch um das Baby kümmern, oder?«

Ich bin irritiert. Maurice ist verletzt, aber er wird sich wieder erholen und Marlene ist kerngesund.

»Maurice wird wieder gesund«, versichere ich ihr.

Ihr Griff wird fester. Sie sieht mich an. »Adam, ich weiß, du kannst das nicht nachvollziehen, aber mir macht das gerade Sorge. Das war so ein Moment, in dem man kapiert, wie schnell alles vorbei sein kann. Wie endlich unser Leben ist. Bisher war ich nur für mich verantwortlich, dann für die Pferde, denn Maurice ist ein erwachsener Mann, der für sich selbst sorgen kann. Aber sobald das Baby da ist, ist das anders. Dann ist das Kind für eine lange Zeit von uns abhängig. Maurices Bruder lebt mit seiner Familie in Frankreich, und seine Eltern sind schon Mitte siebzig. Wenn wir ein Kind haben und uns was passiert, dann möchte ich nicht, dass es hier aus allem herausgerissen wird. Dann will ich, dass es hier aufwächst, bei der Familie, die es kennt. Bei unseren Eltern und bei dir.«

Mir erscheint es sehr dramatisch, denn die Wahrscheinlichkeit, dass Maurice und Marlene gleichzeitig ums Leben kommen, ist statistisch gesehen äußerst gering. Aber Marlene steht vermutlich noch unter Schock.

»Du kannst dich auf mich verlassen«, verspreche ich ihr. »Und auf Mum und Dad auch, das weißt du.«

Marlene beugt sich vor und drückt mir einen Kuss auf die Wange. »Danke. Das musste ich jetzt einfach hören, auch wenn du mich nun für ein bisschen bekloppt hältst.« Sie öffnet die Beifahrertür, steigt aus und streckt sich, dann streicht sie über ihren Bauch. Schweigend gehen wir zum Haus.

Als wir den Flur betreten, fällt mein Blick auf einen Müllbeutel, der bei unserem Aufbruch noch nicht dort stand. Aus dem Wohnzimmer ertönen Stimmen.

Anscheinend schaut Linnea TV und hat uns deswegen noch nicht gehört.

Marlene betrachtet den Müll. »Linnea ist so ein Schatz. Da sind die Reste der Lampe drin.«

Wir ziehen unsere Schuhe aus und gehen ins Wohnzimmer. Linnea liegt seitlich auf der dunkelgrauen Couch, das Gesicht in Richtung des großen Fernsehers. Als ich näherkomme, sehe ich, dass sie schläft.

»Sie ist eingeschlafen«, informiere ich Marlene flüsternd und sie macht mir ein Zeichen, dass ich ihr folgen soll.

»Lass sie noch ein bisschen schlafen«, schlägt sie vor, als wir in der Küche sind. »Ich bin so froh, dass sie sich um das Chaos im Keller gekümmert hat. Ich brauche jetzt erst mal zum Runterkommen einen Tee. Alkohol ist ja gerade leider verboten. Willst du auch einen?«

»Nein, danke.«

»Was anderes?«

»Ich nehme mir ein Wasser«, sage ich, denn ich kenne mich in ihrer Küche aus. Sie muss mich nicht bedienen.

»Du hättest dich eben mal sehen sollen«, sagt sie, während sie mit einem Teebeutel hantiert.

Ich habe keine Ahnung, was sie meint.

Sie lächelt mich an. »Wie du sie ansiehst. Du musst es ihr sagen, Adam.«

»Was?«

»Was du für sie empfindest.«

»Nein.«

Marlene lacht auf. »Nein? Sie sollte es wissen.«

»Das könnte alles zwischen uns ändern. Das will ich nicht.«

»Das weißt du doch gar nicht.«

»Doch, das weiß ich.«

Mit einem Seufzer setzt Marlene sich an den Tisch und drückt mit einem Teelöffel den Teebeutel in das heiße Wasser. »Vielleicht irrst du dich.«

»Denkst du, es geht ihr wie mir?«

»Ich weiß es nicht. Man sieht, wie sehr sie dich mag und wie nah ihr euch steht. Aber wenn sie genauso empfindet wie du, dann verbirgt sie es vielleicht ebenso gut vor dir, wie du es auch tust. Vielleicht möchte sie genauso wenig, dass sich an eurer Freundschaft was ändert.«

»Sie hatte ein Date«, gebe ich zu bedenken.

»Das muss nichts heißen. Du hattest auch andere Frauen. Dabei weiß ich schon seit Jahren, dass Linnea was ganz Besonderes für dich ist.«

»Ich bin anders als sie.« Linnea hatte nur feste und längere Beziehungen. Sie ist kein Typ für eine kurze Affäre oder gar einen One-Night-Stand. »Denkst du, sie kann noch mit mir befreundet sein, wenn sie weiß, was ich fühle?«

»Sie wird dir deswegen ganz sicher nicht die Freundschaft kündigen.«

»Aber es wäre anders.«

»Vermutlich schon«, gibt Marlene nach kurzem Zögern zu.

»Das will ich nicht. Natalie hat sich bei mir gemeldet«, wechsele ich das Thema. »Sie ist zurzeit in Düsseldorf.«

»Wollt ihr euch treffen?« Marlene weiß, dass Natalie eine Zeit lang mehr für mich war als nur eine Kommilitonin.

»Nein, jetzt nicht mehr. Ich werde ihr absagen.«

»Warum?«

»Weil du hier Hilfe brauchst.«

Marlene reibt sich mit den Händen über das Gesicht. Sie

sieht müde aus. »Ich weiß. Aber deswegen musst du doch Natalie nicht absagen.«

»Doch. Du brauchst jemanden, der ab morgen auf dem Hof mit anpackt. Zumindest so lange, bis Jakob startet. So kurzfristig kann ich mir so lange keinen Urlaub nehmen. Aber ich kann dich in meiner Mittagspause unterstützen und abends und am Wochenende helfen.«

»Das ist doch viel zu umständlich. Du müsstest ständig zwischen Wülfrath und Mettmann hin- und herfahren.«

»Ihr habt vier Gästezimmer.«

»Du willst hier einziehen?« Sie sieht mich ungläubig an.

»Für ein paar Tage, bis Jakob anfängt. Dann kann er Maurices Aufgaben übernehmen.«

Marlene blinzelt. »Das kann ich nicht annehmen.«

»Du würdest dasselbe für mich tun.«

»Aber du kannst nicht zwei Jobs machen. Deinen und den von Maurice, das ist …«

»Das kannst du aber auch nicht.«

Sie trinkt ihren Tee und starrt noch einen Moment in die dampfende Tasse. »Danke, Adam! Ich will dir nicht solche Umstände machen, aber du hast recht. Mum und Paps will ich nichts sagen. Erst wenn sie aus dem Urlaub zurück sind, sonst machen sie sich die ganze Zeit Sorgen oder brechen ihre Reise sogar ab. Das will ich nicht.«

Unsere Mutter ist Anwältin, unser Vater Ingenieur, aber das und der Urlaub sind nicht das Problem. Beide haben keine Ahnung von Pferden. Unsere Mutter hat sich zwar vorgenommen, mit dem Reiten anzufangen, wenn sie in Rente ist, aber bis dahin sind noch ein paar Jahre Zeit.

»Es würde sich nicht lohnen, dass sie ihre Reise abbrechen. Sie können dir mit den Tieren nicht helfen. Vielleicht hat Moritz Zeit, um ein paar Tage zu unterstützen.«

»Dem will ich nicht auch noch Arbeit aufhalsen.«

»Er ist gerne hier.« Auch Elli reitet inzwischen und ich habe sie schon einige Male mit Moritz auf dem Hof getroffen.

»Ich möchte auch helfen«, erklingt plötzlich Linneas Stimme hinter mir. »Also nicht mit den Pferden, aber vielleicht kann ich dir hier im Haus was abnehmen?«

Marlene schüttelt den Kopf. »Das ist nicht nötig. Einmal die Woche kommt unsere Reinigungsfee, das reicht für das Gröbste. Vielleicht kann sie vorübergehend auch zweimal die Woche kommen.«

»Ich habe neben dem Studium bei der Mutter von einer Freundin im Büro gearbeitet. Ich kenne mich ein bisschen mit Buchhaltung aus. Vielleicht kann ich dir in dem Bereich Aufgaben abnehmen, damit du mehr Zeit für andere Dinge hast«, schlägt Linnea vor und setzt sich zu uns an den Tisch.

Marlene blinzelt. »Ihr müsst aufhören, so lieb zu mir zu sein, sonst werde ich noch zur Heulsuse. Puh, ich hoffe, das geht nach der Schwangerschaft wieder weg, dass ich so nah am Wasser gebaut bin.«

Linnea, die neben ihr sitzt, reibt ihr mit der Hand über den Rücken. »Das war aber auch echt ein schlimmer Abend für dich.«

»Tut mir leid mit eurem Filmabend.«

»Den können wir doch nachholen. Warum habt ihr mich nicht geweckt, als ihr zurückgekommen seid?«, fragt sie und reibt sich die Augen.

»Du hast so friedlich geschlafen«, erklärt Marlene. »Danke fürs Aufsammeln der Scherben.«

»Habe ich doch gerne gemacht.«

»Es wäre mir übrigens lieber, wenn du deinen Eltern nichts sagst«, bittet Marlene dann. »Ich habe Sorge, dass sie es unseren Eltern sagen und ich möchte, dass sie ihren Urlaub in Portugal genießen.«

»Oh! Verstehe. Wenn ich sie bitte, nichts zu sagen, halten sie aber bestimmt dicht«, vermutet Linnea.

»Wahrscheinlich schon«, gibt Marlene zu. »Aber sicher ist sicher.«

»Dann verspreche ich, dass ich ihnen nichts erzähle.«

»Danke.« Marlene trinkt den letzten Schluck von ihrem Tee und schiebt den Becher zur Seite.

»Möchtest du noch Gesellschaft oder lieber versuchen, ein bisschen zur Ruhe zu kommen?«, erkundigt sich Linnea.

»Ich bin euch wahnsinnig dankbar dafür, dass ihr hergekommen seid, aber ich schätze, ich sollte versuchen, ein wenig zu schlafen. Ich will morgen früh zu Maurice ins Krankenhaus.«

»Ich packe morgen die wichtigsten Sachen zusammen, die ich zum Arbeiten brauche, und komme in meiner Mittagspause her«, schlage ich vor.

Marlene steht auf und umarmt mich. »Und das geht wirklich, dass du ein paar Tage von hier aus arbeitest?«

»Sicher. Ich nehme das Zimmer oben mit dem Schreibtisch.«

»Natürlich! Such dir das Zimmer aus, das am besten für dich passt. Du hast ja einen Schlüssel zum Haus, falls ich morgen nicht da bin, wenn du kommst.«

Ich nicke und mache mich mit Linnea auf den Weg in den Flur, wo wir uns die Schuhe anziehen, bevor wir uns von Marlene verabschieden.

»Die Arme«, sagt Linnea, als wir einige Minuten später in meinem Auto sitzen. »Ich hoffe, sie findet ein bisschen Schlaf jetzt. Es ist übrigens eine klasse Idee von dir, für eine Weile auf den Hof zu ziehen.«

»Ich will nicht, dass sie alles alleine macht«, antworte ich und fahre den Wagen vom Parkplatz.

»Das will ich auch nicht. Ich werde die Tage auch mal

bei ihr vorbeischauen, ob ich mich nicht doch nützlich machen kann. Am Samstag sind Yuiko und ich übrigens in Düsseldorf unterwegs und kommen danach zu eurem Auftritt. Ich bin gespannt, weil Clara wohl einen neuen Song eingeübt hat.«

»Hannes ist in letzter Zeit sehr aktiv mit neuen Texten.« Nur in der Ballade ist noch immer der Wurm drin.

»Ich streame fleißig eure Songs, auch wenn ich inzwischen gelernt habe, dass ihr davon keine Millionäre werdet.« Sie nimmt ihr Smartphone aus der Tasche und tippt etwas, während ich gedanklich meinen Tag morgen organisiere.

Als ich einige Minuten später vor dem Mehrfamilienhaus halte, in dem Linnea wohnt, drückt sie mir einen Kuss auf die Wange.

»Du warst großartig heute Abend. Ich bin froh, dass du dich so gut um Marlene kümmerst. Und danke fürs Fahren.« Sie schnallt sich ab.

»Schlaf schön«, antworte ich, während ich immer noch das Gefühl habe, ihre Lippen auf meiner Haut zu spüren.

»Bis Samstag dann.« Sie steigt aus, läuft zur Haustür und winkt mir von dort noch einmal zu.

Keine zehn Minuten später bin ich bei mir zu Hause und informiere Natalie, dass unser geplantes Treffen beim Griechen morgen ausfallen muss.

15. Linnea – Samstag, 26.4.

»Wow, sind das viele Menschen!« Ich hatte erwartet, dass an einem Samstag auf einer Messe reger Betrieb herrscht, aber das schon am frühen Nachmittag so viel los ist, überrascht mich doch.

»Ich fühle mich schon jetzt unwohl«, informiere ich Yuiko leise, weil ich mich daran erinnere, dass sie versprach, wir würden dann gehen.

»Äh, wir sind noch nicht mal im Gebäude drin«, wirft Yuiko ein. »Jetzt gehen wir wenigstens mal gucken. Wir haben Karten und ich brauche einen Vibrator. Claras Schwester wird dreißig und das ist doch ein witziges Geschenk.«

Ich sehe sie an, um an ihrer Mimik abzulesen, dass das hoffentlich ein Scherz war, aber sie scheint es ernst zu meinen. Ich muss an den Aktmalkurs denken. Manche Geschenkideen von Yuiko sind wirklich speziell.

»Ich finde, das ist ein sehr intimes Geschenk.«

Yuiko winkt kopfschüttelnd ab. »Das soll doch nur ein Gag sein. Sie bekommt auch noch Geld geschenkt, denn sie spart mit ihrem Freund für eine Fernreise. Obwohl ...« Sie klopft sich mit dem linken Zeigefinger auf die Lippen. »Eigentlich ist es nicht nur ein Gag. Ihr Freund ist der größte Spießer, den ich je kennengelernt habe. Ich kann mir kaum vorstellen, dass die beiden überhaupt Sex haben. Deswegen die Idee mit dem Vibrator. Clara war auch skeptisch, aber es ist doch nur ein Zusatzgeschenk.«

»Aber wenn Clara das eher nicht schenken möchte … Ich meine, sie kennt Laura doch sicherlich besser als du und …«

»Hey, es ist ein runder Geburtstag, da muss man sich doch etwas einfallen lassen.«

»Vielleicht ein besonderes Essen«, schlage ich vor.

»Das ist aber nichts Lustiges«, sagt Yuiko und wir werden am Eingang zu der Messehalle kurz getrennt, treffen uns aber wieder, nachdem wir beide unsere Tickets vorgezeigt haben.

Yuiko sieht mich amüsiert an. »Du hasst es wirklich, oder?«

Ich nicke.

»Aber schau mal, das sind doch einfach viele aufge-schlossene Menschen, die ein bisschen Spaß haben wollen.«

»Aber darunter mischen sich bestimmt ganz viele …« Ich suche nach dem richtigen Wort.

»Was?« Yuiko sieht mich skeptisch an.

»Perverse«, flüstere ich.

»Die gibt es überall. Und schau mal, es sind auch Paare hier unterwegs. Aber okay, mir ist schon klar, dass du nicht stundenlang hier herumlaufen willst. Wir schauen uns ein bisschen um, ich besorge den Vibrator, und dann können wir auch wieder gehen. Es sei denn, dich packt doch noch die Messebegeisterung.« Sie hakt sich bei mir unter und dirigiert mich durch die gut gefüllte Messehalle. Yuiko scheint sich auszukennen, ich dagegen war noch nie hier.

Ich frage mich, ob sie sich bei mir untergehakt hat, um zu verhindern, dass wir uns aus Versehen aus den Augen verlieren. Das käme mir durchaus entgegen, denn dann könnte ich mich einfach zurück zum Parkplatz schleichen und am Auto auf sie warten.

Die Menschen um uns herum sind teilweise ebenso angezogen wie wir, in Jeans und Shirt oder Sweatjacken, andere dagegen stechen sofort ins Auge, weil sie sehr bunt oder sexy gekleidet sind. Ein Pärchen, das an uns vorbeiläuft, schimpft über die teuren Ticketpreise und ich bekomme ein schlechtes Gewissen, weil ich mir bisher gar keine Gedanken darüber gemacht habe, wie viel Yuiko für diesen Ausflug bezahlt hat. Das will ich sie gerade fragen, als sie abrupt stehen bleibt und begeistert auf einen Stand deutet.

»Schau mal, da gibt es erotische Überraschungstüten«, stellt sie erfreut fest, fasst mich an der Hand und zieht mich hinter sich her. »Da werde ich Clara eine mitbringen. Das ist auch was für dich, oder?«

»Ich will nichts kaufen.«

»Hm, aber es könnte was für Claras Schwester sein«, meint sie, während sie die Tüten auf dem Verkaufstisch mustert. Die Papiertaschen mit den sexy Überraschungen sehen eher unauffällig aus. Manche sind rot-weiß gestreift, andere zeigen rote Herzchen oder pinke Schmetterlinge auf weißem Hintergrund. Sie sehen aus wie gewöhnliche Geschenktaschen, aber ein großes Schild weist darauf hin, dass sich in jeder Tasche für fünfzehn Euro sexy Spielzeug im Wert von mindestens dreißig Euro befindet. Etwas größere Taschen sind teurer und versprechen noch mehr Überraschungen.

»Magst du eine aussuchen?«, fragt Yuiko und stupst mich an.

»Für Claras Schwester?«

»Ja.« Yuiko greift sich eine der kleineren Taschen mit roten Herzen. »Die nehme ich für Clara mit. Welche nimmst du für Laura?«

Ich greife mir rasch eine kleine Tasche, die mit Schmetterlingen verziert ist und drücke sie Yuiko in die Hand, während rechts von uns plötzlich Gelächter ausbricht. Neugierig sehe ich rüber. Zwei Frauen kichern miteinander und eine der beiden hält ein rosafarbenes blinkendes Ding in den Händen. Yuiko wirkt einen Moment abgelenkt, dann stellt sie die Schmetterlingstasche zurück.

»Nee, ich will das schenken, was die Frauen da haben«, meint sie grinsend und geht, mit mir im Schlepptau, zum anderen Ende des Standes.

»Happynizer for Women«, liest sie von einer der Packungen ab, die solch einen pinken Vibrator enthält. »Wie cool, dass die blinken. Und guck mal, da steht sogar, dass die in verschiedenen Farben leuchten können. Sogar in türkis.« Sie zupft an einer ihrer türkisfarbenen Haarsträhnen und hält mir die Packung vors Gesicht. »Das ist doch was für Laura. Und es gibt sogar dreißig Prozent Rabatt«.

»Bist du dir wirklich sicher, dass du ihr so ein Ding schenken willst?«

»Das ist doch lustig! Und sie wird es hoffentlich mit Humor nehmen.«

»Wollen wir es hoffen.«

Yuiko fängt an zu lachen, als sie mich ansieht. »Du bist ganz rot im Gesicht. Es ist dir doch nicht etwa peinlich, dass ich hier einen Vibrator kaufe?«

»Hm«, mache ich ausweichend und zucke mit den Schultern.

»Aber Sex ist die natürlichste Sache der Welt.« Sie beugt sich näher zu mir. »Soll ich zwei kaufen, für dich auch einen? Du bist ja nun schon länger Single.«

»Auf gar keinen Fall!«

»Aber die Farbe ist doch auch schön. Und hier gibt es noch eine Sondervariante mit Glitzer.«

Ich wundere mich ein wenig darüber, dass so viel Aufwand in die Optik gesteckt wird. Als ob die relevant wäre für den Zweck, für den diese Teile gedacht sind.

»Lieber den in XL oder die normale Größe für Laura?«, will Yuiko wissen und hält mir zwei dieser Spielzeuge vor die Nase.

Peinlich berührt schiebe ich die Gummipenisse aus meinem Blickfeld. »Keine Ahnung.«

»Dann nehme ich den XL, oder? Der hat noch Zusatzfunktionen, aber dafür kein Glitzer.« Sie verzieht den Mund. »Aber vielleicht ist Lauras Freund dann beleidigt? Ach, egal!«

Hoffentlich bezahlt sie endlich und wir können gehen. Ich entferne mich ein paar Schritte von dem Verkaufsstand, während Yuiko sich an der Kasse anstellt. Kurz danach kommt sie strahlend mit der auffälligen pinkfarbenen Box auf mich zu. Von der Verpackungsgröße her könnte man allerdings meinen, das wäre nicht nur XL, sondern XXXL.

»Haben die keine Tüten?«, wundere ich mich, denn nun muss Yuiko den sperrigen Karton die ganze Zeit mit sich herumschleppen und alle können es sehen.

»Ach was, brauche ich nicht. Lass uns dahinten noch mal schauen und dann können wir auch gleich wieder gehen. Und bis zum Auto ist es auch nicht weit.«

Also laufen wir noch eine halbe Stunde herum und finden weitere Stände mit Erotikartikeln, doch Yuiko wird nicht mehr fündig und bleibt bei den Sachen, die sie eben gekauft hat.

»Es gibt auch einige Shows hier, die man ansehen kann«, schlägt sie vor.

»Ich denke, das ist nix für mich.«

»Aber du brauchst doch noch Inspiration für deine erotischen Geschichten.«

»Ich glaube nicht, dass ich die hier finde.«

Yuiko schmunzelt amüsiert und hakt sich mit dem freien Arm wieder bei mir unter. Unter dem anderen Arm klemmt das Geschenk für Laura, zudem hält sie in der Hand auch die Herzchen-Überraschungstüte für Clara.

»Dann lass uns gehen. Ich freu mich, dass du mitgekommen bist«, stellt sie zufrieden fest. »Ehrlich, ich hatte keine Ahnung, dass du *so* verklemmt bist. Hätte Finn das mal vorher gewusst, hätte er sich bestimmt nicht nackig auf deine Couch gesetzt.«

»Er war nicht ganz nackt«, erinnere ich sie noch einmal.

Sie lacht. »Lass dich nicht ärgern. Finn ist echt zu weit gegangen, das war nicht in Ordnung. Dem hätte ich was erzählt, wenn ich dabei gewesen wäre und … Oh! Da hinten sind Toiletten. Da muss ich noch kurz hin, bevor wir fahren. Halt mal bitte.« Sie drückt mir das Paket mit dem Vibrator sowie die Überraschungstüte in die Hand, dann flitzt sie in Richtung der Klos davon.

Ich folge ihr ein paar Schritte und stelle mich nah an die Wand, damit ich niemanden im Weg stehe. Gleichzeitig versuche ich, das auffällige Sexspielzeug mit meiner Sweatjacke etwas zu verbergen. Wieso machen die Hersteller da so eine riesige Packung drum? Es mag ein großer Vibrator sein, aber der Karton ist völlig überdimensioniert!

Eine Frau in den Vierzigern, die sexy, aber zugleich sehr stilvoll gekleidet ist, zwinkert mir zu, als sie das Päckchen sieht und geht an mir vorbei in Richtung der Toiletten. Während ich spüre, dass mein Hals fleckig wird, hinterlässt sie eine leicht blumige, sehr angenehme Duftwolke. Was für ein tolles Parfüm! Yuiko würde keinen Moment zögern und die Frau einfach fragen, was das für ein Duft ist, damit sie diesen nachkaufen kann. Ich dagegen bin nicht mutig genug, um Fremde anzusprechen.

»Ach, hallo«, sagt da plötzlich jemand zu mir und als ich aufblicke, sehe ich in das Gesicht meines neuen Nachbarn. Ich möchte sterben!

»Hey«, krächze ich.

Mit breitem Grinsen deutet Malik auf den Karton und die Tüte in meinen Händen. »Cool, schon fündig geworden, was?«

Warum tut sich nicht einfach der Boden unter mir auf und verschluckt mich? Wo bleibt der Angriff von King Kong oder Godzilla, wenn man ihn braucht?

»Das ... äh ... das ist nicht für mich. Ich warte auf eine Freundin, die gerade auf der Toilette ist«, stammele ich und mein Kopf sieht vermutlich aus wie ein Feuermelder.

»Klar«, meint Malik und seine grünen Augen blitzen vergnügt.

Na super, er glaubt mir kein Wort. Was solls – dann suche ich mir eben nicht nur ein neues Fitnessstudio, sondern auch gleich eine neue Wohnung.

»Na, dann schaue ich mich mal weiter hier um, bevor es noch voller wird. Ich muss ein wenig recherchieren.« Er blickt auf die Besucherströme, die an uns vorbeiziehen, macht aber keine Anstalten zu gehen. »War eine blöde Idee, an einem Samstag herzukommen.«

Seine Aussage macht mich neugierig. »Was recherchierst du denn? Arbeitest du für die Presse?« Dann wären wir fast so was wie Kollegen.

»Nein.« Er kratzt sich am Kopf und wirkt plötzlich ein bisschen verlegen. »Ich bereite mich auf eine Rolle vor.«

Es dauert ein bisschen, bis ich verstehe, was er meint, und gleichzeitig frage ich mich, was Yuiko so lange auf der Toilette treibt. Kann sie nicht endlich mal zurückkommen und ihren blöden Vibrator entgegennehmen?

»Du bist Schauspieler?«, vermute ich.

»Na ja, ich versuche, einer zu sein«, meint er und nun

weiß ich auch endlich, warum er mir so bekannt vorkam, als ich ihn das erste Mal gesehen habe.

»Ich hatte direkt das Gefühl, ich kenne dich irgendwo her. Ich muss nur überlegen, wo du mitgespielt hast.« Denn auf Anhieb fällt es mir nicht ein.

»Ich habe drei Staffeln lang in einer Daily Soap mitgespielt, war schon mal eine Leiche im Tatort, aber die meisten kennen mich aus einem aktuellen Werbespot für Tierfutter.«

»Ja, klar!«, sage ich und mir fällt fast die Vibratorpackung herunter. Mit einem schiefen Lächeln hilft Malik mir, diese wieder sicher in meinem Arm zu betten.

WO BLEIBT YUIKO?

»Siehst du!« Er lacht. »Sobald ich die Werbung mit den Welpen erwähne, kennt man mich.«

»Aber die Werbung ist auch wirklich zuckersüß.«

Er lacht noch mehr. »Die Geschichte meines Lebens. An die Welpen erinnert sich jeder. Daran, dass man mich erkennt, muss ich noch etwas mehr arbeiten.«

»Und was hat die neue Rolle mit so einer Messe zu tun? Ich bin nur hier, weil Yuiko mich hergeschleppt hat.« Ich kann es mir nicht verkneifen, das zu erwähnen.

»Ich spiele den eifersüchtigen Freund eines Erotikmodels. Und wir werden dann auch auf so einer Messe drehen. Bisher war so was gar nicht meine Welt, also dachte ich, ich mache mich ein bisschen schlau.«

Jetzt muss ich schmunzeln. So ganz ungelegen kommt ihm das sicher nicht.

Plötzlich spüre ich wieder dieses Flattern im Bauch. Ob er eine Freundin hat? Oder wäre die dann mitgekommen, statt ihn alleine auf solch eine Veranstaltung gehen zu lassen?

»Also dann, viel Spaß noch mit deiner Freundin«, sagt er, und die letzten beiden Worte betont er so, als würde er mir noch immer nicht glauben, dass ich mit jemandem zusammen hier bin.

»Danke, dir viel Erfolg beim Recherchieren«, antworte ich und sehe ihm nach, wie er in der Menge verschwindet. Als ich gerade darüber nachdenke, auf der Toilette nachzusehen, was da bei Yuiko los ist, kommt sie mir freudestrahlend entgegen.

»Du wirst nicht glauben, was mir passiert ist!«, ruft sie und legt ihre Hände an die Brust, in denen sie eine weiße Karte hält. »Ich habe auf der Toilette Nanny Malone getroffen. Da haben sich die Tickets doch noch gelohnt.«

»Ich bin mir nicht sicher, ob ich den Namen schon mal gehört habe«, gebe ich zu.

»Da hast du was verpasst!«, schwärmt Yuiko. »Sie war mein großes Vorbild in der Teenagerzeit. Während meine Freundinnen von Basti oder Deniz schwärmten, musste ich feststellen, dass mich Sophie oder Mikaela mehr interessieren. Nanny hat damals YouTube-Videos gemacht und sehr offen über lesbische Liebe gesprochen. Das hat mir so geholfen, es war eine richtige Offenbarung.« Sie gibt einen quietschenden Laut von sich und hält mir die Karte hin. »Und jetzt habe ich ein Autogramm von ihr. Sie hat es auf meinem Rücken unterschrieben.«

Ich werfe einen Blick auf das Bild. Es ist die Frau, die eben an mir vorbeigelaufen ist und so gut geduftet hat. Auf der Karte steht: »Für Yuiko & Clara – lacht, liebt, lebt! Ich wünsche euch nur das Beste, Nanny Malone.«

»Das ist schön. Ich freu mich für dich.«

Yuiko stößt einen langen Seufzer aus. »Das ist einer der besten Tage meines Lebens.« Sie sieht richtig glücklich aus.

»Für mich nicht«, murmele ich leise, um ihr die Stimmung nicht zu verderben, doch sie hört mich dennoch.

»Na komm, der Abend mit Wild Weekend gleich wird sicher super und ist dann ein Ausgleich zu dem Schrecken hier auf der Erotikmesse.« Sie zwinkert mir zu und nimmt mir ihre Einkäufe ab. »Und da wir so früh schon gehen, können wir sogar noch irgendwo was Leckeres essen, bevor wir zu der Kneipe fahren.«

»Das ist eine prima Idee. Auf den Auftritt freue ich mich auch. Und zum Essen lade ich dich ein.« Ich wäre auch lieber einem prominenten Idol begegnet statt meinem Nachbarn, der mich mit einem XL-Vibrator auf der Erotikmesse antrifft.

»Wenn du wüsstest, wem ich eben begegnet bin«, sage ich daher.

Yuiko reißt die Augen auf. »Etwa Finn?«

»Nein. Das wäre nicht so schlimm gewesen. Den werde ich sowieso nie wiedersehen.«

»Du hast doch nicht etwa deine Mitgliedschaft im Fitnessstudio gekündigt?« Sie bleibt stehen und sieht mich vorwurfsvoll an.

»Doch«, gebe ich kleinlaut zu, denn ich wusste schon, dass sie meine Reaktion völlig übertrieben finden wird.

»Aber das wäre echt nicht nötig gewesen! Du hast so gerne dort trainiert.«

»Ich trainiere nun erst mal zu Hause. Das spart sogar Geld.« Zumindest sobald das Abo endet.

Kopfschüttelnd setzt sie sich wieder in Bewegung. »Wen hast du denn dann getroffen?«

Ich erzähle ihr von meiner Begegnung mit Malik und Yuiko lacht noch immer, als wir ein paar Minuten später auf dem Parkplatz ihr Auto erreichen.

16. Adam – Samstag, 26.4.

»Hey«, sagt Elli und gibt mir am Samstagabend ein High five zur Begrüßung. »Wie gehts deiner Schwester und ihrem Mann? Moritz hat erzählt, dass er sich das Schienbein gebrochen hat.« Sie schüttelt sich. »Das klingt unfassbar fies.«

Also hat Moritz ihr davon berichtet, weshalb er gestern auf dem Hof war, um uns mit den Pferden zu helfen.

»Es geht ihr ganz gut. Und Maurice darf vermutlich Ende der kommenden Woche wieder nach Hause.«

»Das ist doch schon mal was. Aber so ein Pech mit dem gebrochenen Bein«, sagt sie und verzieht mitfühlend das Gesicht. »Ich hoffe, er erholt sich schnell.«

»Hey«, ruft Clara und erscheint mit Hannes und Alejandro im Schlepptau. Der Wirt, der uns eben die Tür aufgeschlossen hat, winkt ihnen zu. Er kennt uns schon länger, denn wir sind bereits mehrere Male in dieser Location aufgetreten und Clara hat bis vor Kurzem, neben ihrem Studium, hier gearbeitet. Inzwischen arbeitet sie nebenbei in einer Anwaltskanzlei.

Unsere Sängerin zieht eine knallrote Regenjacke aus. »Was für ein fieses Wetter. Ich hatte gehofft, wir haben Glück und kommen noch vor dem Regenschauer hier an.«

»Mit einem Mal haben wir so richtiges Aprilwetter«, stimmt Elli ihr zu und verzieht das Gesicht. »Aber laut der

Wetter-App soll es nach dem Wochenende wieder schön werden.«

»Was für ein Timing.« Clara seufzt. »Hoffentlich sind Yuiko und Linnea noch in der Messehalle, sonst kommen die beiden gleich patschnass hier an.«

»Messehalle?«, hakt Elli nach.

Clara verdreht die Augen. »Yuiko verfolgt immer noch die Idee, Linnea an den Mann zu bringen und sie meint, dafür müsse Linnea ein bisschen aus sich rauskommen. Deswegen hat sie sie heute zur Erotikmesse eingeladen. Sie wollte mich auch überreden mitzukommen, aber durch den Auftritt hatte ich eine willkommene Ausrede.«

»Och«, sagt Alejandro. »Ist ganz witzig, sich das mal anzusehen. Ich habe schon mit Rieke so eine Messe besucht.«

»Echt?« Elli sieht ihn erstaunt an. »Ich dachte immer, das wäre eher was für Leute mit irgendeinem Fetisch.«

»Ich habe Yuiko jedenfalls gewarnt, dass Linnea sich da schrecklich unwohl fühlen wird«, meint Clara.

»Ist sicherlich mal eine Erfahrung«, vermutet Elli. »Moritz fänd das bestimmt auch interessant, aber ich brauche das nicht.«

Hannes, der das Gespräch schweigend mitverfolgt hat, mustert mich. Ich kann seinen Gesichtsausdruck nicht recht deuten. Er wirkt ernst oder vielleicht auch nur nachdenklich.

»Alles in Ordnung?«, frage ich.

»Was? Sicher ... Ich war nur in Gedanken. Ich schaue mal, ob sich der Regen was beruhigt hat, damit wir meinen Wagen ausladen können.«

»Ich komme mit«, sagt Alejandro und folgt ihm nach draußen.

»Moritz hat gesagt, dass er morgen auch wieder helfen kann«, meint Elli an mich gerichtet.

»Ich habe ihm gesagt, dass er das morgen nicht muss«, antworte ich. Heute hat alles gut geklappt auf dem Hof, zumal beide Teilzeitkräfte angeboten haben, in den nächsten Wochen mehr Stunden zu arbeiten. »Morgen wird nicht so viel zu tun sein.«

»Okay, das sage ich ihm«, meint Elli und wendet sich Clara zu. »Dann kommt Yuiko also gleich auch noch her?«

»Ja. Ich lese gerade eine Nachricht von ihr. Sie waren nur kurz auf der Messe und essen noch was. Dann sitzen sie wenigstens im Trockenen. Und ...« Sie lacht auf. »O Mann!«

»Was ist los?«, will Elli wissen.

Kopfschüttelnd hält Clara ihr ein Bild hin. Da ich neben Elli stehe, sehe ich es auch, doch ich brauche einen Moment, um zu identifizieren, was darauf abgebildet ist.

»Das ist Yuikos Geschenk für meine Schwester zum runden Geburtstag.«

Elli reißt die Augen auf. »Im Ernst?«

»Ich fürchte ja.« Clara gibt einen unzufriedenen Laut von sich. »Laura wird ihr den Hals umdrehen, nachdem sie das Ding vor den Augen der Gäste ausgepackt hat! Ich hatte Yuiko gewarnt, dass sie lieber was anderes Witziges kaufen soll und kein Sexspielzeug.«

»Ich bin auch kein Freund von solch seltsamen Geschenken zu besonderen Geburtstagen.« Elli schüttelt sich. »Mir hat ein Schulfreund zum achtzehnten Geburtstag so ein XL-Paket mit verschiedenen Kondomen geschenkt. Das war mir total unangenehm, aber er fand es superlustig. Und alle haben Fotos davon gemacht, wie ich da mit den Kondomen stand.«

Ich folge dem Gespräch nicht weiter, da ich an Linnea denken muss. Gestern hat sie mit Marlene telefoniert und nochmals ihre Hilfe angeboten, doch da sie sich nicht in die Nähe der Pferde traut, hatte Marlene keine Aufgaben für sie. Meine Schwester hatte nach dem Telefonat den Eindruck, dass Linnea es aufrichtig bedauert, keine Hilfe sein zu können. Das wäre typisch für meine beste Freundin. Sie will immer für andere da sein. Es hat mich erstaunt, als sie mir während ihres Masterstudiums plötzlich mitteilte, dass sie doch keine Ausbildung zur Kinder- und Jugendlichenpsychotherapeutin machen wird, so wie sie es ursprünglich geplant hatte. Ich hätte mir sie gut in der Zusammenarbeit mit Kindern vorstellen können, doch nach einigen Praktika hat sie festgestellt, dass es sie zu sehr mitnimmt, wenn Kinder schlimme Erfahrungen verarbeiten müssen. Da sie zu der Zeit schon als Aushilfe bei einer Zeitschrift gearbeitet hat, lag es für sie nahe, sich nach ihrem Masterabschluss als Redakteurin bei der »Vicky« zu bewerben.

Doch zuletzt klang sie nicht mehr so begeistert von ihrem Job. Vielleicht ist es nur eine Phase, weil sie gerade viel Stress hat. Oder ob sie ihre Entscheidung inzwischen bereut? Mir kommt die Idee, dass ich sie mal mit Moritz in Kontakt bringen sollte. Ich kann mir noch immer vorstellen, dass das, was er für seine berufliche Zukunft plant, auch ein passender Job für Linnea sein könnte.

17. Linnea – Samstag, 26.4.

»Immer wenn ich Clara singen höre, verliebe ich mich noch mal neu in sie«, schwärmt Yuiko, als wir am Abend in der Musikkneipe an einem der hinteren Tische sitzen und Wild Weekend bei ihrem Auftritt zuhören. Wir hatten nicht damit gerechnet, dass es schon so früh derart voll ist, deswegen haben wir uns beim Essen viel Zeit gelassen. Als wir dann herkamen, waren die Plätze vorne an der Bühne schon belegt. Yuiko meinte, es wäre gar nicht so schlecht, anderen Fans den Vortritt zu lassen, weil wir sogar den Luxus haben, die Fünf ganz exklusiv bei ihren Proben besuchen zu können.

Das habe ich allerdings noch nie gemacht. Früher hatten sie ihren Probenraum in Düsseldorf, doch inzwischen in Mettmann, was für mich deutlich näher liegt.

»Wenn sie auf der Bühne steht, erinnert mich das immer an den Abend, an dem wir uns kennengelernt haben«, murmelt sie. Daran erinnere ich mich noch genau, weil Yuiko mich am nächsten Tag sofort angerufen hat, um mir alles ausführlich zu erzählen. Yuiko war mies gelaunt und wollte sich von einem Karaokeabend etwas aufmuntern lassen, dabei hat sie Clara als Bedienung an der Bar entdeckt. Und dann ist meiner besten Freundin etwas passiert, das sie niemals erwartet hat: Sie hat sich Hals über Kopf verliebt.

Ich frage mich seitdem manchmal, ob es mir auch irgendwann so gehen wird. Dass ich jemandem begegne, der mein Herz sofort höherschlagen lässt und von dem ich in dem Moment weiß, dass er der Richtige ist. Bisher dachte ich immer, so etwas gibt es nur in Büchern, aber Yuiko hat mich eines Besseren belehrt.

Plötzlich muss ich an Malik denken. Er macht einen sympathischen Eindruck und ich möchte ihn gerne näher kennenlernen. Aber ich fürchte, dass er mich für schrullig hält, nach der Szene mit Finn in meinem Flur und dann noch die Begegnung auf der Erotikmesse. O Mann! Was für ein mieses Timing!

»Guck mal, der Blonde da hinten sieht die ganze Zeit zu dir rüber«, sagt Yuiko, die anscheinend doch den Blick von Clara lösen konnte. Ich bemühe mich, unauffällig in die Richtung zu schauen, in die sie zeigt.

»Der mit dem dunkelblauen Shirt?«, frage ich nach.

»Ja. Der sieht doch ganz nett aus, oder?«

»Er sieht aus wie ein Bruder von Finn. Das weckt keine guten Erinnerungen.«

»Aber das heißt ja nicht zwingend, dass er ein Dessert von dir will.« Yuiko stupst mir ihren Ellenbogen in den Arm.

»Bitte keine Verkupplungsaktionen mehr«, flüstere ich. »Ich habe im Moment sowieso keine Zeit. Erst mal muss unsere Sonderausgabe fertig werden.«

»Für die Liebe muss man sich Zeit nehmen.«

»Später vielleicht. Wenn die Sonderausgabe erschienen ist.«

»Danach darf ich dich verkuppeln?«, fragt Yuiko hoffnungsvoll.

»Das versuchst du doch sowieso schon. Du hast Chiron doch erzählt, dass ich mich von ihm malen lassen will.«

»War das falsch?«

»Nein, das war okay. Er malt wirklich beeindruckende Bilder.«

Yuiko mustert mich zufrieden. »Ihr wärt ein süßes Paar.«

»Ich mache mir keine Hoffnungen. Er will mich bloß auf einer Leinwand verewigen.«

»Das macht er nicht mit jedem.«

»Hat er dich gemalt?«

»Ja, vor ein paar Jahren.«

»Siehst du! Mit dir ist er auch nur befreundet und hatte kein romantisches Interesse.«

»Das beruhte aber auf Gegenseitigkeit«, wirft Yuiko ein.

»Ich habe auch kein romantisches Interesse an ihm«, stelle ich klar. »Ich hätte ihn nach dem Abend im Türmchen gerne besser kennengelernt, aber ich bin nicht in ihn verknallt.«

»Was nicht ist, kann ja noch werden.«

Sie ist wirklich hartnäckig! »Ich weiß nicht. Ehrlich gesagt, finde ich meinen neuen Nachbarn interessant.«

»Ach, das hast du eben gar nicht erwähnt.« Yuiko sieht mich überrascht an, dann schlägt sie sich die flache Hand vor die Stirn. »Deswegen war es dir so unangenehm, dass du ihn auf der Messe getroffen hast!«

»Mit deinem Vibrator in der Hand!«, erwähne ich mit gesenkter Stimme. »Ich will gar nicht wissen, was er jetzt von mir denkt.«

»Dass du eine sexuell aufgeschlossene Frau bist.«

»Die schnell rote Flecken im Gesicht bekommt. Ich hab's genau gespürt.«

Yuiko knabbert an ihrem Daumennagel. »Er fand es bestimmt lustig. Bringe ihm doch mal einen Willkommenskuchen vorbei.«

»Ist das nicht zu aufdringlich?«

»Er kann doch einfach den Kuchen annehmen und dir

die Tür vor der Nase zuschlagen, wenn er keine Lust auf dich hat.«

»Sehr lustig!«

»Hey, der Vorschlag war ernst gemeint. Es muss kein Kuchen sein, aber vielleicht was Originelleres als Salz und Brot.«

»Das hat doch nichts mit originell zu tun. Brot und Salz symbolisieren Grundnahrungsmittel und stehen dafür, dass man jemandem alles Gute für das neue Heim wünscht und dass es einem dort nie an etwas fehlen soll.«

»Was du alles weißt ... Hauptsache, du bringst ihm irgendwas vorbei. Vielleicht findet er dich auch interessant und ihr kommt ins Gespräch.«

»Mal schauen ...«

»Also machst du es nicht«, lautet Yuikos enttäuschtes Fazit, während Clara ankündigt, dass die Band eine kurze Pause einlegt und es in fünfzehn Minuten weitergeht.

»Ich gehe mal zu ihr«, kündigt Yuiko an. »Kommst du mit?«

»Meinst du nicht, dann ist unser Tisch weg?«

»Wäre gar nicht so schlimm, oder? Ich muss dir doch noch die Geschichten schreiben. Morgen kann ich nicht, also mache ich das einfach gleich, wenn ich dich nach Hause bringe.«

»Aber das sind vier Storys, die du noch schreiben musst.«

»Du brauchst doch nur das erotische Grundgerüst, oder? Ausformulieren kannst du die Texte anschließend doch viel besser als ich.«

Das kann sein. Zumindest hoffe ich das, schließlich bin ich die Autorin von uns beiden.

18. Adam – Samstag 26.4.

Ihre Wangen sind gerötet, als Linnea hinter Yuiko zu uns auf die Bühne kommt. Ich freue mich, sie mal wieder bei einem unserer Auftritte zu sehen. Sie mag eigentlich keine zu laute Musik und auch nicht so viele Menschen um sich herum.

»Hey«, begrüßt sie mich.

»Hallo.«

Hannes, der gerade mit einem der Mitarbeiter der Kneipe im Gespräch ist, winkt ihr zu, als er sie bemerkt, und Elli stellt sich mit einem fröhlichen »Hi« zu uns.

»Hallo.« Linnea lächelt sie an. Sie haben sich schon auf anderen Auftritten gesehen, aber nie länger miteinander gesprochen. »Ihr wart großartig.«

»Danke«, meint Elli peinlich berührt, die sich immer schwer damit tut, Komplimente anzunehmen.

»Yuiko hat erwähnt, dass Clara einen neuen Song einstudiert hat. Der kommt vermutlich erst nach der Pause, oder?«

»Richtig«, bestätige ich.

»Schade. Yuiko und ich können heute nicht so lange bleiben.«

»Schade, aber dann beim nächsten Mal.« Elli lächelt ihr zu und hebt ihr leeres Glas hoch. »Ich hole mir noch eine Limo. Soll ich euch was mitbringen?«

»Ein alkoholfreies Bier«, antworte ich, weil ich später noch fahren muss. Hannes hatte mir zwar angeboten, mich abzuholen, da er in seinem VW-Bus genügend Platz für die komplette Band und unsere Instrumente hat, aber ich bin lieber unabhängig und nehme mein eigenes Auto.

»Für mich nichts. Wir sind ja dann gleich weg«, sagt Linnea und sieht ihr nach, als Elli die Bühne verlässt. »Ich habe eben noch mit Marlene geschrieben«, berichtet sie dann. »Sie meinte, ich kann morgen dabei helfen, das Gästezimmer unten für Maurice vorzubereiten, wenn ich mich nützlich machen will.«

»Gute Idee«, stimme ich zu. »Darum haben wir uns noch nicht gekümmert. Die beiden nutzen das Zimmer im Erdgeschoss eher als Abstellraum. Es steht ziemlich voll mit irgendwelchem Kram.«

»Dann muss also erst mal alles ausgeräumt werden?«

Ich nicke. »Und Bett beziehen und so was.«

Sie wirkt erfreut. »Das kann ich! Und ich kann was kochen, während ihr auf dem Hof arbeitet.«

»Du musst nicht ...«

»Doch, ich bin froh, wenn ich helfen kann.«

»Wobei helfen?«, erkundigt sich Yuiko.

»Auf dem Reiterhof. Wegen des Unfalls von Adams Schwager.«

»Ah! Du hattest beim Essen davon erzählt. Ich bin allerdings auch raus, wenn es um Pferde geht«, gibt Yuiko zu. »Ich habe noch nie auf so einem Tier gesessen.«

»Noch nie?«

»Nee, hat mich nie gereizt. Ich bin als Teenager lieber Skateboard gefahren und habe getanzt.« Sie macht eine Hip-Hop-Pose und schlägt dabei fast Clara, die sich von hinten nähert.

Unsere Sängerin legt grinsend einen Arm um Yuikos Schulter. »Yuiko mag keine Tiere, die eine größere Klappe haben als sie.« Yuiko lacht auf, dann drückt sie ihrer Freundin einen Kuss auf den Mund.

»Ich bin ein paar Jahre lang geritten. Wenn ihr doch noch Hilfe braucht, kann ich auch unterstützen«, bietet Clara an.

»Danke, aber ich denke, das ist nicht nötig.«

»Kann Hannes dich eigentlich heute nach dem Auftritt heimfahren?«, wechselt Yuiko das Thema.

Clara nickt. »Bestimmt.«

»Das ist gut! Linnea und ich haben nämlich noch was vor.« Yuiko schmunzelt vergnügt, während Linnea ein wenig verlegen wirkt.

»Dann müsst ihr gleich los?«

»Yes«, bestätigt Yuiko und schaut auf ihre Armbanduhr. »Sonst wird es zu spät. Deswegen wollten wir die Pause nutzen, um Tschüss zu sagen.« Sie küsst Clara zum Abschied, während Linnea mich kurz in den Arm nimmt.

»Habt noch viel Spaß«, wünscht sie uns. »Wir sehen uns dann morgen auf dem Hof.«

»Bis dann, Großer«, sagt Yuiko und winkt mir zum Abschied zu. Ich weiß nicht, wie ich zu diesem Spitznamen gekommen bin. Bei einem der letzten Auftritte nannte sie mich schon mal so. Als ich den beiden nachsehe, wie sie die Kneipe verlassen, fällt mir meine Idee wieder ein, Moritz und Linnea miteinander zu vernetzen.

»Haben du und Moritz Lust, mal zum Raclette zu mir zu kommen?«, frage ich Elli, als sie mit einem frisch gefüllten Glas an mir vorbeilaufen will.

»Klar, gerne. Raclette geht immer.«

»Passt es euch nächstes Wochenende?«

Elli tippt sich mit dem linken Zeigefinger ans Kinn und guckt Richtung Decke. »Sonntag sollte gehen, glaube ich. Ich frage aber Moritz vorsichtshalber noch mal und melde mich.«

»Okay. Ich werde auch Linnea fragen.«

»Schöne Idee. Sie ist nett«, meint Elli und betrachtet mich lange, während Hannes im Hintergrund Zeichen macht, dass er weiterspielen will. Ich nehme die Sticks in die Hand und bin froh über die Ablenkung, denn Ellis Blick ruht noch immer auf mir.

»Können wir?«, fragt Hannes in die Runde und Elli wendet sich ab und geht zu ihrer Gitarre. Dann dreht sie sich noch mal zu mir um und lächelt mich an. Letztes Jahr in Las Vegas habe ich ihr anvertraut, dass es eine Frau in meinem Leben gibt, die Sache aber kompliziert ist. Ob sie gerade durchschaut hat, um wen es geht?

19. Linnea – Samstag 26.4.

Ich sehe Yuiko interessiert über die Schulter, während sie an meinem Laptop am Küchentisch sitzt und die Ideen zu den erotischen Geschichten aufschreibt. Ich fühle mich schlecht, weil sie das für mich erledigt und bin enttäuscht von mir selbst, weil ich zu verklemmt bin, um diesen Artikel zu schreiben. Ich habe mir gestern zwei Liebesromane mit sogenannten »spicy Szenen« auf meinen E-Book-Reader geladen, weil ich gehofft hatte, dass mich die Bücher inspirieren. Doch abgesehen davon, dass ich erstaunt war, wie pornografisch manche Liebesromane sind, liegt mir dieses Genre einfach nicht. Immerhin hat Yuiko eben vor sich hingemurmelt, dass sie die Grundidee meiner ersten Geschichte weiter verwenden kann. Das ist ein kleiner Trost.

Plötzlich geht mir der Vorfall mit Finn wieder durch den Kopf. Ich frage mich, wieso ich nicht schon während des Abendessens ehrlicher zu ihm war. Ich hätte ihm sagen können, dass es ein netter Abend ist, aber das mit dem Filmabend nicht so gut passt. Vermutlich wäre er auch dann verärgert gewesen, aber die peinliche Nackedei-Situation hätte ich uns erspart. Leider fällt es mir schwer, so offen zu sein, wenn ich weiß, dass ich damit die Gefühle anderer verletze. Yuiko sagt zwar immer, dass ein Ende mit Schrecken besser sei als ein Schrecken ohne Ende, aber ich finde es enorm schwierig, negative Emotionen auszuhalten, die ich bei anderen ausgelöst habe. Es ist schon seltsam, dass mein Bruder in dieser Hinsicht das genaue Gegenteil von mir ist. Der rennt in jedes Fettnäpfchen, das er finden kann, und ihm ist es sogar egal, wenn andere sich deswegen über ihn ärgern.

»Willst du einen Tee?«, frage ich Yuiko und versuche so, mich von meinem Gedankenkarussell abzulenken. »Oder was Süßes?«

»Tee wäre super«, antwortet sie, ohne vom Laptop aufzublicken. »Hast du noch den mit der pinken Verpackung?«

Ich nehme eine schwarze Verpackung aus dem Schrank. Die Teebeutel darin sind einzeln verpackt und stecken in pinkfarbenem Papier. »Meinst du den?«, will ich wissen und räuspere mich laut, um ihre Aufmerksamkeit zu bekommen.

Sie sieht zu mir und zeigt mit dem Daumen nach oben. »Jep, genau.«

Als ich das heiße Getränk ein paar Minuten später auf den Tisch stelle, nutze ich erneut die Gelegenheit und spähe auf die geschriebenen Zeilen. Dabei bekomme ich etwas von Sand zwischen den Körpern zu lesen sowie von zitternden Oberschenkeln, die sich um seine Hüften schlingen, während er … Na ja, was man halt so tut, wenn man Sex hat.

Offenbar findet mindestens eine der Geschichten am Strand in einer südlichen Region statt und es ist nicht nur das Wetter, das heiß ist. Für einen ganz kurzen Moment bereue ich, dass ich mir kein »Hilfsmittel« auf der Messe gekauft habe. Yuiko hat echt nicht zu viel versprochen. Eventuell muss ich das Ganze später ein wenig entschärfen, aber es ist wahnsinnig lieb, dass sie das für mich macht.

»Danke«, sage ich. »Das ist echt toll von dir, dass du so spät hier sitzt und schreibst, weil ich so ideenlos bin.« Das habe ich diplomatisch ausgedrückt, denn eigentlich fühle ich mich wie eine Versagerin.

»Ach, da nicht für«, meint Yuiko und nippt an ihrem Tee. »Autsch, heiß.« Sie stellt den Becher wieder ab. »Wofür sind Freunde da? Außerdem habe ich dich auf die Messe geschleppt und schulde dir was. Ich bin gespannt, wie Clara reagiert, wenn ich ihr von Nanny Malone erzähle.« Sie lächelt einen Moment versonnen, dann fliegen ihre Finger wieder über die Tastatur.

20. Adam – Sonntag 27.4.

Durch den Auftritt mit der Band konnte ich gestern auf dem Hof weniger helfen als geplant. Daher bin ich nach dem Gig direkt nach Wülfrath gefahren, um schnell ins Bett zu kommen und heute Früh mit anpacken zu können.

Bis zum Start von Jakob hat meine Schwester einen Plan gemacht, wer wann welche Aufgaben übernehmen muss. Maurice ist dennoch besorgt, weil Marlene schwanger ist und er nicht helfen kann, daher schickt er mir täglich mehrfach Nachrichten und fragt, wie es ihr geht. Mir ist bewusst, dass er sich nicht traut, Marlene so oft zu fragen, denn sie wäre genervt. Ich bin auch genervt, andererseits kann ich verstehen, dass er sich Gedanken macht. Marlene will nämlich nichts davon wissen, dass sie sich schonen soll. Sie hat auch mir schon eingetrichtert, dass sie schwanger sei und nicht schwerkrank, und dass die Frauen im letzten Jahrhundert noch bis zur Geburt auf den Feldern gearbeitet haben. Ich hielt es für unangebracht, ihr zu erzählen, dass damals die Müttersterblichkeit deutlich höher war als heutzutage.

Nachdem ich einen starken Kaffee getrunken habe, gehe ich nach draußen. Es ist gerade mal sieben Uhr und recht kühl, aber wenigstens trocken.

Obwohl es so früh ist, bin ich nicht der Einzige auf dem Hof. Marlene hatte angekündigt, dass eine der Aushilfen unterstützen wird und ich bin erleichtert, dass es Dannika ist, die mir zuwinkt, als sie gerade das Tor zu den Ställen öffnet. Sie ist bereits seit zwei Jahren hier angestellt, daher braucht sie keine Anleitung mehr, sondern weiß, was zu tun ist.

»Wie geht es Maurice?«, will sie wissen, als ich mich ihr nähere.

»Er hat die Operation am Freitag gut überstanden.«

»Gott sei Dank.« Sie bekreuzigt sich. »Muss er noch lange im Krankenhaus bleiben?«

»Noch ein paar Tage.«

Dannika sieht sich um. »Ich hatte schon ein schlechtes Gewissen, dass ich gestern nicht einspringen konnte, aber da war ich im Phantasialand. Die Tickets hatte mein Freund schon vor Wochen gekauft. Marlene hat gesagt, ich solle mir keinen Kopf machen, aber ...« Sie zuckt mit den Schultern. »Ab heute habe ich jedenfalls Zeit und ich kann auch jeden Tag reinkommen, bis Jakob anfängt. Mittwoch habe ich sogar nur bis mittags Uni.« Dannika studiert Germanistik und hat kein eigenes Pferd mehr, seit ihres verstorben ist. Sie kann jedoch, ebenso wie ich, jederzeit eines von Maurices oder Marlenes Tieren reiten. Ich bin froh, dass ich diese Möglichkeit habe, denn aktuell kann ich mir aus Zeitgründen nicht vorstellen, ein eigenes Pferd anzuschaffen.

»Es ist nett, dass ihr alle helft«, sage ich.

»Marlene und Maurice sind immer so toll zu uns. Und die beiden haben hier so hart gearbeitet und jetzt, da Jakob bald kommt und sie kürzertreten könnten, passiert so etwas. Voll ätzend.«

Es ist ätzend, aber nun hilft nichts anderes, als das Beste aus der Situation zu machen.

»Willst du einen Kaffee?«, biete ich an. Ich will sie nicht vom Arbeiten abhalten, aber es ist wirklich früh für einen

Sonntag, daher kommt es mir richtig vor, ihr einen anzubieten.

»Kaffee klingt perfekt«, antwortet sie lächelnd und unterdrückt ein Gähnen. »Aber erst später. Ich will noch was schaffen vor der Belohnung.«

Ich nicke ihr zu und wir machen uns an die Arbeit.

21. Linnea – Sonntag, 27.4.

Am Tag nach der Erotikmesse werde ich schon um neun Uhr wach. Normalerweise drehe ich mich am Wochenende um diese Zeit noch einmal um und schlafe weiter, doch heute bin ich ungewöhnlich hungrig. Da der Bäcker in der Nähe sonntags nur bis elf Uhr geöffnet hat, verpasse ich meistens den Zeitraum für frische Brötchen, aber das ist dann heute anders.

Ein Blick aus dem Fenster zeigt, dass es bewölkt ist, aber der nächtliche Regen hat aufgehört. Zum Einschlafen mochte ich den Klang der Regentropfen, aber wenn ich vor die Tür muss, ist mir trockenes Wetter lieber. In der Hoffnung, dass sich das Wetter in den nächsten zwanzig Minuten nicht ändert, verzichte ich auf einen Regenschirm, als ich eine Viertelstunde später die Wohnung verlasse. Stattdessen habe ich meine dünne Regenjacke an. Die brauche ich auch, denn nach gerade mal zweihundert Metern fängt es an zu nieseln. Ich setze mir die Kapuze der Jacke auf und bin froh, dass ich für die Brötchen eine robuste Stofftasche mitgenommen habe. Mit dieser kann ich die Brötchen besser vor dem nassen Wetter schützen. Denn der Regen hält mich nicht davon ab, meinen Weg fortzusetzen. Vielleicht habe ich Glück und bin früh genug in der Filiale, um sogar noch ein Milchhörnchen zu ergattern. Die liebe ich!

Als ich die Bäckerei betrete, nickt mir eine der beiden Verkäuferinnen freundlich zu. Es ist Frau Fröhlich, die schon seit Ewigkeiten hier arbeitet. Ihre schulterlangen, grauen Locken trägt sie, wie immer, straff zurückgebunden, während ihre rote auffällige Brille ihr Gesicht dominiert. Doch zu ihr passt dieses Accessoire.

Aufgrund der langen verglasten Theke und einigen Sitzgelegenheiten platzt der kleine Raum mit den hungrigen Kunden aus allen Nähten, denn wegen des Wetters will verständlicherweise niemand draußen warten. Vor mir in der Schlange, die sich an der linken Kasse gebildet hat, warten fünf weitere Personen, also habe ich genügend Zeit zu überlegen, was ich haben möchte. Es liegen tatsächlich noch Milchhörnchen in der Auslage und ich hoffe, die schnappt mir niemand vor der Nase weg.

»Dat Fräulein Schey«, werde ich freundlich von Frau Fröhlich begrüßt, als ich schließlich an der Reihe bin. »Dat ich Sie mal so früh sehe an einem Sonntach, was."

»Ich bin ein bisschen aus dem Bett gefallen«, gebe ich zu.

»Ich bin schon seit Stunden wach, sach ich ihnen.«

»Das bewundere ich sehr.«

Sie lacht. »Wat darf es denn sein heute?«

»Ein Milchhörnchen und drei Brötchen.« Das ist für ein Frühstück etwas viel, aber dann bleibt noch was für ein Mittagessen übrig, bevor ich so gegen dreizehn Uhr zu Marlene und Adam fahre.

»Aber jerne doch. Kann alles zusammen in eine Tüte?«

Ich nicke und sie greift sich eine mittelgroße Papiertüte und dreht sich zu dem Regal mit den Brötchen um.

»Hallo«, erklingt eine Stimme hinter mir, die mir bekannt vorkommt. Ich drehe mich um und entdecke Malik, der sich seitlich vorbeugt, weil eine andere Kundin zwischen uns steht.

»Hey«, grüße ich zurück.

»So, dat war alles?«, will Frau Fröhlich wissen und legt die gefüllte Brötchentüte auf die Theke.

»Ja, danke«, sage ich, während sie die Bestellung in die Kasse eintippt und plötzlich innehält.

»Ich les ja immer noch die Vicky. Tolle Zeitschrift, wo Sie da arbeiten tun. Da kommt nich' immer nur dasselbe, so wie bei anderen Magazinen.« Sie sieht ihre Kollegin an. »Frieda, haste die och schon mal jelesen?«

»Ich glaube nicht«, sagt Frieda, die aber abgelenkt ist, weil sie eine Großbestellung zusammen sucht.

»Ich hab och neulich erst wieder da ihre Tipps jelesen zum Thema Konflikte. Die haben mir echt jefallen jetan, sach ich ihnen. Hab meinem Mann jesacht, wie wichtich dat is, dass man offen redet."

»Das freut mich.« Es freut mich wirklich, aber ich wünschte, sie würde sich nicht so lange mit mir aufhalten. Frieda ist trotz der Großbestellung inzwischen fertig und bedient den nächsten Kunden. Ich drehe mich um, um zu prüfen, wie lang die Schlange hinter mir ist. Malik steht inzwischen direkt hinter mir und lächelt mich an. Die andere Kundin hat die Reihe gewechselt. Ich lächle zurück und wende mich Frau Fröhlich zu.

»Was bekommen Sie?«, frage ich und deute auf meine Brötchentüte, um den Prozess zu beschleunigen. Auch wenn es klasse ist, dass sie mit so viel Begeisterung unsere Zeitschrift liest, will ich die anderen Kunden nicht länger aufhalten.

»Also wegen dem Artikel ... Ich denk manchmal, sie sprechen mir aus'm Herzen. Ich hab da auch neulich diesen Psychotest jemacht von Ihnen, da stand Ihr Name drunter, dann ist der doch von Ihnen, oder?«

Ich nicke. »Äh ja, was bekom...«

»Dat war dieser Test mit dem Titel *Welscher Liebestyp*

sindse. Und dat hat ja jenau jepasst, sach ich Ihnen. Ich wusste immer, dat ich der leidenschaftliche Typ in der Liebe bin. Bloß mein erster Mann, der hat dat nie verstanden. Furchtbar sach ich ihnen, aber Gott hab ihn seelich. Mein zweiter Mann, der Italiener, der ist da janz anders. Dat ist schon richtich, wat man über die Südländer sacht, sach ich ihnen.« Sie zwinkert mir zu.

Es klingelt – ein Zeichen, dass ein weiterer Kunde die Bäckerei betreten hat, aber das stört Frau Fröhlich nicht und Frieda scheint alles im Griff zu haben. Doch immerhin wendet sie den Blick nun Malik zu.

»Ach, der Herr Duczek.« Anscheinend bekommt sie immer schnell heraus, mit wem sie es zu tun hat. Andererseits ist Malik Schauspieler und wird sicherlich ab und zu erkannt.

»Sie kommen gleich dran, ich unterhalt mich nur grad noch mit dem netten Fräulein hier. Die hat och einen interessanten Job, sach ich Ihnen.«

»Ach ja?«, sagt er und sieht mich neugierig an.

Sie nickt bestätigend. »Sie arbeitet in der Redaktion bei der Vicky. Tolle Zeitschrift, aber Sie sind wohl nich' die Zielgruppe.« Sie mustert Malik, dann wendet sie sich mir zu. »Der Herr Duczek ist ein janz toller Schauspieler, sach ich Ihnen.«

»Ich hörte schon davon«, sage ich.

»Ach guck«, meint Frau Fröhlich überrascht.

»Wir wohnen im gleichen Haus«, erkläre ich und spüre, dass ich erröte, weil ich prompt an unsere Begegnung auf der Messe denken muss.

»Geht das mal langsam weiter?«, fragt ein älterer Herr und ich finde es schrecklich unangenehm, gerade so im Mittelpunkt zu stehen. Warum muss ich immer rot werden, wenn ich auf Malik treffe?

»Ah, der Johannes. Nun sei nicht so ungeduldich«,

schimpft Frau Fröhlich mit dem Herrn, der sich beschwert hat. »Deine Martha schläft doch sowieso noch.«

Johannes brummt etwas und wechselt zu Frieda an die Kasse. Ich sehe ihn entschuldigend an, als er mir einen verärgerten Blick zuwirft.

»Dat ist doch praktisch mit dem Nachbar sein«, fährt Frau fröhlich fort. »Da können sie beide sich ja mit dem Brötchen holen abwechseln, nich'? Wobei der Herr Duczek eher ein früher Vogel ist.« Sie sieht auf ihre Uhr. »Außer heute.«

»Stimmt«, sagt Malik und gähnt.

»Jedenfalls, dat Fräulein hier und ich ham uns nett unterhalten. Wissen Sie, dat Fräulein hat da neulich diesen Erotiktest inne Zeitung jemacht und …«

»Psychotest«, korrigiere ich sie schnell.

»Ach«, meint Malik und wirkt amüsiert.

»Ja, diese Psychotests mit Erotik, jenau. Ich bin der leidenschaftliche Typ«, stellt Frau Fröhlich noch mal zufrieden klar und lässt mich endlich bezahlen.

»Schönen Tach wünsch ich Ihnen noch", meint sie zum Abschied.

»Wartest du kurz?«, bittet Malik mich und ich bleibe mit einem flatternden Gefühl im Magen stehen. Da es noch immer nieselt, warte ich lieber drinnen auf ihn.

»Was für ein Mistwetter«, murrt Malik, als er zwei Minuten später zu mir kommt, nun ebenfalls mit einer Brötchentüte in der Hand. Ebenso wie ich trägt er eine Regenjacke und wir ziehen uns unsere Kapuzen über den Kopf, dann biete ich ihm an, seine Brötchen in meine Tasche zu tun. Er nimmt das Angebot an, besteht aber darauf, die Tasche zu tragen.

Die wiegt zwar kaum was, aber wenn er ein Gentleman sein möchte, habe ich nichts dagegen.

»Ich wollte dich fragen, ob du Lust hast, zu meiner

Einweihungsparty zu kommen? Die ist am nächsten Samstag«, sagt er, nachdem wir die Bäckerei verlassen haben.

»Oh!«, mache ich, weil ich spontan nicht weiß, was ich dazu sagen soll. Ich finde es nett, dass er mich einlädt, aber er wird der Einzige sein, den ich dort kenne und selbst ihn kenne ich kaum. Deswegen zögere ich ein wenig. Wenn ich jetzt zusage, wäre es blöd, wenn ich es mir später anders überlege.

»Es kommen ein paar Freunde und wir sind vielleicht so fünfzehn Leute. Um neunzehn Uhr gehts los.« Malik räuspert sich, während wir mit schnellen Schritten durch den Regen gehen. »Ich fände es schön, wenn du kommst.«

Ich denke an Yuiko, die mich dazu überreden wollte, ihm ein Begrüßungsgeschenk vorbeizubringen, um mit ihm ins Gespräch zu kommen. Seine Einweihungsfeier wäre die Gelegenheit, ihn besser kennenzulernen. Es wäre dumm, seine Einladung abzulehnen. Wenn mir die Party nicht gefällt, muss ich nur zehn Schritte laufen und bin in meiner eigenen Wohnung.

»Danke für die Einladung. Ich komme gerne.«

Er wirft mir einen erfreuten Blick zu und eine nasse Haarsträhne fällt ihm in die Stirn.

»Was kann ich denn mitbringen? Brauchst du noch was für die Wohnung?«

»Ach was, das ist ja nicht meine erste eigene Wohnung. Bring einfach gute Laune mit.«

»Ein Tipp wäre trotzdem hilfreich«, bitte ich, während er die Haustür aufschließt. Ich schlüpfe hindurch, als er mir diese aufhält, dann ziehe ich mir die nasse Kapuze vom Kopf.

»Wenn du unbedingt was mitbringen möchtest, dann Kaffeebohnen. Ich habe mir eine neue Kaffeemaschine gekauft und probiere mich durch verschiedene Sorten.«

»Noch keinen Favoriten gefunden?«

»Nein, ich mag mehrere.« Er folgt mir die Treppe hinauf. »Also überrasch mich einfach.«

Ich lächle ihm zu. »Dann bis Samstag um neunzehn Uhr.«

»Exakt.« Er nimmt seine Brötchen aus meiner Tasche und reicht mir den Stoffbeutel. »Danke. Ich wünsche dir ein schönes Frühstück.«

»Danke. Ich dir auch.« Mein Herz klopft ein bisschen schneller, als ich meine Wohnungstür aufschließe. Jetzt bin ich froh, dass ich zugesagt habe. Das gibt mir die Chance, ihn wiederzusehen – also richtig zu sehen, statt ihn nur zufällig im Hausflur, auf der Messe oder beim Bäcker zu begegnen. Ob das Schicksal ist? Erst die Begegnung im Flur, als Finn sich wütend aus dem Staub gemacht hat, dann haben wir uns auf der Messe getroffen und heute Früh beim Bäcker.

Auf einmal regelrecht beflügelt, entledige ich mich der nassen Schuhe sowie der Regenjacke und bringe summend die Brötchen in die Küche.

Wie immer fühle ich mich unwohl, als ich einige Stunden später auf dem Reiterhof parke. Aber ich bin wirklich froh, dass ich mich wenigstens ein bisschen nützlich machen kann. Der Himmel hat sich inzwischen wieder aufgelockert. Es sind zwar noch einige graue Wolken zu sehen, aber seit fast zwei Stunden ist es trocken.

Ich schnappe mir meine Handtasche und öffne die Fahrertür. Die Luft fühlt sich noch immer schwer und feucht vom Regen an. Also ziehe ich mir meine Regenjacke an, bevor ich mich auf den Weg zu Marlenes Haus mache. Genervt stelle ich fest, dass sich mein Autoschlüssel in einem losen Faden der Jeanstasche verfangen hat, sodass ich ihn nicht einstecken kann, weil er festhängt. Ich versuche vorsichtig, den Autoschlüssel zu lösen, zucke aber erschrocken zusammen, als ein lauter Knall ertönt. Der Schlüssel fällt zu Boden. Es klang, als wäre irgendwo eine Tür oder ein Fenster zugeschlagen und ich hoffe, es ist nichts zu Bruch gegangen. Irgendjemand brüllt etwas.

Ich überprüfe derweil, ob meine noch recht neue Handtasche nun ein Loch hat, weil der Faden abgerissen ist, doch Hufgetrappel, das erschreckend nahe klingt, lenkt mich ab. Ein riesiges schwarzes Tier kommt genau auf mich zu. Irgendwo im Hintergrund schreit eine Stimme »Pythagoras«.

Das große Pferd nähert sich mir weiter. Es sind nur wenige Meter zurück zu meinem Auto, aber ich kann mich nicht mehr bewegen. Es fühlt sich an, als wäre ich in einer Zeitlupe gefangen, während das Pferd näher kommt und ich nochmals das Wort »Pythagoras« höre.

Dann erkenne ich, dass jemand meinen Namen ruft.

»Linnea! Verdammt, pass auf.«

Ehe ich kapiere, was los ist, schwebe ich für einen Moment in der Luft und lande mit einem dumpfen Aufprall auf dem feuchten Boden. Der spitze Kies bohrt sich schmerzhaft in meine linke Seite.

»Scheiße!«, flucht jemand und ich brauche einen Moment, um Adams Stimme zu erkennen. Er klingt so anders als sonst, erschrocken.

»Ich wollte dich nicht zu Fall bringen.« Er rollt sich weg von mir und steht auf. »Alles in Ordnung? Kannst du aufstehen?«, fragt er besorgt.

Ich bewege vorsichtig meinen Kopf und die Gliedmaßen. »Tut mir leid«, sage ich.

»Nein, mir tut es leid, aber Pythagoras hätte dich fast umgerannt.«

»Der Philosoph?« Ich bin verwirrt und nehme Adams Hand, der mir aufhilft. Ich fühle mich ein wenig durchgeschüttelt, mein Herz klopft schnell.

»Das Pferd.«

Ich erstarre. »Ist es noch hier?« Ich bringe nur ein Flüstern heraus.

»Keine Sorge.« Adam zieht mich an sich und ich fühle mich sofort sicherer. »Nelly und ein paar andere kümmern sich um ihn.«

»Er läuft noch frei hier herum?«

Er schiebt mich ein Stück von sich, dann mustert er mich von Kopf bis Fuß. »Du blutest«, sagt er und nimmt vorsichtig meine verletzte Hand in seine.

Erschrocken sehe ich an mir hinunter. Auf meiner linken Körperseite, mit der ich im Kies gelandet bin, ist meine Jeans ein bisschen nass geworden und meine Hand aufgeschürft. Jetzt, da ich die Verletzung gesehen habe, spüre ich auch das Brennen auf der Haut. Außerdem ist mir entsetzlich kalt.

Adam lässt meine Hand los, bückt sich und hebt meine Jeanstasche sowie den Schlüssel auf. »Ich bringe dich ins Haus.«

Das klingt verlockend, denn dort läuft ganz sicher kein Pythagoras herum. »Warum wollte er mich umrennen?«, frage ich, als ich mit noch immer zitternden Knien neben ihm zum Haus laufe.

»Das wollte er nicht, er hatte Panik. Pferde sind Fluchttiere. Der Knall, als das Tor zugeflogen ist, hat ihn aufgeschreckt, und Nelly hat ihn nicht im Griff. Du bist einfach stehen geblieben«, sagt er und klingt fassungslos.

»Ich konnte mich nicht bewegen. Ich weiß auch nicht ... Danke, dass du mir geholfen hast.« Ich will noch mehr sagen, aber mein Gehirn ist gerade nicht in der Lage, eine Danksagung zu formulieren, die dem, was er getan hat, gerecht wird. Und ehe ich weiter darüber nachdenken kann, sehe ich, wie Marlene angelaufen kommt.

»Heilige Scheiße! Nelly sagte, es gab einen Unfall mit Pythagoras?« Sie betrachtet mich besorgt. »Geht es dir gut?«

Ich bin nicht sicher, ob es mir wirklich gut geht, aber ich nicke dennoch.

»Dir auch?« Sie wirft Adam einen prüfenden Blick zu.

Er reibt sich den linken Arm. »Mir auch.«

»Gott sei Dank! Was ist denn passiert?«, will sie wissen und Adam fasst kurz zusammen, was los war.

Nachdem er fertig ist, sieht Marlene auf meine Hand, die ich ein wenig von mir weghalte, damit ich keine Blutflecken auf meiner Kleidung hinterlasse.

»In der Küche ist in dem Schrank neben der Spüle ein Verbandskasten«, sagt sie an Adam gerichtet. »Da ist auch Wundspray drin.«

»Okay.«

»Es sollte desinfiziert werden«, rät Marlene. »Bist du gegen Tetanus geimpft?«

»Ja.«

»Das ist gut. Adam, kannst du sie ins Haus bringen? Ich komme gleich zu euch, aber ich muss mal ein paar Worte mit der jungen Dame wechseln, die ihr Pferd schon wieder nicht im Griff hatte. Hat sie sich wenigstens entschuldigt?«

»Ich schätze, sie ist noch mit Pythagoras beschäftigt.«

Marlene entfernt sich mit säuerlichem Blick.

»Was heißt das, Nelly hatte ihn schon wieder nicht im Griff?«, frage ich, während wir ins Haus gehen. »Das hast du eben auch schon gesagt.« Meine zittrigen Knie fühlen sich langsam etwas besser an, aber ich bin dennoch froh, wenn ich mich gleich irgendwo hinsetzen kann, bis sich der Schrecken ein wenig gelegt hat.

»Pythagoras ist Nellys neues Pferd«, erklärt Adam. »Die beiden haben noch nicht gut zueinandergefunden. Er vertraut ihr nicht und Nelly macht leider auch einige Fehler in der Arbeit mit ihm.«

»Was für ein ungewöhnlicher Name für ein Pferd. Macht er also häufiger Probleme?«

»Ja.«

»Aber Marlene schmeißt ihn jetzt nicht raus, oder?«

»Ich glaube nicht. Aber das muss Marlene entscheiden, ob sie Nelly die Box kündigen will.«

Ich hoffe nicht, dass Pythagoras aus dem Stall geworfen wird, weil ich nicht in der Lage war, ihm aus dem Weg zu springen. Ich nehme mir vor, mit Marlene darüber zu sprechen.

»Du zitterst immer noch ein bisschen«, stellt Adam fest, als er mit mir ins Wohnzimmer geht.

»Das war ein ziemlicher Schreck.«

»Setz dich erst mal«, sagt er und ich finde es schön, als er sich neben mich setzt. Ich bin sogar versucht, mich an ihn zu lehnen, will mich aber nicht anstellen. Es ist ja nicht so, als ob ich in Lebensgefahr gewesen wäre. Oder doch? Wie viel Kilo wiegt so ein Pferd? Wie wäre es wohl ausgegangen, wenn Pythagoras mich umgerannt hätte? Mir wird ein bisschen übel.

»Du bist ganz blass«, meint Adam, rückt etwas näher an mich heran, und ich lehne meinen Kopf nun doch an seine Schulter. Es fühlt sich tröstlich an und so sitzen wir noch immer nebeneinander, als Marlene ein paar Minuten später zu uns stößt.

»Unglaublich!«, schimpft sie und wirkt noch immer aufgebracht. »Das ist jetzt schon das dritte Mal, dass ihr Pythagoras auf der Nase herumgetanzt ist. Es tut mir so leid, Linnea. Das hätte nicht passieren dürfen. Ich soll dir von Nelly eine Entschuldigung ausrichten.«

»Mir tut es leid. Ich bin hier, um zu helfen und jetzt herrscht so viel Aufregung.«

»Du kannst nichts für das, was passiert ist«, stellt Marlene energisch klar. »Außerdem bist du bloß wegen mir hergekommen.«

»Eigentlich wegen Maurice.«

Sie zwinkert mir zu. »Wenn du schon widersprechen kannst, lässt der Schreck hoffentlich schon nach.« Sie seufzt laut. »Das ist so ärgerlich. Ich hatte so gehofft, wir können dich irgendwann doch davon überzeugen, was für sanfte Tiere Pferde sein können. Aber ich fürchte, das hat Pythagoras nun zunichtegemacht.«

»Das fürchte ich auch«, sage ich leise und mir fällt ein, dass Adam sich den Arm gerieben hat. »Du hast dich auch verletzt, oder? Wie geht es deinem Arm?«

»Nichts Ernstes. Ich bin bloß etwas unsanft aufgekommen.«

Marlene betrachtet uns einen Moment prüfend. »Was für eine verkorkste Woche! Ich hole jetzt endlich mal den Verbandskasten.«

»Das mache ich«, sagt Adam und steht auf.

Marlene nutzt die Gelegenheit und setzt sich zu mir. »Ihr seid ein schönes Paar.«

»Hm?« Überrascht sehe ich sie an. Denkt sie neuerdings, dass Adam und ich eine Beziehung haben? »Wir sind kein …«

»Ich weiß. Aber ich finde es einfach schön, wie gut ihr euch versteht. Ihr wirkt so vertraut. Es ist …« Sie bricht ab, als Adam mit dem Verbandskasten zurück ins Wohnzimmer kommt, dann macht sie ihm Platz, damit er sich wieder neben mich setzen kann.

»Linnea, am besten ruhst du dich hier einfach noch ein

bisschen aus«, schlägt sie plötzlich vor. »Vielleicht hast du eine Gehirnerschütterung.«

»Das glaube ich nicht. Es ist nur die Schürfwunde an der Hand«, widerspreche ich, während Adam vorsichtig die Wunde abtupft und dann mit einem Wundspray besprüht. Es brennt höllisch, aber ich bemühe mich, mir nichts anmerken zu lassen, da Marlene mich sowieso schon sorgenvoll ansieht.

»Ich bin nicht auf den Kopf gefallen. Es geht mir bestens. Wirklich. Nur die Hand ist ein bisschen mitgenommen.«

»Aber damit lasse ich dich jetzt nicht das Gästezimmer ausräumen. Das können Adam und ich später machen.«

»Quatsch! Die Hand wird jetzt verbunden, dann ist das kein Problem. Ich kann damit arbeiten.«

»Wie du meinst«, gibt sie nach. »Eigentlich wäre heute das perfekte Wetter, um dir Mister Mick vorzustellen.«

»Mister Mick?«

»Ein Wallach. Wir haben ihn vor einem halben Jahr gekauft. Er ist das zahmste Pferd, das ich je kennengelernt habe. Er ist ideal um Kinder ans Reiten heranzuführen. Ich glaube, sogar du wirst ihn mögen.« Marlene scheint das Thema mit meiner Pferdephobie echt zu beschäftigen.

»Bestimmt mag ich ihn. Mit viel Abstand und einem hohen Zaun zwischen uns.«

Marlene seufzt, während Adam das Verbandszeug aus dem Verbandskasten nimmt, um es dann vorsichtig um meine Hand zu wickeln.

Kritisch begutachtet er kurz danach sein Werk. »Nicht perfekt, aber es sollte reichen, um die Wunde zu schützen.«

Ich wackele demonstrativ mit den Fingern, die ich problemlos bewegen kann. »Danke, Adam. Das ist prima so.« Ich schaue zu Marlene. »Zum Glück ist es die linke

Hand und ich bin Rechtshänderin. Soll ich die Sachen aus dem Gästezimmer alle in den Keller bringen oder wo sollen sie hin?«

»Gerne in den Keller. Am besten in den großen Raum unten, auf der linken Seite. Ich gehe gleich schon mal runter und mache dir das Licht an, dann weißt du, welchen ich meine. Aber pass bloß auf mit der Treppe, wenn du die Sachen da runter schleppst.«

»Das mache ich«, verspreche ich und stehe von der bequemen Couch auf, um mich endlich um das Gästezimmer zu kümmern.

22. Adam – Sonntag, 27.4.

Da ich nicht das erste Mal auf dem Hof aushelfe, sind Marlene und ich ein eingespieltes Team. Heute bemerke ich jedoch, wie sich ihr Mund bewegt, während sie arbeitet. Ich weiß, dass sie das tut, wenn sie verärgert ist. Schließlich bin ich mit ihr zusammen aufgewachsen. Daher weiß ich auch, dass es am besten ist, wenn man sie in Ruhe lässt, bis sie sich beruhigt hat. Vielleicht sorgt die Arbeit für Ablenkung. Ich kann zudem nachvollziehen, dass sie die Situation mit Pythagoras aufregt. Linnea war starr vor Angst, doch selbst wenn jemand keine Furcht vor Pferden hat, kann so ein großes Tier sehr beängstigend wirken. Auch für Kinder wäre die Situation gefährlich gewesen. Viele Kunden bringen ihren Nachwuchs mit, wenn sie zum Reiten herkommen.

Als ich meine To-dos erledigt habe, steht Marlene bei Mister Mick in der Box.

»Kann ich noch was tun?«

»Nein. Danke, Adam. Du bist wirklich ein Schatz.« Sie dreht sich zu mir und nimmt mich in den Arm. »Du bist der beste Bruder der Welt.«

Ich weiß nicht, was ich dazu sagen soll. Es ist selbstverständlich, dass ich ihr helfe. Ich bin erleichtert, als sie sich wieder dem Pferd zuwendet und ihre Stirn an Micks Blesse lehnt, die sich von dem sonst braunen Fell abhebt.

»Ich bedaure das so sehr mit Linnea. Ich hatte wirklich gehofft, ich kann sie mithilfe von Micky wieder an Pferde gewöhnen.«

»Das ist sehr unwahrscheinlich.«

»Ja, vor allem nach dem Vorfall. Mann! Ich bin echt sauer auf Nelly. Sie ist mit dem Tier überfordert.«

»Du hast mit ihr darüber gesprochen?«

»Ja. Und im Gespräch tat sie mir leid. Sie sah aus, als würde sie jeden Moment anfangen zu weinen. Vielleicht war ich deshalb etwas sanfter mit ihr, als ich eigentlich sein wollte.« Sie tätschelt Mister Mick noch einmal den Hals, dann hakt sie sich bei mir unter und wir verlassen die Box. »Lass uns ein bisschen ausruhen, wir haben genug gemacht, dieses Wochenende. Kaffee und Kekse?«

»Klingt gut.«

»Hoffentlich hat Linnea es nicht übertrieben mit ihrer lädierten Hand.«

»Ich glaube, die Ablenkung mit dem Gästezimmer kam ihr entgegen.«

»Da mag sein«, überlegt sie, während sie die Haustür aufschließt.

Aus dem Gästezimmer erklingt Musik und als wir näherkommen, bleibt Marlene überrascht stehen und hält mich am Arm fest. »Sie singt. Und gar nicht mal so schlecht.« Sie geht weiter und klopft an die Tür, bevor sie diese öffnet. »O wow!«, entfährt es ihr.

Das Zimmer ist nicht nur aufgeräumt, sondern auch die Staubschichten, die hier zuvor zu sehen waren, sind entfernt. Gestern war dieser rund zwanzig Quadratmeter große Raum noch eine Rumpelkammer, nun bemerkt man die Vorzüge dieses Zimmers. Marlene und Maurice haben es zum Gästezimmer erklärt, weil direkt vor den beiden Fenstern Bäume wachsen und der Raum dadurch, trotz seiner Größe, etwas düster wirkt. Daher haben sie ihr gemeinsames Arbeitszimmer lieber in der ersten Etage neben ihrem Schlafzimmer eingerichtet. Auf dieser befinden sich noch zwei weitere Gäste- sowie ein Sportzimmer. Für meinen Neffen oder meine Nichte wird definitiv genügend Platz in diesem Haus sein.

»Unglaublich, Linnea! Ich kann es nicht fassen, dass du das alles in der kurzen Zeit geschafft hast«, ruft Marlene aus.

»Ihr wart doch mehr als eine Stunde weg. Ich habe einige Sachen, die nicht hier ins Zimmer gehören, in den Keller gebracht. Und Adam, vielleicht kannst du oben auf dem Schrank noch eben Staub wischen? Ich habe keine Leiter gefunden und komme nicht dran.« Sie hält mir ein Staubtuch vor die Nase.

»Du bist ja auch einen halben Meter kleiner als ich.«

»Es ist kein halber Meter!« Sie klingt empört.

»Ich habe die dreißig Zentimeter aufgerundet.«

»Du machst dich lustig über mich!«

Ich sage nichts und Linnea streckt mir die Zunge raus.

Marlene lacht und klatscht in die Hände. »Okay, ihr beide habt euch definitiv eine Pizza verdient. Soll ich mal bestellen? Oder lieber chinesisch?«

»Chinesisch«, sagen Linnea und ich gleichzeitig.

»Ich hole die Karte, damit ihr euch was aussuchen könnt«, meint Marlene und verlässt das Zimmer.

»Ich wusste nicht, wo die Bettwäsche ist«, meint Linnea und sieht zu mir auf. »Das Bett will ich aber gerne auch noch fertigmachen.« Sie dreht sich einmal um die eigene Achse. »Eigentlich ist das hier ein sehr schöner Raum. Wenn man vielleicht noch eine schöne Stehlampe hätte, statt nur das Deckenlicht, könnte man es sich hier richtig gemütlich machen.«

»Möchtest du hier einziehen?«

»Das Haus mag ich wirklich sehr und die Umgebung ist

toll.« Sie verzieht den Mund, sodass sich ihre Grübchen zeigen. »Aber die Pferde stören mich.«

Das überrascht mich nicht.

»Ich hole die Bettwäsche«, biete ich an und laufe nach oben. In dem großen Flurschrank lagern Marlene und Maurice nicht nur Handtücher, sondern auch das Bettzeug. Ich greife nach dem Obersten und gehe zurück zu Linnea, die inzwischen an einem der Fenster steht und nach draußen blickt.

»Irgendwann will ich auch mal so leben«, sagt sie, als ich den Raum betrete.

»Was meinst du?«

»So richtig ländlich, dass man direkt die Bäume vor der Nase hat.«

»Du kannst dir so eine Wohnung suchen.« Sie ist mit dem Auto mobil und im Kreis Mettmann gibt es einige ländlich gelegene Wohngebiete.

»Ich weiß. Vielleicht wäre es sogar günstiger als in der Stadt. Aber alleine wäre mir das zu unheimlich, schätze ich. Oder ich müsste mir einen Wachhund anschaffen.«

»Du magst Hunde.«

»Eigentlich mag ich fast alle Tiere.« Sie dreht sich zu mir um und grinst. »Hätte Marlene ein Tierheim für Kleintiere, würde ich mit Begeisterung helfen.« Sie seufzt. »Ich mag meine Wohnung sehr. Bloß fehlt mir manchmal die Natur so direkt um mich herum. Hier ist es so schön still und irgendwie friedlich. Ich könnte stundenlang aus dem Fenster schauen.«

»Du kannst häufiger herkommen. Marlene und Maurice haben sicherlich nichts dagegen.«

»Hier in der Gegend sind immer so viele Pferde unterwegs. Da könnte ich niemals entspannt spazieren gehen.«

»Marlenes Idee mit Mister Mick war nicht verkehrt. Vielleicht kannst du dich doch an Pferde gewöhnen.«

»Ich weiß schon, dass man Phobien gut behandeln kann, aber ich habe zu viel Angst.«

»Das ist das Problem an Phobien«, kommentiere ich und sie sieht mich mit einem Gesichtsausdruck an, den ich nicht recht deuten kann. Ich hätte besser nichts mehr sagen sollen.

»Es war halt nie nötig, das zu behandeln«, meint sie leise. »In der Stadt kann ich Pferden aus dem Weg gehen. Hier aber nicht. Danke noch mal, dass du mich vor dem wild gewordenen Pythagoras gerettet hast.«

Ich winke ab. Für mich war es selbstverständlich, nicht einfach dabei zuzusehen, wie das Tier sie umrennt. Doch ehe ich etwas erwidern kann, steckt Marlene den Kopf zur Tür herein.

»Die Karte liegt in der Küche. Wollt ihr euch dann mal was aussuchen?« Sie blickt auf Linneas verletzte Hand. »Und ich schaue mir deine Hand noch mal an. Der Verband löst sich schon!«

Knapp eine Stunde später stehen die leeren Styroporschachteln von dem Essen vor uns auf dem Küchentisch. Dieser ist deutlich kleiner als der große Tisch im Esszimmer, aber zu dritt haben wir auch in der Küche genügend Platz.

»Ich habe vergessen, dass ich nicht für zwei essen muss«, sagt Marlene, reibt sich den Bauch und unterdrückt ein Bäuerchen.

»Es hat sehr gut geschmeckt. Vielen Dank für die Einladung.« Linnea tupft sich mit der Serviette den Mund ab und lässt sich in den Stuhl zurücksinken.

»Sehr gerne.« Marlene greift nach dem Besteck und will aufstehen.

»Lass mich den Tisch abräumen«, bittet Linnea und ich helfe ihr dabei.

»Habt ihr beide eigentlich fürs nächste Wochenende schon Pläne?«, will Marlene plötzlich wissen.

»Ich werde hier auf dem Hof helfen«, antworte ich.

»Ach, Adam. Du kannst doch nicht ständig hier helfen. Du hast doch auch noch einen Job. Außerdem ist ab Freitag Jakob da. Er kann Maurice vertreten und Jutta hat angeboten, auch im Mai noch ihre Stunden aufzustocken. Dannika macht außerdem auch mehr Stunden als sonst.«

»Hoffentlich erfahrt ihr morgen, wann Maurice entlassen wird«, sagt Linnea.

»Das hoffe ich auch. Andererseits fürchte ich, dass er sehr unleidlich sein wird, wenn er nichts zu tun hat, weil er nicht richtig mit anpacken darf. Also wird er vermutlich vom Bett aus an seinem Laptop den ganzen kaufmännischen Kram erledigen. Eigentlich war es genau andersherum geplant: Ich sollte zunehmend die Büroarbeit übernehmen.«

»Wenn ihr jemanden braucht, dann kann ich abends und am Wochenende einspringen«, erinnere ich meine Schwester.

»Notfalls komme ich darauf zurück. Versprochen.« Sie wendet ihren Blick Linnea zu. »Und du, was sind deine Pläne für das nächste Wochenende?«

»Am Samstag bin ich auf eine Einweihungsparty eingeladen«, berichtet sie. »Gegenüber meiner Wohnung ist ein neuer Nachbar eingezogen.«

»Wie nett, dass er dich gleich zu seiner Feier eingeladen hat.«

»Das stimmt. Vor allem nach unserer ersten Begegnung.«

»Wieso? Was war denn?«, will Marlene sofort wissen.

»Es war eine etwas unglückliche Situation.« Linneas

Wangen färben sich rot und sie fasst sich mit den Händen ins Gesicht. »Ich bekomme Flecken, oder?«

Marlene nickt. »War es so schlimm?«

»Irgendwie schon.«

»Jetzt bin ich wirklich neugierig«, meint Marlene und grinst. »Magst du mehr darüber erzählen?«

Linnea atmet laut aus, dann beginnt sie zu erzählen. Anfangs berichtet sie nur zögerlich, doch als Marlene irgendwann lachen muss, fällt sie in das Lachen mit ein.

»Davon wirst du noch deinen Enkeln erzählen«, meint Marlene und wischt sich Lachtränen aus den Augen, nachdem Linnea auch von ihrer Begegnung mit Malik auf der Messe berichtet hat.

»Ich hoffe nicht.« Linnea klingt entsetzt. Mir hatte sie die Geschichte mit Finn und dem misslungenen Date bisher nicht so ausführlich erzählt, aber immerhin scheint dieser Malik ein anständiger Typ zu sein.

»Vielleicht lernst du sogar ein paar von seinen Schauspielkollegen kennen«, überlegt Marlene.

»Das wäre sicherlich interessant. Ich stelle mir den Job furchtbar spannend vor, aber vielleicht habe ich da ganz falsche Vorstellungen.«

»Das wirst du dann eventuell erfahren. Und bist du die Woche danach auch verplant?«

Mich irritiert es ein wenig, dass Marlene sich so genau nach Linneas Wochenendprogramm erkundigt, nachdem sie zuvor mich danach gefragt hat.

»Da habe ich noch nichts vor«, antwortet Linnea. »Und nach der vielen Arbeit mache ich da am besten mal nichts.«

»Das klingt nach einem sinnvollen Plan.« Marlene lächelt, während sie Linnea betrachtet, dann streichelt sie über ihren Bauch. »Ich muss unbedingt noch so Treppenschutzgitter bestellen. Eigentlich haben wir noch ein bisschen Zeit, aber seit Maurice den Unfall hatte, sehe ich überall im Haus Gefahrenquellen.«

»Das glaube ich«, meint Linnea. »Aber ihr habt wirklich noch Zeit. Selbst wenn das Baby da ist, anfangs kann es nur liegen.«

»Das stimmt wohl, aber wer weiß, wie viel Zeit wir dann noch für andere Dinge haben.«

»Überzeugendes Argument. Wie gesagt, ich biete mich gerne als Babysitter an, wenn ihr Bedarf habt.«

Marlene prostet ihr mit ihrem Wasserglas zu. »Ich komme darauf zurück.«

»Mach das.« Linnea rückt ihren Stuhl vom Tisch ab. »Ich mache mich mal auf den Weg. Auch wenn es ein wenig lächerlich klingt, aber kann mich jemand zum Auto begleiten?«

»Es ist nicht lächerlich«, erwidert Marlene. »Du hattest heute ein schlimmes Erlebnis.«

»Ich bringe dich«, biete ich an.

»Danke.« Linnea umarmt Marlene zum Abschied und wir verlassen kurz darauf das Haus.

»Du bist echt mein Held heute, weißt du?«, meint sie, als wir an ihrem Auto stehen.

Ich habe sie auf den Boden geworfen, damit Pythagoras sie nicht umrennt. Das hätte jeder gute Freund getan, doch sie schaut mich an, als würde sie ihre Worte ernst meinen und nicht nur im Spaß.

»Du hättest dich verletzen können, aber du hast mir geholfen«, ergänzt sie.

»Das hätte jeder getan.«

»Nein, das glaube ich nicht. Es gibt viele Menschen, die sich nicht für das Wohl anderer interessieren.«

Ich betrachte sie einen Moment schweigend, doch ehe ich darauf etwas erwidern kann, nimmt sie mich in den Arm und lehnt ihren Kopf an meine Brust.

Ich bin kein Mensch, der viel Nähe braucht, doch die Nähe zu Linnea fühlt sich immer gut an.

»Danke, dass du heute für mich da warst«, sagt sie, als sie sich von mir löst. »Du bist echt der beste Freund, den man haben kann.«

23. Linnea – Mittwoch, 30. April

»Hey, bist du eigentlich unterwegs heute Abend?«, will Yuiko wissen, als sie mich in meiner Mittagspause anruft.

»Nein, ich bin zu Hause.«

»Also kein Walpurgisnacht-Event?«

»Nein. Ich werde mir einen ruhigen Abend machen mit viel Eiscreme.«

»Okay, da habe ich einen Vorschlag für eine Planänderung. Clara und ich holen dich um neunzehn Uhr ab und wir unternehmen was zusammen.«

»Ich gehe auf gar keinen Fall noch mal auf eine Singleparty«, stelle ich schnell klar.

»Es geht nicht um eine Singleparty.«

»Hast du etwa heimlich ein Date arrangiert?«

»Nein.«

Meine Skepsis bleibt. »Aber hat es irgendwas damit zu tun, dass du mich verkuppeln willst?«

»Sagen wir mal so: Solltest du dich zufällig heute Abend unsterblich verlieben, dann spricht doch nix dagegen, oder?«, meint Yuiko mit betont unschuldig klingender Stimme.

Ich verdrehe die Augen, aber das kann Yuiko nicht sehen, weil wir ohne Kamera telefonieren. Alessio dagegen, der mit mir im Raum ist, wirkt amüsiert. Er kann zwar nicht hören, was meine beste Freundin sagt, aber meine Worte versteht er umso besser, da er mir gegenüber sitzt. Solange Sunny nicht im Büro ist, hat er sich an meinen Bürotagen zu mir ins Zimmer gesetzt. Zwar arbeitet Sunny seit heute wieder, bleibt aber noch ein paar Tage im Homeoffice, um sich ein bisschen zu schonen.

»Aber was habt ihr denn dann vor?«, will ich wissen.

»Lass dich einfach überraschen.«

»Aber falls ich mitkommen will, weiß ich nicht mal, was ich anziehen soll.«

»Das kleine Schwarze reicht«, antwortet Yuiko lachend. »War Spaß«, schiebt sie sofort hinterher. »Zieh dich einfach ganz normal an.«

»Weil wir nämlich was machen werden?«

»Das siehst du doch dann in ein paar Stunden.«

»Du weißt, dass ich Überraschungen nicht mag!«

»Also gut. Wir fahren zu einer Party. Nichts Wildes, keine Verkupplungsaktionen. Ich schwöre!«

»Eine Party bei wem?«

»Alejandro und Rieke. Du kennst sie.«

»Ja, er ist der Bassist bei Wild Weekend. Aber ich bin doch gar nicht eingeladen.«

»Sie machen das ganz spontan heute, weil so schönes Wetter ist. Ich habe gefragt, ob wir noch jemanden mitbringen dürfen, und das ist kein Problem.«

»Aber …«

»Komm schon, das ist doch viel besser, als alleine auf der Couch rumzuhängen und Eis zu essen.« Sie seufzt laut. »Siehst du, ich wusste, dass du nicht mitkommen willst, wenn du nicht offiziell von den Gastgebern eingeladen wirst. Deswegen wollte ich nichts sagen.«

»Hm. Wer kommt denn noch?«

»Vermutlich alle von der Band, aber ich weiß es nicht sicher. Wie gesagt, Alejandro hat mich eben angerufen, weil er Clara nicht erreicht hat. Er hat nur gesagt, wir sind eingeladen, können noch jemanden mitbringen und wer mag, kann noch was zum Büfett beisteuern. Salat, Brot, Knabberzeugs oder so was.«

Ich lasse mir das Angebot durch den Kopf gehen. Vielleicht wäre es gut, ein bisschen rauszukommen, auch wenn das letzte Wochenende aufregend genug war. Wenn außerdem alle von der Band dabei sind, würde ich zudem Adam wiedersehen. Ich finde es schön, dass wir uns in letzter Zeit öfters treffen.

»Um neunzehn Uhr holt ihr mich ab?«

»Genau.«

»Okay, das schaffe ich.«

»Dann kommst du mit?«

»Ja.«

»Prima! Dann bis später.«

Ich lege mein Smartphone neben mich auf den Tisch und Alessio sieht interessiert zu mir.

»Du sollst verkuppelt werden?«, fragt er.

»Frag bloß nicht«, sage ich. »Meine Freundin hat mich vor Kurzem auf eine Singleparty geschleppt und das war ein totaler Reinfall.«

»Ich hatte neulich auch ein Date, das ich mir hätte sparen können«, berichtet er und verdreht die Augen. »Wir waren Sushi essen und als wir bezahlen mussten, hatte der Typ weder Bargeld noch seine EC-Karte dabei. Wie unpassend aber auch ...« Er verzieht den Mund zu einem Strich. »Und rate mal, wer sich als Absacker noch Schnaps und Espresso bestellt hat ...«

»Oh!«

»Tja, danach war das Date dann auch beendet. Ich habe ihm nicht abgekauft, dass das Zufall war, wirkte eher wie eine Masche, die er öfters abzieht.«

»Das ist ja mies.« Ich überlege, ob ich ihn mit meiner

Date-Erfahrung etwas aufmuntern soll oder ob ich die Erfahrung lieber für mich behalte, als plötzlich Viktor in der geöffneten Tür erscheint und mich anstrahlt.

»Deine Texte sind super, Linnea. Sowohl die Horoskope als auch die erotischen Geschichten. Eine top Arbeit. Da weiß ich zukünftig, an wen ich mich wenden kann, falls Sunny noch mal ausfallen sollte. Sie hatte außerdem die Idee, dass wir zur kalten Jahreszeit solche wärmenden Geschichten in die November- und Dezemberausgaben mit aufnehmen sollten. Die Idee gefällt mir immer besser, ihr könntet euch die Arbeit teilen.«

Mir wird am ganzen Körper heiß. Was für eine schreckliche Idee. »Ich glaube nicht, dass ...«

Er sieht auf seine Uhr. »Oh! Ich muss ins nächste Meeting. Bis dann, ihr zwei.«

24. Adam – Mittwoch, 30. April

Erst um kurz nach sechs habe ich Alejandros Nachricht gesehen, dass er und Rieke in ihrem Garten spontan zum Grillen einladen. Die beiden sind im März in eine Erdgeschosswohnung in Düsseldorf gezogen und Alejandro hat schon mehrfach angekündigt, dass er endlich seinen neuen Grill einweihen will, wenn das Wetter mitspielt. Da ich lange gearbeitet habe, bin ich kurz nach dem Lesen der Nachricht direkt losgefahren und habe noch einen Kasten Bier ins Auto geladen. Ich mag es nicht, unpünktlich zu sein. Doch nun stecke ich im Berufsverkehr fest und muss mich damit abfinden, dass ich nicht um sieben Uhr ankommen werde.

Als ich eine Viertelstunde verspätet Riekes und Alejandros modern eingerichtetes Wohnzimmer betrete, entdecke ich durch die Terrassentür Linnea, die neben Clara im Garten steht und sich unterhält. Als sie mich sieht, kommt sie mit einer Flasche Radler in der Hand auf mich zu. Ich stelle den Bierkasten ab, um sie zu begrüßen.

Doch Alejandro kommt ihr zuvor und klopft mir auf den Rücken. »Cool, danke für das Bier«, sagt er. »Wäre aber nicht nötig gewesen.« Dann klappert er mit einer Grillzange. »Ich muss wieder raus, bevor Moritz sich das Fleisch direkt vom Grill schnappt. Rieke, kannst du das Bier wegräumen?«

»Mache ich«, sagt sie und umarmt mich zur Begrüßung. »Schön, dass du da bist.«

»Hey«, meint nun auch Linnea, die zu einer Jeans ein Shirt und eine locker sitzende Jeansbluse kombiniert hat, die etwas zu groß wirkt.

»Hallo«, sage ich und umarme auch sie, allerdings nur kurz, weil ich sehe, dass Rieke den Bierkasten hochheben will. Nicht dass ich ihr das nicht zutraue, aber es ist mein Mitbringsel und es muss nicht sein, dass Rieke den schweren Kasten schleppt.

»Wo soll das Bier hin?«, frage ich.

»In die Küche. Dann kann ich schon mal ein paar Flaschen in den Kühlschrank räumen.«

»Okay.« Ich bringe den Kasten in den gewünschten Raum, der neben dem Wohnzimmer liegt. Linnea folgt mir.

»Ich dachte schon, du kommst nicht«, meint sie.

»Ich habe die Einladung erst vor knapp einer Stunde gesehen.«

»War viel los heute im Job?«

Ich nicke. Ich stecke gerade in einem interessanten Projekt und dann passiert es mir schnell, dass ich mich in meiner Arbeit verliere. Ich hatte stundenlang weder gegessen noch getrunken oder auf mein Smartphone gesehen. Ein Anruf von Alejandro wäre besser gewesen.

»Schön, dass du auch da bist. Wer hat dich mitgenommen?«, frage ich.

»Yuiko und Clara. Eigentlich hatte ich keine Lust, so kurzfristig was zu unternehmen, aber jetzt bin ich froh, dass ich hier bin.«

»Ich find's klasse, dass du mitgekommen bist«, sagt Rieke, während sie vor dem Kühlschrank steht und Bierflaschen einräumt. Sie dreht sich zu Linnea um und zeigt ihr ein Daumen hoch. »Der Kartoffelsalat, den du mitgebracht hast, schmeckt fantastisch. Hast du den so schnell noch selbst gemacht?«

»Nein, der ist von einem Metzger in Mettmann.«

»Dann musst du mir mal aufschreiben, wo der her ist. Ich liebe Kartoffelsalat.« Sie schließt den Kühlschrank und verzieht das Gesicht. »Aber es ist so furchtbar lästig, den zu machen. Alejandro hat übrigens für etwa zwanzig Leute Fleisch gekauft, obwohl wir nur dreizehn Personen sind. Haut rein.«

Das klingt nach einer Challenge für Moritz, der mindestens für zwei Personen essen kann. Ich bin allerdings auch hungrig, da ich seit dem Frühstück nichts mehr gegessen habe. Also folge ich den beiden Frauen in den Garten, wo Alejandro neben Fleisch und Würstchen auch Maiskolben grillt.

Zusätzlich zu dem Gartentisch, an dem sechs Personen Platz haben, und einem gemütlichen Gartensessel, in dem Moritz sitzt und isst, stehen noch zwei Stehtische auf der kleinen Rasenfläche. An einem davon steht Elli mit Yuiko sowie Hannes und einer Frau, die ich nicht kenne. Linnea, die sich Würstchen und Gemüse bei Alejandro geholt hat, ergattert einen Stuhl am Esstisch. Nachdem unser Bassist auch mich mit Grillgut versorgt hat, deutet Linnea auf den freien Platz neben sich und ich setze mich zu ihr.

„Hey«, sagt ein Gast, den ich nicht kenne zu mir und nickt grüßend. Er sitzt am Kopfende und somit schräg neben Linnea.

»Du bist doch auch einer von Alejandros Band, oder?«, will er wissen.

Ich nicke.

»Cool. Ich bin ein Kumpel von Alejandro und folge euch auf Instagram. Du kamst mir gleich so bekannt vor. Ich habe früher mal Gitarre gespielt, aber dann nach dem Abi kam der Job und so. Da war ich viel unterwegs, da war zum Musizieren keine Zeit mehr. Ist halt ganz schön stressig in der Versicherungsbranche. Ich muss viel reisen, da hat man nicht mehr viel Zeit für Hobbys oder für Frauen.« Er zwinkert Linnea zu, die die Stirn runzelt und sich dann auf ihren Teller konzentriert.

»Ich bin übrigens Henry«, stellt er sich vor.

Sie lächelt ihm kurz zu. »Linnea.«.

»Ah, cooler Name. Selten. Gefällt mir«, meint Henry. »Machst du auch beruflich was mit Musik oder nur im Rahmen der Band?«, erkundigt er sich, während ich überlege, ob ich ihn schon mal bei einem unserer Auftritte gesehen habe.

»Nur in der Band«, antworte ich und probiere ein Stück Fleisch.

»Alejandro ja auch, obwohl das echt megacool war mit dem Plattenvertrag, den man euch angeboten hat. War doch sicher nicht leicht, das Angebot abzulehnen, oder?«

»Doch«, sage ich und er wirkt irritiert.

»Ah … Hm, na ja, Alejandro sagte auch, dass die Auftritte euch viel mehr einbringen. Aber geht um den Spaß, ne? Und Geld ist nicht alles. Ich meine, ich habe gerade einen Deal über eine Million Euro abgeschlossen und weiß gar nicht, wohin mit der Provision.« Er lacht übertrieben laut. »Und was machst du dann sonst so, wenn du nicht mit der Band auftrittst?«

»Gerade versuche ich, ungestört zu essen.«

Linnea unterdrückt ein Lachen und Henry stutzt kurz, dann haut er vergnügt auf die Tischplatte.

»Hey, klar, der war gut. Lass es dir schmecken. Der Kerl ist witzig, was?« Er stupst Linnea an, der fast die Gabel aus der Hand fällt.

Meine Güte, was stimmt mit dem Typ nicht? Ich werfe ihm einen genervten Blick zu.

»Ey, sorry«, sagt er und deutet mit dem Zeigefinger erst

auf mich, dann auf Linnea. »Seid ihr beide ein Paar? Ich wollte deiner Kleinen nicht zu nahekommen.«

»Sind wir«, sagt Linnea hastig.

»Wie schade.« Er zwinkert ihr zu. »Ich hole mir dann mal Nachschub.« Er nimmt seinen leeren Teller und entfernt sich. Linnea atmet laut aus, als er bei Alejandro am Grill steht.

»Sorry«, meint sie leise.

»Wofür?«

»Dass ich dich als meinen Freund ausgegeben habe. Ich wollte nicht, dass er denkt, ich sei noch zu haben. Er ist so … so …«

»Aufdringlich«, schlage ich vor.

»O ja, das trifft es!«

Wir beide folgen Henry mit Blicken, als er mit einem vollen Teller neben dem Grill steht und sich umsieht. Linnea wirkt erleichtert, als er sich zu Yuiko, Hannes und Clara an den Stehtisch gesellt, dann kichert sie.

»Hast du gerade Yuikos Blick gesehen?«

Habe ich nicht, also schüttele ich den Kopf.

»Ich fürchte, er muss er sich gleich wieder einen neuen Platz suchen.«

Zum Glück aber nicht bei uns, denn Moritz löst Alejandro beim Grillen ab und unser Bassist setzt sich zu uns.

»Uff, endlich komme ich auch mal zum Essen«, meint er und reibt sich zufrieden die Hände, während er das Fleisch und den Salat auf seinem Teller betrachtet. »Henry hat sich eben bei mir beschwert, dass keine Single-Frauen hier sind. Ich habe auf dich gezeigt«, sagt er an Linnea gewandt, »aber da meinte er, dass ihr doch zusammen seid. Habe ich was verpasst?«

»Ich habe behauptet, dass Adam mein Freund ist.«

»Ah, verstehe. Rieke mag Henry auch nicht besonders.

Sie war etwas verstimmt, weil ich ihn eingeladen habe. Sie nennt ihn immer Hugging Henry, weil er etwas zu kuschelig wird, wenn er was getrunken hat. Außerdem redet er sehr gern.«

»Ist uns kaum aufgefallen«, meine ich.

Alejandro lacht und verschluckt sich an seinem Bier.

»Yuiko sieht auch schon ziemlich genervt aus«, stellt Linnea fest.

Alejandro hebt die Schultern. »Ach, zum Glück hat Henry ein dickes Fell. Eigentlich ist er ein netter Kerl. Gibt manchmal ein bisschen mit seinem Job an und der Kohle, die er verdient, aber er hat ein gutes Herz. Er spendet viel. Als die Katastrophe im Ahrtal war, ist er damals mit seinem Vater, der Sanitärinstallateur ist, sogar dort hingefahren, um zu helfen.«

»Das ist toll«, gibt Linnea zu.

Alejandro nickt. »Aber wenn man ihn nicht besser kennt, dann wirkt er speziell. So beschreibt Rieke es zumindest.«

»Hm«, macht Linnea und deutet auf ihren fast leeren Teller. »Die Würstchen sind sehr lecker.« Wie immer ist sie bemüht, nicht schlecht über andere zu reden.

»Cool, danke. Ich bin auch echt zufrieden mit dem Grill. Und ihr seid doch hoffentlich noch nicht satt, oder?«

»Ich schon. Vielleicht solltet ihr was von dem Fleisch einfrieren«, schlägt sie vor.

»Das hat Rieke auch schon überlegt.«

»Was habe ich überlegt?«, fragt Rieke, die plötzlich hinter ihm steht und ihm ihre Arme um die Schultern legt.

»Dass wir was von dem Fleisch einfrieren sollten.«

»Ah! Ja, allerdings. Da können wir morgen noch mal eine Grillparty von schmeißen. Du hast viel zu viel eingekauft.«

»Sah halt alles so lecker aus«, verteidigt Alejandro sich.

»Niemals hungrig einkaufen gehen«, brummt Rieke.

Ich schiebe meinen Stuhl zurück.

»Holst du dir noch was?«, fragt Alejandro hoffnungsvoll.

»Ja.«

Er nickt anerkennend. »Bester Mann!«

Zwei Stunden später ist es draußen erheblich kühler und einige der Gäste haben sich ins Wohnzimmer gesetzt. Dazu gehört auch Linnea, die neben Clara auf dem hellblauen Sofa in L-Form Platz genommen hat. Henry hat sich zu den beiden gesellt, was wohl der Grund dafür ist, dass Linnea eher abgewandt von ihm sitzt und mit Clara spricht.

Moritz und Hannes stehen am Grill und unterhalten sich, während Alejandro diesen reinigt. Rieke steht mit einem Pärchen und Yuiko zusammen im Wohnzimmer an der angelehnten Terrassentür. Ein Paar ist bereits gegangen, weil der Babysitter so spontan nur kurz Zeit hatte. Ich frage mich, ob Marlene mich als Babysitter einspannen will, wenn der Nachwuchs da ist. Ich hätte kein gutes Gefühl dabei. Ich verstehe das Verhalten Erwachsener oft nicht – wie soll ich da mit einem Baby zurechtkommen, das noch viel weniger kommunizieren kann?

»Hey«, sagt Elli und drückt mir ein alkoholfreies Bier in die Hand. »Hab' gesehen, dass du auf dem Trockenen sitzt.«

»Danke.«

»Du musst doch auch noch fahren, oder?«

»Ja.«

Sie setzt sich neben mich. Bis eben war ich der Einzige,

der am Gartentisch saß, was ich durchaus angenehm fand. Der Arbeitstag war anstrengend, jetzt die Feier. Ich kann besser entspannen, wenn ich für mich alleine bin. Bei Linnea ist es ähnlich, allerdings ist sie menschenbezogener und somit geselliger als ich.

Ich sitze so, dass ich durch das beleuchtete Wohnzimmerfenster nach drinnen sehen kann. Inzwischen redet Henry auf Linnea und Clara ein und ich verspüre den Impuls, die beiden vor seinem Gerede zu retten. Andererseits ist Clara schlagfertig. Sie hat in einer Kneipe gearbeitet und wird wissen, wie sie Henry bremsen kann.

»Sie ist es, oder?«, fragt Elli plötzlich.

»Hm?«

»Die Frau, die du in Las Vegas erwähnt hast. Ich hatte schon beim Auftritt neulich so einen Verdacht.« Sie strahlt mich an. »Aber jetzt bin ich mir ziemlich sicher.«

Ich nehme einen Schluck aus der Bierflasche. Ich will nicht darüber reden. Nicht jetzt. Nicht hier. Am liebsten gar nicht. Es bringt nichts, darüber zu reden. Das hat Marlene schon versucht. Es ist, wie es ist, und Gespräche werden daran nichts ändern.

Elli seufzt. »Ah, verstehe. Du willst nicht darüber sprechen. Schade. Ihr wärt ein schönes Paar.«

Ich verstehe nicht, wie sie das meint. Optisch? Trotz der unterschiedlichen Körpergröße?

Mit den Worten »Alejandros Grill ist besser als meiner«, kommt Moritz zu uns an den Tisch. Er wirkt empört.

»Du hast deinen aber doch erst letzten Sommer gekauft, oder?«, fragt Elli.

»Jo.« Moritz rückt sich einen Stuhl zurecht und blickt unzufrieden drein.

»Bleibt es eigentlich beim Raclette am Sonntag bei dir?«, fragt Elli.

»Sicher.«

»Sollen wir noch irgendwas mitbringen?«

»Nein. Ich habe alles da.«

»Auch mal ’ne tolle Idee, so ein Raclette außerhalb der Weihnachtszeit.« Moritz klopft sich auf den Bauch.

»Nicht dass du im Frühjahr sonst verhungern musst«, erwidert Elli lachend, während ich Yuiko beobachte, die sich neben Clara auf die Couchlehne setzt, sich zu ihr beugt und sie küsst, sodass sich Henrys Aufmerksamkeit nun ganz auf Linnea konzentriert. Ich bin kein eifersüchtiger Typ, aber da sie vorgegeben hat, dass ich ihr Freund wäre, um ihn sich vom Leib zu halten, erscheint mir das als ein geeigneter Zeitpunkt, um meine Rolle zu spielen.

Also stelle ich mein Bier ab und gehe nach drinnen, wo ich mich neben Henry stelle, der rot wird, als er mich bemerkt und zu mir aufsieht. Linnea dagegen steht auf und stellt sich neben mich. Ich zögere einen Moment, dann lege ich meinen Arm um sie.

»Wir haben uns nett unterhalten«, sagt Henry zu mir und klingt ein wenig entschuldigend.

»Über China, Handelspolitik und teure Uhren«, ergänzt Linnea und klingt dabei nicht, als hätte sie den Spaß ihres Lebens gehabt. Vielleicht ist das auch Rieke aufgefallen, denn sie klatscht laut in die Hände und ich spüre, wie Linnea zusammen zuckt. Wegen dieser Schreckhaftigkeit hat sie mal bei einem Filmabend bei einer überraschenden Szene die Schale mit Popcorn fallen lassen, wofür sie sich hundertmal entschuldigt hat, dabei war es gar nicht schlimm.

»So, Leute, wer hat Lust auf eine Runde Bierpong?«, ruft Rieke und lässt ihren Blick über die Runde schweifen. »Ist auch mit alkoholfreien Getränken erlaubt, damit niemand betrunken fahren muss.«

»Ich bin dabei, aber mit Alkohol«, sagt Yuiko.

»Mache auch mit«, meldet sich Henry.

»Dann besser mit doppelt viel Alkohol«, schlägt Yuiko vor und Henry lacht sich halb tot darüber.

Ich melde mich nicht, denn ich genieße es gerade, Linnea im Arm zu halten und mir wird bewusst, dass Marlene recht hat. Ich muss es ihr sagen. Es ist nicht richtig, was ich tue. Linnea geht davon aus, dass ich nur Freundschaft für sie empfinde. Wenn sie wüsste, wie es wirklich in mir aussieht, hätte sie mich niemals als ihren Freund ausgegeben und würde gerade nicht Arm in Arm mit mir hier stehen.

»Bleibst du noch lange?«, fragt sie plötzlich und hält sich rasch die Hand vor den Mund, als sie gähnen muss.

»Soll ich dich nach Hause fahren?«

»Nein, wir müssen noch nicht fahren. Aber wenn jetzt Bierpong gespielt wird, könnte das für Yuiko und Clara ein langer Abend werden.«

»Ich werde nicht mehr lange bleiben. Ich trinke nur noch mein Bier aus.«

Linnea lehnt ihren Kopf an meine Seite. Wenn ich es ihr sage, dann wird sie so etwas nicht mehr tun. Sie würde Abstand halten. Es erschreckt mich, wie sehr dieser Gedanke mich schmerzt.

25. Linnea – Donnerstag, 1. Mai

Chiron wohnt in der oberen Etage eines Altbaus und ich liebe seine Wohnung auf Anhieb. Sie ist lichtdurchflutet und geschmackvoll eingerichtet: Modern, aber zugleich mit einigen antik wirkenden Möbelstücken, von denen er mir erzählt, dass er sie auf Flohmärkten gekauft hat, weil er gebrauchte Möbel mit Charakter mag. Alt und neu hat er stilvoll kombiniert und in dem riesigen Wohnzimmer, von bestimmt vierzig Quadratmetern, ist auch seine Künstlerecke eingerichtet. Einige Bilder lehnen an der Wand, ein großes Regal ist gefüllt mit Farben und Pinseln sowie Leinwandvorräten. Eine Staffelei, auf der eine leere Leinwand steht, hat er zur Seite geräumt, eine weitere steht am Fenster.

Inzwischen sitze ich auf einem bequemen Stuhl, während Chiron mit der Kamera vor mir kniet und Fotos macht. Er hat mir erklärt, dass ich dann nicht noch mal wiederkommen muss, weil er heute schon ziemlich weit kommen wird und die Fotos ihm für die Nacharbeiten reichen. Da ich ziemlich aufgeregt bin, spüre ich meine Flecken am Hals, was mir furchtbar unangenehm ist. Aber er kommentiert es nicht, sondern stellt schließlich die Kamera beiseite und setzt sich an die Staffelei.

»Bist du schon mal gemalt worden?«

»Als Teenager mal im Urlaub, aber das ist schon viele

Jahre her. Dort waren abends immer Künstler am Strand und einer hat Karikaturen von unserer Familie gemacht.«

»Hast du Geschwister?«

»Einen Bruder. Und du?«, frage ich und bemühe mich, nur den Mund zu bewegen und ansonsten still sitzenzubleiben.

»Zwei Brüder, eine Schwester. Bei uns war immer was los.«

»Das glaub ich dir. Ich fand es schon mit einem Bruder manchmal anstrengend.«

»Bist du die Ältere?«

»Ja.«

Er lacht. »Ich glaube, die haben es immer am schwersten. Ich bin Kind Nummer drei, da rutscht man irgendwie so durch.«

»Steht die Leinwand eigentlich absichtlich so, dass ich das Bild nicht sehen kann?«

Seine hellen blau-grauen Augen, die sich so deutlich von den schwarzen Haaren abheben, blicken mich amüsiert an. »Ja.«

»Darf ich denn zwischendurch mal gucken?«

»Nein.« Er schüttelt den Kopf. »Glaub mir, das ist besser so. Halbfertige Bilder führen meist nur zur Enttäuschung.«

»Schade. Was schätzt du, wann du es fertig hast?«

»In den nächsten Tagen ist viel los, aber ich versuche es bis nächste Woche.«

»Das klingt gut.« Ich bin sehr gespannt auf das Ergebnis, aber eine Woche werde ich wohl aushalten.

»Warum willst du mich eigentlich malen?«, traue ich mich zu fragen, denn ich vermute, dass er durch seinen Account mit mehr als 5.000 Followern keine Probleme damit hat, Menschen zu finden, die sich nur allzu gerne von ihm porträtieren lassen.

»Du hast ein hübsches Gesicht«, sagt er. »Sehr symmetrisch mit schönen, ausdrucksstarken Augen. Ich dachte erst, deine Wimpern sind künstlich.«

»Nein, sind sie nicht.«

»Das habe ich dann auch gesehen. Und es hat mich fasziniert, dass dein linker Schneidezahn ein kleines bisschen kürzer ist als der andere.« Er fängt an zu lachen. »Wäre ideal, wenn du die Hand wieder vom Mund wegnimmst.«

»Ich habe das immer so gehasst, dass die Zähne nicht gleichmäßig sind.«

»Die meisten Künstler lieben so was. Diese ganzen operierten Nasen und gelifteten Gesichtszüge sind dagegen ein Grauen. Ich habe schon als Teenager Porträts gezeichnet. Damals hatte ich als Vorlage oft die Fotos von Prominenten als Vorlage genommen und von einigen die Gesichtszüge sehr genau studiert. Plastische Chirurgie macht viel kaputt. Bei manchen Promis bin ich mir sicher, dass sie ohne Eingriffe viel besser gealtert wären.«

»Ist das ein Appell, von Botox und so die Finger zu lassen?«

»Absolut. Du bist sowieso viel zu jung dafür.«

»Angeblich muss man Botox vorbeugend spritzen. Bevor die ersten Falten kommen.«

Chiron wendet sich von der Leinwand ab und sieht mich eindringlich an. »Tu das deinem Gesicht nicht an. Es gibt so viele attraktive ältere Menschen. Außerdem kommt es letzten Endes auf die inneren Werte an.«

In diesem Moment schießt mir kurz der Gedanke durch den Kopf, dass Chiron zu schön und zu nett ist, um wahr zu sein. »Darf ich dir eine persönliche Frage stellen?«

»Ich darf dich malen, also klar, schieß los.«

»Yuiko sagte mir schon beim Aktmalkurs, dass du Single bist und ich glaube, sie will uns verkuppeln.«

Er schmunzelt. »Den Eindruck hatte ich auch.«

»Ich finde es schwierig, als Single jemanden kennenzulernen. Aber du wirkst nicht wie jemand, der Probleme hat, neue Kontakte zu knüpfen.«

»Da habe ich auch keine Probleme mit.« Er runzelt die Stirn. »Versuchst du herauszufinden, warum ich noch Single bin?«

Ich lächle und versuche zu ignorieren, dass meine Wangen sich plötzlich warm anfühlen. »Sieh es als Kompliment.«

Er grinst. »Danke. Ich bin nicht auf der Suche. Ich bin im Spätsommer mehrere Wochen im Ausland und das will ich ganz bewusst allein machen.« Einen Moment blickt er nachdenklich auf die Leinwand. »Außerdem war meine letzte Beziehung schwierig. Ich brauche eine Pause.«

»Das tut mir leid.«

Er fängt wieder an zu malen. »Sie war dir ähnlich.«

»Oh!«

»Nicht optisch, sondern von der Art. Eher schüchtern, still. Ich habe fast vier Jahre lang gebraucht, um zu verstehen, dass sie sich ständig an meine Wünsche angepasst hat, um mir zu gefallen. Sie ist mit mir auf Partys gegangen, die sie nicht mochte, hat Vernissagen besucht, die sie nicht interessiert haben und hat Urlaube mit mir gemacht, die sie stressten. Als ich dann gezögert habe, mit ihr zusammen zu ziehen, hat sie mir vorgeworfen, ich hätte ihr Jahre ihres Lebens gestohlen für nichts.«

»Das klingt nach einer schwierigen Trennung.«

»Das war es. Wir haben seitdem auch keinen Kontakt mehr. Ich hoffe, sie findet jemanden, mit dem es besser passt. Vielleicht hat sie sogar schon einen neuen Partner.«

»Wie lange ist die Trennung her?«

Er hält einen Moment inne. »Fünf Monate. Als mir klar wurde, dass Yuiko gewisse Absichten in Bezug auf uns hat, wollte ich dich wegen des Porträts erst nicht fragen. Aber Yuiko meinte, ich solle dir ruhig schreiben, du würdest das gerne machen.« Er betrachtet mich skeptisch. »Inzwischen bin ich mir nicht sicher, ob das so stimmt, was sie mir erzählt hat.«

»Es war so ähnlich«, sage ich und kann ein Grinsen nicht verkneifen, als er lachend den Kopf schüttelt.

»Hätte ich mir denken können. Ich bin trotzdem froh, dass du hier bist, auch wenn Yuiko ein wenig geflunkert hat. Ich habe bald eine Ausstellung und möchte auch dein Bild gerne dort präsentieren.«

Überrascht sehe ich ihn an. »Es ist doch noch nicht mal fertig.«

»Aber ich bin sicher, es wird großartig.« Das sagt er mit einer völligen Selbstverständlichkeit, ohne dabei überheblich zu klingen. »Du musst das jetzt noch nicht entscheiden. Du kannst es dir in Ruhe überlegen, wenn es fertig ist. Die Ausstellung ist erst im Juli. In Düsseldorf.«

»Okay ... Ich weiß gerade nicht, ob ich mich geehrt oder überrumpelt fühlen soll.«

»Du darfst auch beides gleichzeitig fühlen.«

»Okay.« Irgendwie fühle ich mich plötzlich unsicher. Chiron betrachtet mich einen Moment, hebt die Augenbrauen, dann dreht er sich zur Leinwand und wirkt höchst konzentriert, als hätte er gerade ein Aha-Erlebnis gehabt. Da ich ihn nicht stören will, bleibe ich schweigend sitzen, auch wenn es langsam anstrengend wird, die Position nicht zu verändern.

Als ich einige Zeit später das Gefühl habe, keine Sekunde länger so posieren zu können, dreht er sich wieder zu mir und erlöst mich.

»Danke für deine Geduld«, sagt er. »Du hast das klasse gemacht.«

»Sitzen kann ich.«

Er lacht kurz auf, dann wirft er mir einen ernsten Blick zu. »Du bist genau richtig so, wie du bist. Yuiko hat mir vorgeschwärmt, was für ein toller Mensch du bist.«

Seine Äußerung macht mich verlegen.

»Sie hat mir auch von der Erotikmesse erzählt.« Seine Augen funkeln belustigt.

Na super!

»Ich weiß, Yuiko meint es gut, aber du solltest dich nicht ändern«, fährt er fort. »Für niemanden. Das nimmt dir bloß die Chance, die Person kennenzulernen, die wirklich zu dir passt. Mit der du Sachen erleben kannst, die euch beiden Spaß machen. In einer Beziehung sollten beide glücklich sein, nicht nur einer.«

Ich weiß, er redet von sich und seiner Ex-Freundin, aber ich kann nachvollziehen, was er meint. Meinem Ex-Freund zuliebe hatte ich überlegt, in die Düsseldorfer Innenstadt zu ziehen, obwohl ich es viel lieber mag, im Grünen zu wohnen. Für mich war es immer normal, dass man in einer Beziehung Kompromisse schließen muss. Oder ist das nur der Fall, wenn man mit der falschen Person zusammen ist?

Als wir uns verabschieden, kündigt Chiron an, dass er sich meldet, sobald das Bild fertig ist, und schlägt vor, dass ich dann am besten noch mal vorbeikomme, um es bei Tageslicht zu begutachten. Der Gedanke daran lässt meinen Magen flattern, zumal ich nun weiß, dass er das Bild ausstellen möchte, wenn ich damit einverstanden bin.

Aufgeregt und beschwingt zugleich, weil er mir über mein Aussehen so liebe Komplimente gemacht hat, fahre ich nach Hause. Ich bin froh, dass ich mich getraut habe, für ihn Modell zu stehen, aber mit Chiron habe ich mich schon bei dem Treffen im Türmchen nach dem Aktmalkurs sehr wohlgefühlt. Deswegen überrascht es mich nicht, dass wir uns auch heute wieder gut verstanden habe.

Doch als ich abends im Bett liege, ist es nicht das Porträt, über das ich nachdenke. Vielmehr denke ich an seine Worte, dass man sich nicht verstellen sollte, bloß um anderen zu gefallen. Ist mein Neujahrsvorhaben, dass ich mich ändern und lockerer und mutiger werden will, also der völlig falsche Ansatz, um den richtigen Mann fürs Leben kennenzulernen?

26. Linnea – Freitag, 2. Mai

Fünf Tage nachdem ich Marlene mit dem Gästezimmer geholfen habe, weiß ich, warum sie sich so genau nach meinen Wochenendplänen erkundigt hat. Ein bisschen überwältigt lese ich den Brief mit dem beiliegenden Gutschein noch einmal durch. Solch ein Dankeschön wäre nicht nötig gewesen!

Ich nehme mein Smartphone zur Hand, das neben mir auf dem Küchentisch liegt, an dem ich gerade mein Müsli gegessen habe, denn ich arbeite heute im Homeoffice und mache Mittagspause. Adam muss heute auch arbeiten, aber vielleicht habe ich Glück und erwische ihn ebenfalls in der Pause. In dem Brief von Marlene steht, dass sie sich bei uns beiden für die Hilfe bedanken möchte und wir uns ein schönes Wochenende machen sollen. Also hat er sicherlich auch einen Brief bekommen.

Mit einem »Hallo« meldet er sich.

»Hey, störe ich gerade?«

»Einen Moment. Ich melde mich eben bei Teams ab.«

»Ich dachte, du machst vielleicht auch gerade Pause.«

»Jetzt ja«, sagt er, aber es klingt nicht verärgert, sondern für ihn ist es vermutlich einfach logisch, die Gelegenheit für eine Pause zu nutzen.

»Hast du auch einen Brief von Marlene bekommen?«

»Ich habe noch nicht nach Post geguckt.«

Ich will die Überraschung nicht verderben und überlege, was ich erwidern soll.

»Ich gehe nachsehen«, kommt Adam mir zuvor und eine Weile ist es still. Ich bin nicht sicher, ob er sein Telefon beiseitegelegt hat oder ob das Smartphone andere Geräusche außer der Stimme so gut unterdrückt, denn es ist nichts davon zu hören, wie er durch das Haus läuft, um zum Briefkasten zu gelangen.

»Ich habe auch Post von ihr«, sagt er kurze Zeit später und ich warte einen weiteren Moment, da ich vermute, dass er den Brief jetzt liest.

»Ich schätze, Dannika hat sie dazu inspiriert«, meint er schließlich.

»Dannika?«

»Eine Aushilfe auf dem Hof. Sie war vor Kurzem dort.«

»Ich kann das nicht annehmen. Das ist viel zu viel. Sogar Blumen wären übertrieben gewesen. Ich habe nur ein paar Sachen aus dem Gästezimmer geräumt.«

»Marlene war dir sehr dankbar.«

»Aber deswegen muss sie mir doch nichts schenken. Das ist überhaupt kein Vergleich dazu, dass du ihr tagelang auf dem Hof geholfen hast.«

Eine Weile herrscht Schweigen. »Ich fände es schön, wenn du mitkommst«, sagt Adam und es freut mich, das von ihm zu hören. Es wäre auch Unsinn, das Geschenk verfallen zu lassen. Marlene kennt mich und ahnte sicherlich, dass ich nichts geschenkt haben möchte für meinen Einsatz. Sie hat das Zimmer vom zehnten auf den elften Mai aber bereits gebucht und in meinem Umschlag befindet sich zudem ein datiertes Tagesticket für das Phantasialand für den Samstag.

Ich war eine Weile nicht mehr dort und finde die Idee klasse, zumal ich noch nie in einem der Hotels übernachtet habe. Doch ich habe schon viel Positives über das

Ling Bao gehört, für das Marlene uns die Übernachtung geschenkt hat.

»Dann fahren wir also zusammen hin?«, frage ich.

»Klar.«

»Klasse! Mann, deine Schwester ist echt verrückt. Ich muss sie direkt mal anrufen.«

»Versuche es besser abends. Jakob wird heute eingearbeitet.«

Gut, dass er mich daran erinnert. »Stimmt, du hast recht, dann versuche ich es später.«

Außerdem wurde Maurice gestern aus dem Krankenhaus entlassen. Da er sich schonen soll, wird Marlene sich auch um ihn kümmern müssen. Als ich ihr gestern Abend geschrieben habe, um zu fragen, wie es ihrem Mann geht, meinte sie, dass er nörgelig ist, weil er so viel herumliegen muss. Wie es scheint, steht Maurice eine herausfordernde Genesungszeit bevor.

27. Adam – Freitag, 2. Mai

Marlene ist zu raffiniert, als dass sie bei diesem Dankeschön für uns keine Hintergedanken gehabt hat. Ich bin mir sicher, sie baut darauf, dass Linnea und ich uns näherkommen. Ich halte das für keine kluge Idee. Doch die Aussicht auf einen Ausflug mit Linnea ins Phantasialand gefällt mir dennoch. Ich weiß, dass sie Freizeitparks liebt, auch wenn sie sich auf viele Fahrgeschäfte nicht traut.

Da ich mich nun einmal auf Pause gestellt habe, gehe in meine Küche und bereite mir ein Brot zu. Ich habe Marlene versprechen müssen, dass ich mir heute einen ruhigen Abend gönne und nicht auf den Hof komme. Doch für morgen plane ich, ihr wieder unter die Arme zu greifen. Jakob wird schließlich nicht an sieben Tagen die Woche vor Ort sein. Er hat eine Vollzeitstelle mit vierzig Stunden von Montag bis Freitag. Marlenes und Maurices Idee war, dass sie innerhalb der Woche entlastet werden, denn am Wochenende übernehmen bereits die beiden Teilzeitkräfte einen Großteil der Aufgaben.

Auf dem Esstisch liegt mein iPad bereit und ich versuche, mich auf die aktuellen Meldungen in den Nachrichten zu konzentrieren, doch meine Gedanken schweifen immer wieder ab. Ich hatte mir vorgenommen, endlich mit Linnea über meine Gefühle zu sprechen. Das ausgerechnet jetzt zu tun, wenn wir zusammen über Nacht in einen Freizeitpark fahren, wäre ungünstig. Ich kann mir nicht vorstellen, dass Marlene zwei Zimmer gebucht hat. Das Ling Bao ist teuer und jedes Zimmer hat neben einem Doppelbett noch ein Hochbett, da die Räume als Familienzimmer konzipiert sind. Wenn wir uns ein Zimmer teilen, kann Linnea mir dort nicht aus dem Weg gehen und würde im Zweifelsfall den Aufenthalt absagen.

Ich schleppe dieses Thema seit fünf Jahren mit mir herum. Auf eine Woche früher oder später kommt es also nicht mehr an.

28. Linnea – Samstag, 3. Mai

Fast die ganze Nacht hat es geregnet, doch tagsüber war es trocken bei zwanzig Grad. Jetzt am Abend ist es etwas kühler, also binde ich mir eine dünne Sweatjacke um die Hüften, falls es mir in dem T-Shirt auf Maliks Party zu kühl werden sollte.

Als ich das Geschenk schon in den Händen halte, fällt mir ein, was Yuiko beim Ausmisten über meinen Modestil gesagt hat – dass ich mich sackartig kleide. Ich blicke in den Flurspiegel und stelle fest, dass es zutrifft. Das T-Shirt sitzt sehr locker. Zu locker. Es hängt wirklich wie ein Sack an mir. Mist! Ich stelle das Geschenk auf die Kommode, lege die Sweatjacke daneben und raffe das Shirt ein wenig am Bund zusammen. Dann verknote ich es auf Gürtelhöhe an der rechten Hüfte. So was habe ich neulich in einem Katalog gesehen, da sah es schick aus. Doch bei mir nicht.

Etwas genervt gehe ich ins Schlafzimmer und suche mir ein anderes Oberteil aus. Ich muss mir eingestehen, dass ich Malik gefallen möchte. Weil er mir gefällt. Entsprechend aufgeregt bin ich, als ich beim zweiten Anlauf die Wohnung verlasse.

»Hey!« Malik lächelt mich an, als er mir die Tür öffnet.

»Hallo und herzlich willkommen nochmals hier«, sage ich und drücke ihm das Geschenk in die Hände. Ich habe mich für eine Packung Kaffeebohnen und ein Zweierset

Espressotassen entschieden sowie eine Tüte mit Amarettini.

»Cool, danke«, sagt er und ich habe den Eindruck, dass er sich wirklich freut. »Komm rein.«

Von drinnen ertönt Gelächter, also bin ich nicht der erste Gast. Mein Herz klopft etwas schneller. Ich bin gespannt, wie viele Leute bereits da sind und wie die Personen in seinem Umfeld so ticken. Hoffentlich mögen sie mich und hoffentlich mag ich sie.

Ich folge Malik ins Wohnzimmer, wo sich vier Personen aufhalten. Zwei Männer und zwei Frauen, vielleicht Pärchen.

»Hey Leute«, sagt Malik. »Das ist Linnea, meine Nachbarin.«

Ich frage mich, ob er ihnen die Story mit Finn erzählt hat und verdränge den Gedanken schnell, da ich keine Flecken bekommen will. Bloß nicht in solche negativen Gedanken reinsteigern!

»Hallo, schön dich kennenzulernen«, sagt eine junge Frau mit langen blonden Haaren, die Malik als Marla vorstellt. Dann macht er mich mit den anderen drei Gästen bekannt und mir schwirren noch die Namen Fahri, Bjarne und Pia im Kopf herum.

»Wohnst du schon lange hier?«, fragt Marla mich, als es an der Tür klingelt, sodass Malik sich entschuldigt und im Flur verschwindet.

»Seit etwa zwei Jahren.«

»Die Wohnung ist echt schön«, meint Pia. »Wir sind gerade auch auf der Suche.« Bei den Worten greift sie nach Fahris Hand und lächelt ihm zu.

»Die Menkes oben im Dachgeschoss wollen ausziehen, weil sie ein Baby bekommen«, erzähle ich. »Wie viele Zimmer wollt ihr denn haben?«

»Drei wären schon gut«, antwortet Pia. »Wir werden

uns jetzt auch mal hier in der Gegend umsehen, oder?« Sie sieht ihren Freund an, der zustimmend nickt. Er hat dunkle Haare und dunkelbraune Augen, wozu Pia mit ihren roten Locken und den hellgrünen Augen einen Kontrast bildet.

»Kennt ihr Malik schon lange?«, frage ich, weil mir keine andere Frage einfällt.

Pia, die einen Aperol in der Hand hält, nickt. »Ich habe Abi mit ihm gemacht. Wir wollten danach beide auf die Schauspielschule. Er hat es durchgezogen, ich nicht.«

»Dann arbeitest du nicht in der Branche?«

»Doch, als Kamerafrau. Für die Schauspielerei fehlte mir das Talent, das muss ich leider ehrlich zugeben. Und was machst du?«

Normalerweise fällt es mir schwer, mit anderen in Kontakt zu kommen, doch mit Pia ist es einfach. Ich mag sie auf Anhieb. Wir unterhalten uns weiter, auch als sich die Wohnung mit weiteren Feiernden füllt. Bei einem Mann mit raspelkurzen Haaren und sehr markanten Gesichtszügen überlege ich, ob er ein Schauspielkollege von Malik ist, denn er kommt mir bekannt vor. Ich möchte aber nicht nachfragen. Falls er prominent ist, nervt es ihn vielleicht, wenn er ständig angesprochen wird.

Pia, die fast täglich mit Prominenten zu tun hat, weil sie bei einem Fernsehsender arbeitet, plaudert derweil aus dem Nähkästchen. Allerdings nur witzige Anekdoten und nichts, was Prominenten irgendwie schaden würde oder peinlich sein könnte. Das rechne ich ihr hoch an.

Nachdem Malik das Büfett in der Küche eröffnet hat, strömen die meisten Gäste dorthin, daher warte ich ein wenig, bis es wieder leerer ist. Als ich mich schließlich daran bediene, stellt Malik sich neben mich.

»Hast du die Salate alle selbst gemacht?«, frage ich und

blicke auf die Auswahl von drei Salaten. In einem Topf auf dem Herd werden Würstchen erhitzt, daneben liegen in einem Korb Hotdog-Brötchen.

»Den Krautsalat nicht«, antwortet er. »Aber ich bereite gerne Essen zu. Ich koche auch gerne. Nur für so viele Leute ist das echt eine Herausforderung, sonst hätte ich was anderes gemacht.«

»Was denn?«

»Vermutlich was Italienisches. Spaghetti Arrabiata ist meine Spezialität.« Sein Blick geht zur Tür, als aus dem Wohnzimmer Gelächter zu uns dringt. »Ich hoffe, Pia hat nicht sämtliche alten Geschichten aus unserer Schulzeit ausgekramt«, meint er stirnrunzelnd.

Ob er Sorge hat, das könnte ein schlechtes Bild auf ihn werfen?

»Mir hat sie eben vor allem von ihrem Job erzählt«, berichte ich. »Und dass sie eigentlich auch Schauspielerin werden wollte und ihr schon zusammen auf der Schule wart.«

»Wir kennen uns seit der fünften Klasse.«

»Ich habe meinen besten Freund auch in dem Alter kennengelernt.«

»Auch in der Schule?«

»Nein, seine Familie ist damals ins Nachbarhaus eingezogen.«

»Dann wart ihr also auch mal Nachbarn, du und dein bester Freund.«

»Ja. Unsere Eltern haben sich angefreundet und so hatten wir viel Kontakt. Aber das war in Ordnung. Adam war anders als die anderen Jungs. Nicht so albern und nervtötend, aber er war auch schon zwölf und etwas älter als meine Klassenkameraden.«

Malik lacht. »Wenn du Pia fragst, wird sie dir versichern, dass ich auch mit zwölf noch albern und nervtötend war. Ich war damals wohl ein wenig der Klassenclown.«

»Ah, ihr sprecht über die guten alten Zeiten«, tönt Pias Stimme, als sie im Türrahmen erscheint. »Er war nicht nur ein wenig der Klassenclown. Aber das hat sich zum Glück ausgewachsen und aus ihm ist doch noch was geworden.«

Malik deutet eine Verbeugung an, seine Augen blinzeln vergnügt. Er hat schöne Augen und ich wende mich schnell ab, weil ich ihn nicht vor Pia anhimmeln will. Mit einem gut gefüllten Teller gehe ich zurück ins Wohnzimmer und kann noch einen Platz auf der Couch ergattern.

»Wer von euch macht gleich bei einer Runde Flaschendrehen mit?«, will Pia wissen, als sie sich wieder zu uns gesellt.

»Nee«, sagt Fahri sofort. »Da bin ich raus.«

»Ich finde das lustig«, sagt eine dunkelhaarige Frau, deren Namen ich mir nicht gemerkt habe. »Ich bin dabei, wenn ich aufgegessen habe.«

»Ich auch«, sagt Bjarne.

»Ich mache auch mit, aber erst, wenn ich meinen Cocktail ausgetrunken habe«, sagt Marla. »Ich brauche ein bisschen Mut.«

»Du nimmst doch sowieso immer nur Wahrheit«, zieht Pia sie auf. »Da kann man doch notfalls lügen.«

»Ja, Malik kann das überzeugend, weil er Schauspieler ist. Aber ich nicht! Ihr seid noch nie drauf reingefallen, wenn ich geflunkert habe.«

Bjarne lacht dreckig. »Da hast du recht«, meint er vergnügt und drückt ihr einen Kuss auf die Wange.

Obwohl ich nur ein Radler getrunken und mir somit keinen Mut angetrunken habe, wage ich es auch, bei der »Wahrheit oder Pflicht«-Runde mitzumachen. Ich bin auch jemand, der meistens Wahrheit nimmt – zumindest war das früher so. Ich habe dieses Spiel ewig nicht gespielt.

»War meine Idee, ich fange an«, sagt Pia, als wir einige Minuten später mit acht Leuten vor dem Fernseher auf dem Boden sitzen. Auf dem Couchtisch wäre kein Platz mehr gewesen, um die leere Bierflasche zu drehen.

Malik hat sich der Runde angeschlossen, was mich ein bisschen nervös macht. Daher bin ich erleichtert, dass die Flasche in der ersten Runde auf Marla zeigt, die gierig einen weiteren Schluck von ihrem Cocktail nimmt.

»Das war so klar«, murmelt sie. »Also dann, ich nehme Wahrheit.«

»Wusste ich doch«, lacht Pia. »Hm, wir kennen uns schon so lange ... Was weiß ich denn noch nicht über dich.« Sie legt nachdenklich einen Finger auf die Lippen. »Ah, ich weiß, weil wir eben über Schule sprachen. Warst du in deiner Schulzeit in einen deiner Lehrer verknallt und falls ja, in wen?«

»Das sind zwei Fragen«, kontert Marla.

»Ja, okay. Also: In welchen deiner Lehrer warst du in der Schulzeit verknallt?«

»In keinen«, behauptet Marla und ihre Mundwinkel zucken, während sie gleichzeitig rot anläuft.

Bjarne, der wie die meisten von uns im Schneidersitz sitzt, klatscht lachend die Hände auf die Oberschenkel.

»Gelogen.«

»Ich hasse euch«, brummt Marla und seufzt theatralisch. »In Herrn Solberg. Den kennt ihr sowieso nicht.«

»Ich schon«, grölt Bjarne. »Alter, ich fasse es nicht, dass sogar du in ihn verknallt warst.«

Marla schlägt ihm gegen die Schulter. »Halt die Klappe! Er war einfach der coolste Lehrer auf unserer Schule. So, jetzt bin ich dran.« Sie dreht die Flasche, die auf Bjarnes Höhe stehen bleibt. Marla reibt sich zufrieden die Hände.

»Wahrheit oder Pflicht?«

»Pflicht«, sagt er und Marla verdonnert ihn zu zehn Liegestützen. Bestimmt zur Strafe, weil er sie ausgelacht hat, als ihre Lüge aufgeflogen ist.

Es ist ganz angenehm, dass die Runde so groß ist, denn dadurch ist die Wahrscheinlichkeit geringer, dass man selber drankommt. Ich finde es interessant, mehr über die anderen zu erfahren, aber ich stehe nicht gerne im Mittelpunkt. Doch beim sechsten Drehen erwischt es mich und es ist wieder Pia, die eine Frage stellen darf.

»Was war dein schlimmstes Date?«, will sie wissen und ich stöhne auf. Pia lacht erfreut. »Das verspricht, spannend zu werden.«

»Ich habe da 'ne Idee«, wirft Malik ein. »Hat es zufällig mit einem Blumenstrauß zu tun, den du zurückgeben musstest?«

»Ja. Leider.«

Sieben Augenpaare ruhen neugierig auf mir, also erzähle ich die Geschichte von meinem Date mit Finn. Und obwohl meine Wangen dabei glühen und es mir anfangs echt peinlich ist, habe ich das Gefühl, dass die anderen mit mir lachen und nicht über mich. Malik hat einen wirklich netten Freundeskreis.

29. Adam – Samstag, 3. Mai

»Wenigstens treffe ich dich beim Zocken, wo das schon mit unserer Verabredung beim Griechen nicht geklappt hat«, meint Natalie, während wir Destiny 2 spielen und über die Kommunikations-App Discord miteinander sprechen. Damit nicht alle aus dem Clan mithören können, sind wir in einen privaten Kanal gewechselt.

»Wie gehts denn deinem Schwager?«

»Er ist wieder zu Hause. Er muss das Bein schonen und sich täglich Spritzen geben.«

»Wie Spritzen? Gegen die Schmerzen?«

»Wegen Thrombosegefahr, weil er sich so wenig bewegen soll.«

»Shit! Das wäre mein Albtraum«, stöhnt sie. »Ich hasse Nadeln.«

Ich kenne niemanden, der sie mag.

»Jedenfalls ist es schade, dass es mit dem Treffen nicht geklappt hat. Und auch sonst ist es echt schwer, dich zu packen zu kriegen. Zu dem Spiel hier musste ich dich heute Abend regelrecht nötigen.«

»Ich spiele es eigentlich nicht mehr«, erkläre ich.

»Na, da bin ich aber froh, dass du dich extra aufgerafft hast. Ich wollte dir nämlich was erzählen. Weißt du noch, wie wir früher immer herumgewitzelt haben, dass wir beide notfalls heiraten, wenn wir niemand anderen finden?

Ich meine, das mit uns hat schließlich super funktioniert. Du warst immer so gradlinig und erfrischend unkompliziert.«

»Du hast herumgewitzelt«, entgegne ich. Ich war nie sicher, wie viel Spaß und wie viel Ernst in solchen Aussagen von ihr steckte.

»Okay, stimmt. Ich war das. Jedenfalls ist etwas passiert, womit ich niemals gerechnet hatte.«

Sie macht eine Pause. Erwartet sie, dass ich rate? In so etwas bin ich nicht gut.

»Was denn?«, frage ich daher, da ich annehme, dass sie zumindest eine Rückfrage hören möchte.

»Ich bin verlobt!«

Das kommt unerwartet. »Herzlichen Glückwunsch.«

»Danke. Ich wollte es dir lieber persönlich sagen, aber ich werde erst im Herbst wieder bei meinen Eltern sein und bis dahin ist es zu spät, denn wir heiraten schon im Spätsommer. Wir haben beide keinen Bock auf monatelange Planung. Außerdem will ich dir Danke sagen.«

Das verwirrt mich. »Wofür?«

»Als wir uns damals getroffen haben, hatte ich echt die Schnauze voll von Beziehungen. Und eigentlich von Männern generell. Aber du warst was Besonderes. Du hast mich so akzeptiert, wie ich bin. Nicht rumgenörgelt, du warst nicht eifersüchtig oder ...«

»Wir hatten keine Beziehung.«

Sie lacht. »Ich weiß, aber ... manchmal dachte ich, ich bin kurz davor, mich in dich zu verlieben. Vielleicht wäre es passiert, wenn ich nicht nach Berlin gegangen wäre.«

Ihre Worte überraschen mich. Viele Menschen teilen einem nur mit, was sie nervt. Meine Ex-Freundin war darin besonders talentiert. Angesichts dessen, was sie mir alles an den Kopf geworfen hat, hätte sie eigentlich froh sein sollen, als ich mich von ihr getrennt habe.

»Aber so hast du den Grundstein gelegt, dass ich mich auf Luis einlassen konnte, und nun werden wir heiraten.«

»Das freut mich für euch.«

»Sicherlich brennst du darauf zu erfahren, wann die Hochzeit stattfindet, oder? Du wirst nämlich eingeladen. Eventuell findet Luis das nur so mäßig gut, aber da muss er durch.«

»Wann heiratet ihr?«

»Am dreißigsten August. Im Februar haben wir uns verlobt. Ich fände es toll, wenn du kommst. Ich hoffe, du bist da nicht im Urlaub?«

»Nein, bin ich nicht.« Zumindest habe ich zu der Zeit bisher keinen Urlaub geplant.

»Klasse! Nächste Woche verschicken wir die Einladungen. Du kannst auch jemanden mitbringen, wenn du möchtest. Die Info brauchen wir aber erst bis Ende Mai, wegen Essen und so.«

»Jetzt bin ich tot.« Shit! Verärgert über meine Unachtsamkeit lasse ich den Controller sinken.

»Du hast deine Deckung vernachlässigt«, meint Natalie und klingt amüsiert.

»Danke für den Hinweis.«

»Hast du Lust auf eine weitere Runde?«

»Nein.«

Sie kichert. »Siehst du, das ist diese Ehrlichkeit, die ich gelegentlich vermisse. Luis druckst manchmal so herum, wenn er weiß, dass seine ehrliche Antwort mich verärgern könnte. Aber irgendwie ist das auch ganz süß.«

Es kehrt Stille ein, die schwieriger auszuhalten ist, wenn man sich nicht sehen kann. Doch ich weiß nicht, was ich noch sagen soll. Höflichen Small Talk zu betreiben, wird nie meine Stärke sein.

»Also, dann mache ich auch mal Schluss für heute. Luis will sowieso lieber einen Film gucken. Seine Konsole hat gestern den Geist aufgegeben und die, die er haben will, gab es nur online und kommt erst übermorgen. Melde dich mal wieder, wenn du bei Destiny oder so online bist, okay?«

»Mache ich.«

»Ja, klar.« Sie schnauft ins Mikro und verlässt den Channel. Das tue ich ebenfalls, da ich nun alleine in dem Raum bin.

Bei Natalie hatte ich nicht damit gerechnet, dass sie noch vor ihrem dreißigsten Geburtstag heiraten wird. Und ich hatte keine Ahnung davon, dass ich während unserer Affäre so viel Einfluss auf sie hatte. Ich fahre die Konsole herunter und schalte den Fernseher ein, dann zappe ich mich lustlos durch die Sender.

Natalie sagte, dass sie kurz davor war, sich in mich zu verlieben und das bedeutet mir etwas – weil sie mich wirklich kannte. Ich hatte mehrere Beziehungen und mir ist bewusst, dass entsprechend schon einige Frauen in mich verliebt waren. Vermutlich haben sie alle gedacht, dass sie mich noch zurechtbiegen können. Doch sobald sie gemerkt haben, dass das nicht funktioniert, geriet die Beziehung ins Wanken.

Ich dachte immer, es liegt an mir, weil ich mich nicht genügend anpasse und nicht ausreichend auf ihre Bedürfnisse eingegangen bin. Doch vielleicht stimmt das gar nicht. Vielleicht hatte ich die falschen Partnerinnen. Ob eine Beziehung mit Natalie gut gegangen wäre?

30. Linnea – Samstag, 3. Mai

Ich trinke den letzten Schluck von meinem Radler, während Malik die letzten Gäste verabschiedet. Pia war ein wenig enttäuscht, dass es um halb zwei schon nach Hause geht, aber Fahri wollte gerne die Gelegenheit nutzen, sich von einem Malte, der keinen Alkohol getrunken hat, heimfahren zu lassen. Vermutlich nicht die schlechteste Idee, denn hier in der Stadt samstagnachts ein Taxi zu bekommen, ist oft mit langer Wartezeit verbunden. Dass ich bloß ein paar Schritte zu meiner Wohnung laufen muss, ist ein großer Vorteil.

Als Malik zurück ins Wohnzimmer kommt, lässt er seinen Blick durch den Raum schweifen. Überall stehen Gläser und leere Bierflaschen herum sowie kleine Glasschüsseln mit Knabbersachen und benutzte Teller.

»Puh«, sagt er und fährt sich durch die Haare, sodass sie etwas wüst aussehen. Steht ihm aber.

»Ich helfe dir beim Aufräumen.«

»Quatsch!«

»Ich kann sowieso nicht schlafen. Nachdem alle von dem Espresso aus deiner Kaffeemaschine geschwärmt haben, habe ich vor zwei Stunden auch einen getrunken.«

»Sag bloß, der hält dich noch immer wach?«

Ich nicke.

»Beneidenswert. Kaffee hat bei mir keinerlei Effekt.« Er

schnappt sich ein paar Bierflaschen und bringt sie nach draußen auf den Balkon, wo er die Kästen lagert. Da ich meine Flasche gerade geleert habe, nehme ich noch weitere vom Sofatisch mit und folge ihm.

»Pia ist wirklich nett«, sage ich. Die meiste Zeit des Abends habe ich mich mit ihr unterhalten. Für unsere Vicky erscheint monatlich ein Artikel zu seltenen Jobs sowie zu Berufen, in denen noch immer Männer dominieren. Wir berichten daher über Frauen, die in solchen Jobs tätig sind und lassen sie von ihren Erfahrungen erzählen. Zu einer Kamerafrau hatten wir noch nie etwas und Pia schien ziemlich angetan von der Idee, für unsere Zeitschrift interviewt zu werden. Also haben wir unsere Nummern ausgetauscht. Ich konnte ihr nicht versprechen, dass wir wirklich einen Artikel über Kamerafrauen machen, aber ich werde es zumindest vorschlagen. Außerdem hat sie einen interessanten Kontakt, der für Adams Band hilfreich sein könnte, sodass wir auch dazu noch mal schreiben wollen.

»Es war schade, dass Pia nicht mit mir auf die Schauspielschule gegangen ist«, erzählt Malik. »Wir waren schon auf dem Gymnasium zusammen in der Theater-AG.«

»Ach! Mir hat sie gesagt, dass es ihr an Talent gefehlt hat.«

»Das stimmt nicht so ganz. Beim Üben zu zweit war sie immer großartig, aber sobald es ernst wurde, hatte sie Schwierigkeiten, sich den Text zu merken. Sie war immer extrem aufgeregt. Sie hatte schon einen Termin für eine Aufnahmeprüfung an der Schauspielschule, aber den hat sie sausen lassen.«

Ich muss an Elli denken, die Gitarristin von Wild Weekend. Adam hat mir mal erzählt, dass sie wegen ihrer Bühnenangst zwischenzeitlich die Band verlassen hat. Da sie großes Talent hat, waren alle froh, dass sie sich der Band im letzten Herbst wieder angeschlossen hat. Sie ist wohl immer noch nervös vor Auftritten, aber Adam meinte, dass es deutlich besser geworden ist. Doch für Elli ist die Musik ein Hobby. Sich einen Bühnenberuf zu suchen, wenn man starkes Lampenfieber hat – das ist sicherlich noch eine viel größere Hürde. Schließlich muss man mit der Tätigkeit dann seine Existenz sichern.

Allerdings hätte ich Pia mit ihrer lockeren Art gar nicht so eingeschätzt, dass sie Probleme mit Lampenfieber hat.

Wir verlassen den Balkon und sammeln das schmutzige Geschirr ein, das wir in die Küche bringen.

»Wo bewahrst du deinen Staubsauger auf?«, erkundige ich mich.

»Du musst nicht staubsaugen. Außerdem ist es schon so spät.«

Ich blicke auf die Krümel rund um das Sofa. »Das geht ganz schnell.«

Nach einem skeptischen Blick zuckt Malik mit den Schultern und stellt mir mit einem »Danke« den Staubsauger hin, den er aus einem anderen Zimmer geholt hat. Das Entfernen der Krümel dauert keine Minute. Als ich damit fertig bin, schnappe ich mir noch ein paar leere Schüsseln und bringe sie zu Malik in die Küche, wo er mit Geschirr herum klappert.

»Danke für deine Hilfe«, sagt er, während er den Geschirrspüler einräumt.

»Gerne. Es war ein lustiger Abend.«

Er lächelt mir zu. »Es ist eine tolle Clique. Schade, dass meine Brüder nicht kommen konnten.«

»Brüder? Wie viele hast du denn?«

»Zwei. Einer ist aktuell mit dem Schiff im Mittelmeer unterwegs, aber ich glaube, nun gehts bald in Richtung Nordsee.«

»Das klingt nach einer ziemlichen langen Kreuzfahrt.«

»Simon ist der Kapitän. Er muss drei Monate lang arbeiten, dann hat er drei Monate Pause. Anfang Juli ist sein Dienst erst zu Ende und so lange wollte ich mit der Party nicht warten.«

»Die Leute in deinem Umfeld haben spannende Berufe.«

»Er ist mein Halbbruder und zehn Jahre älter. Wir sind daher nicht zusammen aufgewachsen. Mein Vater ist nach der Scheidung von Hamburg nach Düsseldorf gezogen, aber dennoch haben wir durch gemeinsame Urlaube häufiger Kontakt gehabt. Simon, Damian und ich haben uns immer gut verstanden.«

»Dann ist Damian dein anderer Bruder?«

»Ja. Er wollte eigentlich kommen, ist aber ... krank geworden.«

Mir ist sein Zögern nicht entgangen, aber ich will ihn nicht aushorchen. »Ich habe einen jüngeren Bruder«, erzähle ich stattdessen. »Und ich warte immer noch auf den Moment, in dem er erwachsen wird.«

»Wie alt ist er?«

„Dreiundzwanzig.«

»Ach.« Malik winkt schmunzelnd ab. »Das wird schon noch.« Er klappt den Geschirrspüler zu. »So, mehr passt nicht rein.«

Wir stehen uns gegenüber – er an der Küchenzeile, ich lehne am Türrahmen. Malik ist sicherlich müde nach dem Tag, also sollte ich mich nun auch verabschieden, selbst wenn das Koffein noch Wirkung zeigt. Aber vielleicht schaffe ich es dann endlich, den Thriller zu Ende zu lesen, den Adam mir empfohlen hat. Er lag richtig damit, dass mir das Buch gefällt, auch wenn es keine ideale Story kurz vor dem Einschlafen ist. Ob Malik auch gerne liest? Es gibt so vieles, das ich noch über ihn erfahren möchte.

»Ich sollte ...«, sage ich, doch zeitgleich beginnt Malik zu sprechen, was uns zum Lachen bringt.

»Sorry«, meint er. »Ich will nur fragen, ob du die Tage mal zum Abendessen vorbeikommen möchtest?«

Ich spüre ein aufgeregtes Kribbeln im Bauch. »Klar, warum nicht.«

Lachfältchen bilden sich um seine Augen. »Ich verspreche auch, das Dessert hat nichts mit halb nackten Überraschungen zu tun.«

Ich wünschte, ich könnte die Situation mit Finn aus Maliks Gedächtnis löschen – und aus meinem am besten auch.

»Soll ich irgendwas mitbringen?«

»Nur Hunger«, antwortet Malik. »Wann hast du Zeit?«

Ich gehe gedanklich die nächsten Tage durch. Insbesondere Montag und Dienstag wird es spät werden auf der Arbeit und am Mittwoch bin ich mit Yuiko und Clara zum Kino verabredet. Freitagabend ist es auch ungünstig, denn da möchte ich meine Tasche fürs Phantasialand packen. Da wäre mir ein Date zu viel Aufregung.

»Donnerstag passt es bei mir am besten«, sage ich. »Gerade ist viel los auf der Arbeit.«

Er verzieht enttäuscht das Gesicht. »Da ist es bei mir schlecht. Was ist mit nächstem Wochenende?«

»Da bin ich von Samstag auf Sonntag im Phantasialand. Es würde aber Sonntagabend gehen, wir kommen morgens zurück.«

»Sonntag passt. Cool mit dem Phantasialand. Dann bist du über Nacht dort?«

»Ja. Aber in den Park gehen wir schon am Samstag und fahren Sonntag nach dem Frühstück zurück.«

»Hört sich gut an. Ich war letztes Jahr auch mal wieder dort. Fährst du mit Freunden?«

»Ich fahre mit Adam dorthin.«

Er runzelt die Stirn.

»Wir sprachen eben über ihn, er ist mein bester Freund.« Ich frage mich, ob das seltsam auf ihn wirkt, andererseits ist er mit Pia eng befreundet. Dennoch berichte ich davon, dass es ein Geschenk von Adams Schwester war, weil ich ihr nach dem Unfall ihres Mannes ein wenig geholfen habe.

»Das ist übel«, kommentiert er den Vorfall. »Ich habe mir zum Glück noch nie was gebrochen.« Er sieht sich um und klopft dann dreimal auf den Küchentisch, der aus Holz ist. »Sorry, aber meine Oma war schrecklich abergläubisch.«

»Meine Oma auch. Sie hat zwischen Weihnachten und Neujahr keine Wäsche gewaschen, aber ich weiß gar nicht mehr, warum nicht.«

»Weil das in den sogenannten Raunächten angeblich Geister und Unglück anlockt, wenn man es tut.«

»Oh!«

Malik blickt mich entschuldigend an. »Wie gesagt, meine Oma war abergläubisch. Sie hatte Sorge, dass sich Geister, die zu dieser Jahreszeit draußen herumirren, in der Wäsche verfangen.«

»O Mann«, sage ich und überlege, ob ich zuletzt zwischen den Feiertagen gewaschen habe.

»Ich wasche zu der Zeit immer nur Wäsche, die in den Trockner kann. Total bekloppt, ich weiß.«

Ich finde das ganz niedlich, zumal Malik ein wenig verlegen wirkt. Prompt muss ich an Adam denken, der solchen Aberglauben nicht ernst nimmt. Ich werde nie vergessen, wie irritiert er mich angesehen hat, als wir mal zusammen unterwegs waren und ich mich gefreut habe, weil uns ein Schornsteinfeger über den Weg gelaufen ist.

Als wir uns einige Minuten später verabschieden, nimmt Malik mich flüchtig in den Arm und sagt mir, dass er sich auf Sonntag freut. Mit Schmetterlingen im Bauch und geröteten Wangen betrete ich meine Wohnung. Als wir uns verabschiedet haben, hatte ich einen Moment lang das Gefühl, er würde mich gleich küssen. Ob er sich zurückgehalten hat wegen meiner Erfahrung mit Finn? Oder habe ich es mir nur eingebildet, weil ich es mir gewünscht hätte?

31. Adam – Sonntag, 4. Mai

Wie ich erwartet hatte, erscheint Linnea als Erste zu dem Abendessen in meiner Wohnung.

»Hey«, sagt sie, umarmt mich und drückt mir eine kleine blaue Geschenketasche in die Hand. »Nur eine Kleinigkeit«, ergänzt sie verlegen, als sie meinen skeptischen Blick bemerkt.

»Du hättest nichts mitbringen müssen.«

»Es ist wirklich nur eine Kleinigkeit.«

Ich weiß, dass sie hofft, dass ich sofort nachsehe, was es ist. Linnea liebt es, anderen Geschenke zu machen, hat aber ebenso viel Spaß daran, welche auszupacken. Ich öffne die Tüte und entdecke fünf Tafeln Schokolade von einer Sonderedition, die es vor zwei Jahren mal gab. Ich mochte sie sehr gerne, habe sie aber nie wieder irgendwo gefunden.

»Die gibt es endlich wieder, aber nur für kurze Zeit«, erklärt sie mit einem Lächeln.

»Danke«, erwidere ich und meine es ehrlich. »Das war eine schöne Idee.« Es ist typisch für sie, dass sie sich an so etwas erinnert.

Sie strahlt mich mit geröteten Wangen an, dann streift sie ihre Sneakers von den Füßen. »Bin ich die Erste?«

»Ja.«

Sie folgt mir ins Wohnzimmer, in dem der Esstisch

steht. Das Raclette habe ich bereits aufgebaut, ebenso habe ich den Tisch gedeckt und alle Sachen aufgestellt, die nicht gekühlt werden müssen.

»Und ich dachte, ich kann noch helfen«, meint Linnea, während sie den Tisch mustert, dann sieht sie mich an. »Ich habe viel nachgedacht, seit du meintest, ich solle mich mal mit Moritz austauschen.« Eine kleine Falte erscheint zwischen ihren Augenbrauen. Das ist der Fall, wenn sie verärgert oder sehr nachdenklich ist. Ich hoffe, es ist Letzteres. Es war nicht meine Absicht, sie zu verärgern, als ich ihr auf der Heimfahrt von Alejandros und Riekes Party von meiner Idee erzählt hatte, sich mal mit ihm auszutauschen, weil sie ähnliche Interessen haben.

»Warum?«, frage ich.

»Warum was?«

»Warum hast du so viel darüber nachgedacht?«

»Ich frage mich, ob du denkst, dass ich den falschen Job mache.«

»Das habe ich nie gesagt.«

»Ich dachte ... Na ja, weil Moritz Therapeut für Kinder und Jugendliche werden will, so wie es auch mal mein Plan war.«

»Ich weiß.«

»Und wenn du denkst, ich solle mich mit ihm austauschen, dann doch vermutlich nicht, um ihn von seinem Plan abzubringen, oder?«

»Nein.«

»Warum also dann?«

»Du wärst eine sehr gute Therapeutin.«

Ihre Falte wird tiefer. »Also findest du doch, dass ich den falschen Job mache?«

»Das waren nicht meine Worte.«

»Aber?«

»Bist du in deinem Job zufrieden?«

Sie antwortet nicht direkt, sondern zieht die Nase kraus und greift nach einer langen Haarsträhne, die sie um ihren rechten Zeigefinger wickelt. »Ja, schon. Ich habe sehr nette Kollegen und komme mit meinem Chef gut zurecht. Das ist viel wert.«

Mir wird bewusst, dass ich meine Frage falsch gestellt habe. Zufrieden zu sein ist ein Zustand, den man recht schnell erreichen kann. Viele Menschen sind zufrieden. Ich bin es auch, aber glücklich bin ich nicht.

»Bist du glücklich?«, frage ich daher.

»Du meinst im Job?«

Ich nicke.

Sie sieht mich an und dass sie nicht sofort etwas sagt, ist mir Antwort genug. Bevor sie sich doch noch dazu äußern kann, klingelt es an der Tür und ich begrüße Elli und Moritz.

»Schöne Wohnung«, stellt Elli fest, die zuvor noch nie bei mir war. Moritz dagegen drückt mir ein Päckchen in die Hand, das verdächtig nach einem Buch aussieht.

»Ihr solltet nichts mitbringen.«

Moritz grinst. »Elli sagte, das macht man so.«

»Macht man ja auch, wenn man eingeladen wird«, meint sie, wendet sich von uns ab und geht auf Linnea zu.

»Hey, schön, dass du auch hier bist.«

Linnea lächelt und wirkt ein wenig verlegen. »Hallo.«

»Hey«, sagt auch Moritz und umarmt sie zur Begrüßung, dann geht er in Richtung des Bücherregals, sodass er hinter Linnea steht, die ihm nun den Rücken zuwendet. Er deutet auf sie, zeigt auf mich und formt mit beiden Händen ein Herz, um dann fragend die Hände zu heben. Elli, die diese Geste auch gesehen hat, schüttelt leicht den Kopf.

»Ich hole mal die fehlenden Sachen«, kündige ich an, ohne auf Moritz' Frage einzugehen.

»Ich komme mit, dann kann ich mich um Getränke kümmern«, sagt er und sieht zu Elli. »Bleibt es dabei, dass du heute zurückfährst?«

»Ja.«

Er zeigt ihr den Daumen nach oben, dann läuft er mir nach in die Küche.

»Ihr seid kein Paar?«, fragt er ungläubig.

»Sie ist meine beste Freundin.«

»So was kann sich ändern.«

Ich räume das Fleisch für die obere Platte des Raclettes aus dem Kühlschrank, ebenso Putenbrust, Salami, den Käse und ein paar Soßen.

»Aber Elli liegt richtig, oder? Für dich ist sie mehr als das.«

»Das ist jetzt kein guter Zeitpunkt.«

»Das hast du mir nie erzählt.«

»Nein.«

»Warum nicht?«

Seine Frage verwundert mich. »Was hätte es denn geändert?«

»Vielleicht alles«, sagt er und schließt die Küchentür. »Mensch, als ich damals vor Ellis Ausstieg bei den Bandproben zu Besuch war, hätte ich nie erwartet, dass sie sich irgendwann mal für mich interessiert. Und jetzt suchen wir nach einer gemeinsamen Wohnung.«

»Linnea und ich sind nicht wie ihr.«

»Natürlich nicht, aber wo ist das Problem?«

»Sie ist das genaue Gegenteil von mir.«

»Ihr ergänzt euch.«

»Sie wäre nicht glücklich an meiner Seite.«

»Das sagst du. Hast du sie mal gefragt, wie sie das sieht?«

»Sie hat Dates.«

»Und?«

Es strengt mich etwas an, dass ich das Offensichtliche aussprechen muss. »Mit anderen Männern. Nicht mit mir.«

»Vielleicht liegt das daran, dass du sie auf Abstand hältst.«

Mir rutscht eine Käsepackung aus der Hand, doch ich fange sie im letzten Moment auf. »W ... was?«

»Du wirkst nicht besonders nahbar, okay? Marlene sagte mal ...«

»Du redest mit Marlene über mich?«

»Wir sehen uns doch öfters auf dem Reiterhof. Als sie mich das erste Mal mit Elli dort gesehen hat, meinte sie, dass sie hofft, du findest auch jemanden, mit dem du so glücklich wirst.«

»Meine Freundinnen waren nie besonders lange glücklich mit mir.« Das Thema wühlt mich auf und ich reiße aus Versehen die Lasche von der Käsepackung ab, sodass ich sie schließlich mit einem scharfen Messer öffnen muss.

»Weil sie dich nicht gut genug kennen. Adam, ist dir eigentlich bewusst, dass du attraktiv bist?«

Ich starre ihn an und er hebt abwehrend die Hände.

»Also aus der Sicht einer Frau. Das war keine Anmache, ich stehe nicht auf dich.« Er fährt sich kopfschüttelnd durch die blonden Haare.

»Verstehe.« Ich packe den Käse auf einen Teller.

»Was ich damit sagen will ... Anfangs spielt das nun mal eine Rolle, so oberflächlich es auch ist. Dir gefällt jemand optisch und deswegen beschäftigst du dich mit der Person, okay? Aber wenn man datet oder frisch zusammen ist, dann hat man die rosarote Brille auf und sieht nur das, was man sehen will.«

Ich habe keine Ahnung, was Moritz mir sagen möchte.

Er seufzt laut. »Mann, dafür, dass du so intelligent bist,

ist es manchmal echt schwierig mit dir. Kurz gesagt: Du suchst dir die falschen Frauen aus, wenn ich mal ein Resümee aus dem ziehen darf, was du mir bisher über deine Beziehungen erzählt hast.«

Ich fühle mich, als würde ich mich mit Marlene unterhalten. Zum Glück bekomme ich keine Gelegenheit mehr zu reagieren, weil die Küchentür geöffnet wird. Elli steht im Türrahmen und sieht zwischen uns hin und her.

»Sind die Sachen zu schwer für euch Jungs und wir sollen helfen?«, fragt sie grinsend.

»Wir mussten was besprechen«, erklärt Moritz.

»Bei geschlossener Tür?« Sie zieht eine Augenbraue hoch.

»Wegen Linnea«, antwortet er leise.

Ellis reißt die Augen auf. »Das ist …«

»Kann ich auch helfen?«, möchte in dem Moment Linnea wissen. Ich drücke Elli rasch den Teller mit dem Käse in die Hand und Linnea die beiden Schalen mit Putenbrust und Salami.

»Danke«, sage ich. »Den Rest bringen wir jetzt mit.«

»Okay«, sagt Elli und die Frauen verlassen die Küche.

»Ich schaue mir das heute Abend mal an mit euch beiden«, meint Moritz und gibt mir einen Klaps auf den Rücken, bevor wir mit den restlichen Sachen zum Esstisch laufen.

32. Linnea – Sonntag, 4. Mai

Ich bin erstaunt, wie viel ein Mensch essen kann. Auch Adam hat immer einen gesunden Appetit, aber er hat inzwischen kapituliert, während Moritz noch zwei weitere Stücke Fleisch auf die Raclette-Platte legt, obwohl gleichzeitig noch sein Pfännchen vor sich hin brutzelt. Ich dagegen würde am liebsten den Knopf meiner Hose öffnen. Wäre ich mit Adam alleine, würde ich das vermutlich auch tun, aber Elli und Moritz kenne ich kaum.

»Adam hat erzählt, dass du auch mal Therapeutin werden wolltest« meint Moritz, während er sein Pfännchen aus dem Raclette zieht. Er beäugt es kurz, dann nimmt er den Schaber und schiebt den Inhalt auf seinen Teller. »Ist noch Brot in dem Korb?«

Der Korb steht neben mir und es ist noch Brot darin, daher reiche ich ihm diesen.

Elli prustet los. »Als er an Weihnachten zum Raclette bei meinen Eltern eingeladen war, ist es ihnen das erste Mal passiert, dass sie nicht genügend Fleisch hatten.«

Moritz setzt eine schuldbewusste Miene auf.

Elli hält sich die Hand vor den Mund, noch immer kichernd. »Beim Raclette zu Ostern hat meine Mama dann übertrieben viel eingekauft, damit der Junge satt wird.«

»Ich habe deinen Eltern zigmal gesagt, dass das unnötig

ist«, verteidigt Moritz sich und nimmt das heiße Fleisch vorsichtig mit einer Gabel von der Platte. »Ist ja nicht so, dass ich nicht satt geworden bin. Aber es hätte halt noch Fleisch gepasst, wenn welches da gewesen wäre.«

»Vergiss es« meint Elli. »Das habe ich meinen Eltern auch versichert, aber diesen Eindruck wirst du Zeit deines Lebens nicht mehr los.«

»Das war zu befürchten«, sagt er und wendet sich wieder mir zu. »Warum hast du dich umentschieden?«

»Ich glaube, das mit der Therapie ist nicht das Richtige für mich.«

»Du arbeitest bei der Vicky, oder?«, fragt Elli.

»Genau.«

»Das stelle ich mir auch interessant vor.«

Ich denke an meine letzten Arbeitstage. »So kann man es wohl sagen.«

»Bei mir war es genau andersrum«, meint Moritz. »Ich habe erst durch meinen Nebenjob gemerkt, dass ich lieber mit Kindern und Jugendlichen arbeiten möchte.«

»Wie gefällt dir das neue Studium?«

»Ich habe gerade erst angefangen, aber bisher gefällt es mir sehr gut. Manchmal ist es etwas frustrierend, wenn ich darüber nachdenke, wie viel Paukerei ich noch vor mir habe. Aber ich schätze, das ist es wert.«

»Das viele Lernen kann schon ziemlich hart sein«, gebe ich zu. Ich bin froh, dass ich mit meinem Studium fertig bin.

»Wem sagst du das«, wirft Elli seufzend ein und bindet sich die dicken dunklen Haare zu einem Zopf. Auch mir ist warm im Nacken, aber ich habe nichts dabei, womit ich meine Haare hochstecken kann.

»Bei mir stehen nun die Masterprüfungen an«, erzählt sie weiter.

»Das ist eine harte Zeit.« Zumindest für mich war es

das. Adam dagegen musste nie viel lernen. Weder für die Schule noch für sein Studium.

»Hast du dann gar nicht erst mit der therapeutischen Weiterbildung angefangen?«, möchte Moritz wissen.

»Nein.«

»Warum denkst du, das ist nichts für dich?«, fragt er und verzieht das Gesicht, als hätte er Schmerzen. Ich vermute, Elli, die neben ihm sitzt, hat ihn getreten.

»Mir geht das zu nahe, wenn Kindern was Schlimmes passiert. All die Fälle, die wir im Studium besprochen haben … Das war teilweise echt heftig.«

Moritz nickt verständnisvoll. »Das verstehe ich. Als ich mal mit einem Mädchen zu tun hatte, das von seinen Eltern misshandelt wurde … Puh, das war übel. Da leidet man richtig mit. Aber ich hoffe, dass ich als Therapeut wenigstens ein bisschen helfen kann.«

»Es ist ein wichtiger Job«, stimme ich ihm zu. Und man muss auch keine erotischen Geschichten schreiben, aber dafür hat man es mit anderen schwierigen Themen zu tun. Sicherlich kann man es lernen, sich besser von den schlimmen Erlebnissen anderer abzugrenzen, aber viele Menschen sind da grundsätzlich viel robuster als ich.

Mein Blick fällt auf Adam, der neben mir sitzt. Seine dunklen Haare verdecken ein wenig seine rechte Gesichtshälfte und er streicht eine Strähne zurück. Dabei sieht er weiter Moritz an, der inzwischen von einem Lehrer berichtet, der allen Schülern das Leben schwer gemacht hat.

»Schulpsychologie ist sicherlich auch interessant«, lautet Moritz' Fazit, »aber eine eigene Praxis irgendwann wäre mir doch lieber.« Er schiebt seinen leeren Teller ein Stück von sich. »Mann, jetzt bin ich satt«, sagt er.

»Ach was«, meint Elli amüsiert und zupft an ihrem T-Shirt. Anscheinend ist ihr ebenfalls warm. »Endlich«, sagt sie, als Adam das Raclette ausschaltet. »Ich lüfte mal richtig, okay?«

»Klar«, meint Adam und sie geht zur Balkontür, die bisher nur auf kipp steht.

»Gibt es Nachtisch?«, fragt Moritz.

»Echt jetzt?«, meint Elli und sieht ihn fassungslos an, während sie sich wieder zu uns setzt.

»Eis gibt es, wenn jemand will«, antwortet Adam.

»Ich will«, erwidert Moritz sofort. »Aber erst später.«

»Dann räume ich mal ab«, meint Adam, während Elli sich zu Moritz vorbeugt und leise etwas mit ihm bespricht.

»Du musst nicht helfen«, ergänzt er, als ich mit einem Teil des Geschirrs in die Küche komme.

»Ich bin nach dem Essen froh, wenn ich mich ein bisschen bewegen kann«, sage ich und sehe mich um. »Soll ich die Sachen auf die Spüle stellen?«

Er kommt zu mir, nimmt mir die Teller ab und stellt sie hinter sich, dann dreht er sich wieder zu mir. Wir stehen so nah voreinander, dass ich die Wärme spüren kann, die von seinem Körper ausgeht. Für einen kurzen Moment bin ich versucht, mich an ihn zu lehnen und weiß nicht einmal, warum. Irgendwie fühle ich mich gerade traurig.

»Willst du ein Eis?«, fragt Adam und ich trete einen Schritt zurück.

»Aber sicher. Was hast du denn?«

»Die üblichen Sorten.«

Adam hat immer jede Menge Eis im Haus, sodass es mir meistens schwerfällt, mich für eine Sorte zu entscheiden.

»Ich frage Elli auch, ob sie eines will«, sage ich. »Oder ich warte, bis Moritz auch wieder Hunger hat.«

»Wenn du Moritz jetzt fragst, ob er ein Eis haben will, dann wird er eines nehmen.«

»Er sagte aber doch, er sei satt.«

Adam sieht mich an und sein rechter Mundwinkel zuckt

leicht nach oben. »Das war nur Höflichkeit. Moritz ist nie satt.«

Ich klopfe mir nachdenklich auf den Bauch und denke an den Knopf, den ich eben gerne an meiner Hose geöffnet hätte. Aber andererseits geht so ein kleines Eis doch immer ...

Fünf Stunden später liege ich in meinem Bett und starre an die dunkle Decke. Die Jalousie habe ich ein wenig oben gelassen, um zu lüften, denn gerade ist es angenehm, dass etwas frische Luft ins Zimmer kommt.

Der Abend mit den anderen war schön. Nach dem Eis haben wir uns eine Weile unterhalten und Elli war ganz begeistert von Marlenes Geschenk mit dem Phantasialand-Gutschein. Ich hatte ihnen vorgeschlagen, dass sie mitkommen können, aber das war ihnen zu kurzfristig.

Schließlich haben wir noch ein Kartenspiel gemacht und dann Trivial Pursuit in der Harry-Potter-Edition gespielt. Das habe ich Adam mal geschenkt, weil ich beim normalen Trivial Pursuit immer gegen ihn verliere. Manchmal glaube ich, er hat ein eidetisches Gedächtnis und vergisst nichts, was er einmal gelesen oder gehört hat, aber das streitet er ab. Dafür, dass er die Harry-Potter-Filme nur einmal gesehen hat und die Bücher nicht kennt, schneidet er immer erstaunlich erfolgreich bei diesem Spiel ab. Die härteste Gegnerin war heute Abend allerdings Elli und sie hat schließlich knapp gewonnen.

Das Gespräch mit Moritz hat mich nachdenklich gestimmt. Es war lange mein Wunsch, mit Kindern und Jugendlichen zu arbeiten. War es ein Fehler, diesen Berufsweg nicht weiter zu verfolgen? Oder habe ich mir damit einen großen Gefallen getan, weil mich solch ein

Job einfach zu sehr mitnehmen würde? Ich kenne Moritz nicht so gut, aber er wirkt wie jemand, der sich notfalls abgrenzen kann. Auch wenn ich ihm angemerkt habe, dass ihn die Geschichte mit dem Mädchen mitgenommen hat.

Als ich von Adam wissen wollte, ob er denkt, dass ich den falschen Beruf ergriffen habe, ist er mir ausgewichen. So was macht er selten. Hatte er Sorge, dass mich seine ehrliche Antwort zu sehr trifft?

Doch aktuell kann ich mir nicht vorstellen, meinen Job aufzugeben, um mich zur Therapeutin weiterzubilden. Das würde finanziell auch gar nicht funktionieren. Seit ich den Vollzeitjob bei der Vicky habe, wohne ich hier in der Wohnung, die ich mir während des Studiums nicht hätte leisten können. Außerdem stimmt es, was ich ihm gesagt habe: Ich mag das Team und arbeite gerne dort. Aber es wäre eine schöne Herausforderung, mehr über psychologische oder pädagogische Themen zu schreiben und das ist auch eine der Ideen, die ich sowieso mit Viktor besprechen will. Artikel dazu gibt es immer mal in unserer Zeitschrift, aber für die ist bisher überwiegend Piedro zuständig. Viktor hat zuletzt meine Artikel sehr gelobt, also wäre jetzt wohl ein perfekter Zeitpunkt, um mit derlei Vorschlägen bei ihm anzuklopfen.

33. Adam, Donnerstag, 8. Mai

Hannes ist mal wieder der erste im Probenraum, aber er hat auch den Vorteil, dass er einen Schlüssel zum Haus seiner Eltern hat. Notfalls kann man zwar an der Haustür klingeln, statt den Seiteneingang zu nutzen, der direkt in den Keller führt, doch ich will seine Eltern nicht unnötig stören, daher erscheine ich zur Probe meistens pünktlich statt überpünktlich.

Heute wollten wir uns um neunzehn Uhr treffen, doch Alejandro kommt meistens etwas später und Elli hat im Band-Chat geschrieben, dass sie es erst gegen halb acht schafft. Daraufhin hat Clara mit einem »Sorry, bin heute auch spät dran« reagiert.

Hannes dagegen sieht aus, als würde er sich schon seit Stunden über einem Song die braunen Haare raufen. Wahrscheinlich tut er das auch. Als er mir eben die Tür geöffnet hat, standen seine Haare in alle Richtungen ab und er hat dunkle Augenringe, als hätte er seit Tagen nicht geschlafen.

»Was ist los?«, will ich wissen.

»Hm?«, macht er und tippt genervt auf seinem iPad rum.

»Was ist los?«

Er sieht zu mir auf. »Dieser Song, der macht mich fertig. Ich kriege diese Ballade einfach nicht hin.«

»Der Song ist verbrannt.«

»Aber der Refrain war doch schon echt gut! Ich schätze, wir bekommen das noch hin, es muss nur Klick machen.« Er schnippt mit dem Finger.

Ich mustere ihn stumm und Hannes legt mit einem Seufzen sein iPad weg. »Ja, scheiße. Du hast recht. Ihr habt alle recht! Clara hat es auch schon gesagt. Der Song ist verbrannt. Gerade will auch echt nichts laufen bei mir.«

»Du brauchst Urlaub.«

»Hm?«, fragt er abwesend.

»Du solltest Urlaub machen.« Ich muss an einen Kollegen denken, der letztes Jahr mehrere Monate wegen eines Burn-outs ausgefallen ist. Es gefällt mir nicht, dass Hannes so wenig achtsam mit sich ist. Seit er Single ist und sich in den Kopf gesetzt hat, mit der Musik erfolgreicher zu werden, kommt er nicht mehr zu Ruhe.

Er reibt sich mit der Hand über das Gesicht. »Ich habe halt das Gefühl, ich hab sonst nichts. Es mag verrückt sein, diese Suche nach dem einen perfekten Lied. Aber ich dachte, die Ballade hätte echt das Zeug dazu gehabt. Ich fand, das war einer der besten Texte, die ich je geschrieben habe. Ich habe mich wohl geirrt.«

»Du willst es zu sehr.«

Hanns zuckt mit den Schultern. »Und wie gehts dir? Immer noch so Chaos auf dem Hof?«

Es ist offensichtlich, dass er das Thema wechseln will, also gebe ich ihm ein kurzes Update, habe aber den Eindruck, dass Hannes gedanklich in einer anderen Welt ist. Viel zu erzählen gibt es vom Hof sowieso nicht. Gestern und Montag war ich nochmals dort, um zu helfen. Maurice ist genervt, weil er nicht so unterstützen kann, wie er möchte, Marlene ist angestrengt, weil ihr Mann jammert.

Immerhin scheint Jakob sich als Glücksgriff zu entpuppen, da er sich zügig einarbeitet.

Als es klingelt, ist Hannes schon wieder in sein iPad vertieft, also gehe ich zur Tür, vor der Alejandro und Clara stehen.

»Ich habe supertolle Neuigkeiten«, verkündet Clara. »Ist Elli schon da?«

»Nein.«

»Uh, schade. Dann müsst ihr euch gedulden, bis sie kommt.«

Alejandro reißt die Augen auf. »Wie? Du bringst so einen Teaser und lässt uns damit jetzt stehen?«

»Ja, lasse ich.«

Alejandro brummt etwas, dann folgt er mir und unserer Sängerin in den Probenraum.

»Hey, Hannes! Clara hat irgendwelche Neuigkeiten und will nichts verraten«, ruft Alejandro ihm zu.

Hannes schaut von seinem Tablet auf. »Ich verstehe nur Bahnhof.«

»Wir müssen warten, bis Elli kommt«, ergänzt Clara.

Alejandro blickt auf seine Uhr. »Gegen halb hat sie gesagt?«

Ich nicke. Er verdreht die Augen und lässt sich in den alten Lesesessel von Hannes' Mutter fallen, der sich immer großer Beliebtheit erfreut, wenn wir während der Proben Pausen machen.

»Ich habe was zum Verkürzen der Wartezeit«, sagt Hannes. »Meine Mum hat was gebacken und ich kann es aus der Küche holen. Ich bin gleich wieder da.« Er ist kaum zur Tür raus, die in den Flur führt, als es wieder an der Kellertür klingelt.

»Was für ein Timing«, meint Alejandro.

»Ich geh schon«, sagt Clara und hüpft mehr zur Tür, als dass sie läuft. Zeitgleich mit Hannes, der ein Tablett auf den Händen balanciert, erscheint sie mit Elli im Schlepptau.

»Dann sind wir ja nun vollzählig«, sagt sie zufrieden und reibt die Hände aneinander.

»Mir schwant Böses«, murmelt Elli. »Soll ich mich lieber setzen?«

Obwohl es noch andere Sitzmöglichkeiten gibt, springt Alejandro auf und überlässt ihr den Sessel.

»Echt?«, fragt Elli.

»Ladys first«, meint Alejandro und zwinkert ihr zu.

»Also, Linnea kennt ihr ja alle, und sie war am Samstag auf der Einweihungsparty von Malik Duczek, dem Schauspieler«, beginnt Clara zu erzählen. »Kennt ihr den?«

»O ja, das ist doch der mit den Welpen in der Werbung, oder?«, ruft Elli.

»Häh?«, macht Alejandro, doch Clara übergeht ihn und sieht Elli an.

»Genau, der ist das. Der hat auch in einer Daily Soap mitgespielt. Jedenfalls hat Linnea auf der Party eine Pia kennengelernt, die Kamerafrau ist. Und sie haben wohl auch über uns gesprochen und Linnea hat ihr ein paar Songs vorgespielt. Diese Pia hat dann gesagt, dass sie unsere Musik total cool findet. Sie hat daraufhin auf der Arbeit einem Produzenten was vorgespielt und der war ziemlich angetan. Die suchen nämlich gerade für eine neue Serie eine Titelmelodie und unser Stil würde super passen. Der Song ‚Broken Mirror‘ ist dabei besonders aufgefallen.«

»Das heißt, die wollen ‚Broken Mirror‘ eventuell als Titelsong für eine Serie?«, fragt Elli.

»Genau. Allerdings hat Pia auch gesagt, dass da immer lange diskutiert wird und wir uns nicht zu viele Hoffnungen machen sollten. Aber ich finde es klasse, dass wir überhaupt im Gespräch sind.«

»Cool«, meint Alejandro.

Hannes blinzelt. »Das wäre mal was.«

Elli schweigt und wirft mir einen Blick zu.

»Wenn das klappt, könnte das viele neue Hörer und Follower bedeuten«, meint Alejandro grinsend.

Elli blickt ein wenig gequält drein. Clara merkt es anscheinend auch, denn sie geht zu ihr und zieht sie aus dem Sessel. »Keine Sorge, Elli. Das heißt ja nicht, dass wir dich vor zigtausend Zuhörern auf die Bühne stellen wollen. Aber es wäre super Werbung für uns.«

»Das wäre es allerdings!« Alejandro reckt die Faust in die Luft. »Mega!«, ruft er. »Ich würde sagen, Linnea hat was gut bei uns.«

»Finde ich auch«, stimmt Clara zu. »Selbst wenn es nichts wird, finde ich es prima, dass sie Werbung für uns gemacht hat. Und wenn da einer der Produzenten mal unseren Namen gehört hat, ist das auch nicht das Schlechteste.«

»Danke Clara, das muntert mich gerade auf«, gibt Hannes zu.

»Gott sei Dank. Du siehst total fertig aus.«

»Es liegt an der Ballade«, mische ich mich in das Gespräch ein.

»Ach je, immer noch?«, meint Clara. »Du musst den Song mal ruhen lassen.«

»Ja, ja, aber ich kann da gerade nicht aus meiner Haut«, meint Hannes und nimmt sich einen der Muffins. Das tue ich ebenfalls und Elli reicht mir ein Taschentuch.

»Wegen der Krümel«, sagt sie. »Übrigens finde ich Linnea richtig nett. Und ein Potter-Fan ist sie auch noch. Ich hoffe, wir wiederholen das noch mal. Moritz hat überlegt, dass wir nächstes Mal was bei ihm machen. Er hat sich Alejandros Grill nachgekauft und kann es kaum erwarten, den einzuweihen.«

»Gerne«, sage ich und sehe zu Hannes, der nun wieder höchst konzentriert wirkt und die Melodie zu einem anderen Song spielt, den wir zuletzt gemeinsam einstudiert haben. Ich kann verstehen, dass es ihn frustriert, dass es mit der Ballade nichts geworden ist. Einen kurzen Moment meldet sich ein schlechtes Gewissen, weil ich ihm einen Text vorenthalte, der ein Ersatz für die Ballade sein könnte, die wir nicht hinbekommen. Nur ist dieser Text mit einem der traurigsten Momente meines Lebens verbunden und eigentlich nicht dazu bestimmt, veröffentlicht zu werden.

34. Adam – Samstag, 10 Mai

Mein Auto ist größer als das von Linnea, sodass ich mit meinen langen Beinen deutlich bequemer in diesem sitzen kann als in ihrem Kleinwagen. Daher bin ich der Fahrer an diesem Wochenende und hole sie morgens um acht Uhr ab. Für mich ist das frühe Aufstehen kein Problem, doch ich weiß, dass Linnea an freien Tagen gerne ausschläft. Dennoch steht sie bereits mit einem kleinen Trolley vor dem Haus, als ich am Straßenrand parke. Sie winkt mir zu, dann geht sie zum Kofferraum, den ich vom Innenraum aus öffnen kann.

»Hey«, ruft sie durch die geöffnete Klappe.

»Morgen.«

Sie schließt den Kofferraum und steigt zu mir in den Wagen. »Ich bin ein bisschen aufgeregt. Ich war so lange nicht mehr im Phantasialand.« Sie reißt die Augen auf. »Und gerade fällt mir ein – mit dir noch nie!«

»Stimmt.«

Sie schnallt sich an und ich fahre los.

»Zuletzt war ich mit Yuiko und zwei Kommilitoninnen dort. Das muss schon rund vier Jahre her sein, denn da war Yuiko noch nicht mit Clara zusammen.«

Im Augenwinkel sehe ich, wie sie ihr Smartphone aus einer Gürteltasche fischt, die sie sich um die Hüfte gebunden hat.

»Die ist super praktisch«, erzählt sie. »Im Freizeitpark ist die viel besser als ein Rucksack oder eine Tasche. Gab es in einem Shop für Hundezubehör.«

»Hast du die extra für das Wochenende gekauft?«

»Nein, die hatte ich letztes Jahr im Urlaub entdeckt. Und da passt sogar dein Portemonnaie noch rein. Damit du es auf Achterbahnen nicht verlierst.« Sie zieht den Gurt noch einmal zurecht und lehnt mit einem leisen Seufzer ihren Kopf an die Kopfstütze.

Wir haben das Glück, dass die Straßen relativ leer sind, doch ich bin mir sicher, das wird sich auf der Autobahn ändern. Oder spätestens dann, wenn wir uns dem Phantasialand nähern. Um zehn Uhr öffnet der Park für alle Besucher, als Hotelgast hat man schon ab neun Uhr Zutritt. Wenn wir gut durchkommen, brauchen wir knapp eine Stunde, sodass wir noch von dem früheren Parkzutritt profitieren können.

»Clara sagte mir, sie hat euch bei der letzten Probe von der Serie erzählt, für die noch ein Titelsong gesucht wird«, unterbricht Linnea die Stille nach einer Weile.

»Ja.«

»Pia hat mir deswegen gestern noch mal geschrieben. Es sind wohl vier Songs in der engeren Auswahl, aber die Tendenz geht aktuell doch zu einem rockigeren Lied.«

»Davon haben wir auch genug im Programm.«

»Ich weiß. Aber irgendeiner, der da was zu sagen hat, hat einen Musiker im Freundeskreis und will anscheinend dessen Musik durchboxen. Pia meinte, Vitamin B sei in der Branche oft das A und O.«

Das wäre bitter für Hannes, aber solange das letzte Wort nicht gesprochen ist, besteht noch eine Chance für unseren Song.

»Weißt du schon, wo du überall hin willst, wenn wir im Park sind?«, wechselt sie das Thema.

Ich werfe ihr einen kurzen Blick zu. Linnea lehnt noch immer ihren Kopf an und hat die Augen geschlossen. Anscheinend ist sie wirklich müde.

»Ich bin flexibel.« Mir ist noch nie schwindelig oder schlecht geworden auf einem Fahrgeschäft, daher passe ich mich an das an, was sie machen möchte.

»Ich will auf die Geisterbahn. Die ist zwar uralt, aber ich war immer dort, wenn wir im Phantasialand waren. Das ist Tradition.«

»Okay.«

»Und die Colorado-Bahn ist auch Tradition, finde ich. Ich bin mir ehrlich gesagt nicht sicher, ob ich mich auf die neueren Achterbahnen traue. Die gucke ich mir lieber erst mal an, wie krass die sind.«

»Verstehe ich.«

Dafür, dass sie müde ist, redet sie erstaunlich viel. Offenbar ist sie wirklich aufgeregt.

»Ich habe noch nie in einem der Hotels übernachtet. Du warst doch schon mal über Nacht in dem Park, oder?«

»Ja. Vor zwei Jahren. Auf einem Firmen-Event.«

»Wow! Das sollte ich Viktor auch mal vorschlagen.«

»Lässt er dich immer noch so viel arbeiten?«

»Nein. Vorgestern war finaler Abgabetermin für alles. Wir sind durch mit dem Sonderheft für dieses Jahr.« Sie klingt erleichtert.

»Gut.«

»Danke übrigens noch mal für den Raclette-Abend. Ich hatte anschließend viel nachzudenken.«

»Und?«

»Ich denke immer noch, dass ich zu sensibel bin, um Therapeutin zu werden. Aber ich habe mir vorgenommen, nächste Woche endlich mit Viktor über meine Ideen für die Zeitschrift zu sprechen. Wie war deine Woche?«

»Wie immer.«

»Nichts Neues?«

»Beruflich nicht.«

»Und sonst?«

»Marlene möchte es notariell regeln lassen, dass ich mich um ihr Kind kümmere, falls Maurice und ihr etwas zustoßen sollte.« Am Mittwoch hat Marlene dieses Thema angesprochen und seitdem geistert es mir im Kopf herum.

»Oh! Das ist eine große Ehre, oder?«, meint Linnea, aber sie klingt zurückhaltend. Wahrscheinlich ahnt sie, dass dies nicht das einzige Gefühl ist, das man empfinden kann, wenn man um so etwas Wichtiges gebeten wird.

»Es ist viel Verantwortung.«

»Du würdest sie bestimmt gut meistern.«

»Ich bin nicht sicher.«

»Dann hast du sie um Bedenkzeit gebeten?«

Sie kennt mich gut. »Ja.«

»Wie hat sie reagiert?«

»Sie hat es verstanden. Aber sie möchte nicht, dass das Kind von hier weg und zu Maurices Familie muss, falls mal etwas passieren sollte.«

»Das kann ich verstehen. Es ist schrecklich genug, wenn Kinder ihre Eltern verlieren.«

»Es betrifft in Deutschland etwa tausend Kinder jährlich.« Das habe ich bereits recherchiert.

»Wie furchtbar.«

»Ja.«

»Warum hast du Bedenken?«

»Du kennst mich.«

»Ja. Und ich hätte keine.«

»Du würdest mir ein Kind anvertrauen?«

»Dir jederzeit. Meinem Bruder eher nicht.«

Das irritiert mich.

»Lukas ist manchmal selbst noch wie ein Kind«, erklärt sie. »Dass Marlene das Thema nach der Sache mit dem

Sturz beschäftigt, kann ich übrigens sehr gut nachvollziehen.«

»Sie ist sehr besorgt.«

»Und ich verstehe, dass sie dich dann als Person haben möchte, die für ihr Kind da ist.«

»Ich verstehe es nicht«, gebe ich zu. »Ich habe keine Erfahrung mit Kindern.«

»Das haben Eltern doch am Anfang auch nicht, aber Menschen lernen schnell. Außerdem bist du zuverlässig, klug, beständig. Du bist für andere da, wenn sie dich brauchen, und ein guter Zuhörer bist du auch. Ich fühle mich immer wohl mit dir und weiß, woran ich bei dir bin. Du lässt dich außerdem durch nichts so schnell aus der Ruhe bringen. Das sind wichtige Eigenschaften für einen Onkel oder Ersatzvater.«

»Ich traue mir das nicht zu.« Das tue ich wirklich nicht. Ich war immer kompetent in Mathe, in logischen Rätseln und räumlichem Denken. Das Studium ist mir leicht gefallen und ich weiß, dass ich leistungsstark in meinem Job bin. Aber ich brauche meine Ruhe. Ich freue mich auf den Park mit Linnea, aber abends werden wir im Hotelzimmer sein. Oder ob sie noch in die Bar will? Linnea ist eher ein Nachtmensch als ich.

Kinder brauchen viel Aufmerksamkeit. Sie sind laut und fordernd und unberechenbar. Sie benötigen viel Liebe und Geborgenheit. Ich weiß nicht, ob ich ihnen das geben könnte.

»Ich würde dir helfen«, meint sie. »Ich meine … Puh, ich darf da gar nicht weiter drüber nachdenken, dass Marlene was passiert, sonst kommen mir noch die Tränen.«

Ich sehe zu ihr und bemerke, dass sie heftig blinzelt.

»Marlene ist auch für mich ein bisschen wie eine große Schwester. Ich glaube, ich werde mich wie eine Tante fühlen, wenn das Baby da ist. Vielleicht übernehmen wir beide auch mal zusammen das Babysitten. Babysitten ist ein besseres Beispiel, als über Vollwaisen zu sprechen.« Sie holt tief Luft. »Was für ein trauriges Thema.« Sie greift nach meiner Hand, die auf dem Schaltknüppel liegt. »Ich wäre für das Kind und für dich da. Du wärst nicht alleine damit.«

»Danke«, sage ich, obwohl dieses eine Wort nicht annähernd zusammenfasst, was mir gerade durch den Kopf geht.

Etwa siebzig Minuten später kommen wir im Phantasialand an und ich parke den Wagen auf dem hoteleigenen Parkplatz des Ling Bao, das im chinesischen Stil erbaut ist. Linnea steigt zeitgleich mit mir aus dem Auto.

»Danke fürs Fahren«, ruft sie mir über das Autodach zu. Oder besser gesagt, ruft sie es gegen das Dach, weil sie zu klein ist, um darüber zu gucken. Mit einem Meter einundsechzig ist mein Auto genauso hoch wie sie.

»Die Taschen lassen wir am besten im Wagen«, schlage ich vor, doch Linnea reagiert nicht, sondern sieht sich staunend um.

»Wow, das ist so schön hier«, sagt sie. »Ich bin Marlene so dankbar für die tolle Idee. Ich wäre nie darauf gekommen, hier mal zu übernachten.«

»Wir können erst nachmittags ins Zimmer«, ergänze ich, denn deswegen will ich die Taschen im Auto lassen.

»Ich bin schon so gespannt wie die Zimmer live aussehen. Auf den Fotos im Internet haben die total gemütlich ausgesehen«, sagt Linnea und wir gehen gemeinsam auf den Eingang des Hotels zu. Das weitläufige Gebäude ist in verschiedenen Braun- und Orangetönen gestrichen und stellenweise mit weiß abgesetzt. Das vordere runde Dach ist in gold gehalten und geht in einen dunklen Grünton über – passend zu den vielen Bäumen und Büschen, die hier gepflanzt sind. Linnea macht mehrere Fotos mit ihrem Handy, bevor wir die Lobby betreten.

»Das sieht so gemütlich aus hier«, ruft sie begeistert und macht weitere Bilder. Ich mag es, wie sehr sie sich freuen kann. Als sie mir ein strahlendes Lächeln zuwirft, würde ich diesen Moment ebenfalls gerne als Foto festhalten, weil sie so glücklich aussieht.

Ich erwidere ihr Lächeln und hoffe, dass sie mir nicht ausgerechnet an diesem Wochenende anmerkt, was ich für sie empfinde. Wir verbringen zwar auch sonst gelegentlich Zeit miteinander, aber nun sind wir für anderthalb Tage zusammen und teilen uns sogar ein Zimmer.

»Oh, da sind die Toiletten«, ruft sie und reißt mich aus meinen Gedanken. »Bin gleich wieder da.« Sie verstaut ihr Smartphone in der Tasche und läuft auf die Waschräume zu. Da an der Rezeption gerade nur zwei Familien anstehen, stelle ich mich an und nehme unsere beiden Quick Pässe für den Park entgegen. Jeder Hotelgast bekommt einen dieser begehrten Pässe kostenlos. Sonst muss man sie kaufen, um ohne Wartezeiten auf die beliebtesten Attraktionen zu kommen. Doch Linnea und ich haben es heute nicht eilig, deswegen kaufe ich keine weiteren dazu. Wir haben erst für neunzehn Uhr abends einen Tisch in dem Restaurant Bamboo reserviert und somit den ganzen Tag Zeit.

35. Linnea – Samstag, 10 Mai

Adam sticht in der Lobby unter den Familien mit Kindern hervor – kein Wunder bei seiner Größe. Als ich auf ihn zugehe, hält er mir eine weiße, längliche Karte entgegen.

»Was ist das?«

»Dein Quick Pass. Jeder Hotelgast erhält einen.«

»Damit wir an den Fahrgeschäften nicht warten müssen?«

»Genau.«

»Weißt du schon, wofür du deinen einsetzen willst?«

»Nein. Wo möchtest du zuerst hin?«

»Sollen wir einfach mal in den Park gehen und schauen, was uns so ins Auge springt?«

Er nickt. »Wir müssen da lang, an der Bar vorbei.«

»Warst du bei dem Firmenevent auch hier in dem Hotel?«

»Ja.«

Ich finde die Idee klasse, dass Adams Unternehmen hier ein Event veranstaltet hat, aber das war sicherlich nicht günstig. Adam ist in der Gaming-Branche tätig und ich schätze, dort sehen die Umsätze etwas anders aus als bei uns. Viktor wird für den Vorschlag, so was doch auch mal zu machen, also vermutlich nicht allzu offen sein.

Wir laufen durch die Bar mit bunten, aber sehr gemütlich aussehenden Sitzecken, und erreichen durch eine Terrassentür den Außenbereich. In diesem befinden sich weitere Sitzgelegenheiten, teilweise direkt neben einem groß angelegten Teich, über den sogar eine Brücke führt. Es wirkt alles sehr idyllisch und ich fühle mich hier auf Anhieb wohl.

»Wenn man noch weiter geradeaus geht, kommt man zum Restaurant und zum Pool«, erklärt Adam. »Aber hier vorne links ist der Eingang zum Park.«

Da ich mir den Pool und das Restaurant später ansehen kann, zeigen wir einem Mitarbeiter, der uns freundlich grüßt, unsere Tickets, und bekommen beide einen Stempel auf den Unterarm, bevor wir den Park betreten dürfen.

»Das ist ein perfekter Zeitpunkt für so einen Kurzurlaub«, stelle ich fest, denn das Wetter zeigt sich sonnig und trocken und somit von seiner besten Seite. Ich zücke mein Smartphone und mache ein paar Fotos, damit ich Marlene Bilder schicken kann. »Ich schreibe deiner Schwester mal.«

»Bestelle ihr Grüße.«

»Natürlich.« Ich tippe eine kurze Nachricht und schicke sie zusammen mit den Fotos ab. »Ich will mir unbedingt was Besonderes einfallen lassen zur Geburt, als Geschenk für das Kind.«

»Marlene wird eine Wunschliste machen.«

Die macht sie sicherlich, aber ich möchte auch etwas Überraschendes schenken, neben dem üblichen Babykram, den frischgebackene Eltern anfangs benötigen.

Nebeneinander laufen wir durch das Phantasialand, in dem es ziemlich ruhig ist, weil bisher nur die Hotelgäste auf das Gelände dürfen. Ich nutze die Zeit, um noch mehr Eindrücke mit der Handykamera festzuhalten, weil keine Menschen im Weg stehen.

Schließlich entscheiden wir uns dafür, dass wir zum Start auf die Colorado-Achterbahn gehen. Die habe ich schon als Kind gemocht und es ist schön, dass wir ganz ohne Wartezeit direkt drankommen. Dank meiner Körpergröße sitze ich deutlich bequemer in dem kleinen Wägelchen, aber die Fahrt dauert nicht allzu lange und Adam beschwert sich nicht. Er ist sowieso kein Mensch, der meckert. Ganz anders als mein Ex-Freund, der immer an allem etwas auszusetzen hatte.

Manchmal wundere ich mich, dass ich es so lange mit ihm ausgehalten habe. Andererseits sagte Yuiko mal, dass ich eine treue Seele sei. Sie hat recht – ich kann mich nicht gut trennen. Ich denke immer, dass es doch mal etwas gegeben hat, sodass man sich ineinander verliebt hat. Aber dadurch übersehe ich, dass irgendwann die schlechten Seiten überwiegen können.

»Das war eine sanfte Bahn zum Start«, stelle ich zufrieden fest, als wir aussteigen und uns die Fotos ansehen, die während der Fahrt automatisch von den Gästen gemacht werden. Natürlich sind diese völlig überteuert, aber ich möchte gerne eine solch besondere Erinnerung an unseren Ausflug haben.

»Lass uns später eines kaufen«, schlägt Adam vor. »Es passt nicht in deine Gürteltasche.«

Das stimmt und ich habe keine Lust, es die ganze Zeit in der Hand mit mir herumzutragen. Da ich auf dem Bild außerdem die Augen geschlossen habe und ungünstig getroffen bin, ist es sowieso vernünftiger, später auf einem anderen Fahrgeschäft auf eine bessere Aufnahme zu hoffen.

»Sollen wir auf die Taron-Bahn gehen, bevor es voller wird?«, schlägt Adam vor.

Ich zögere. »Ich weiß nicht, ob ich mich auf die traue«, gebe ich zu.

»Du musst nicht mit.«

»Ich gucke mir die Bahn erst mal vom Boden aus an.«

»Klar«, sagt Adam und wir gehen in die Richtung der

Bahn, sodass wir beobachten können, wie die Achterbahn verläuft.

»Die ist echt ganz schön schnell«, muss ich feststellen und habe ein eher mulmiges Gefühl. Die Leute kreischen zwar vergnügt, aber ich habe doch etwas Sorge, dass mir schlecht wird. Die Fahrt sieht nämlich ganz schön wild aus. Andererseits: Wer weiß, wann ich noch mal die Gelegenheit habe, hier mit der Achterbahn zu fahren, ohne lange anstehen zu müssen. Ich schließe die Augen und atme tief durch.

»Also gut, ich komme mit. Vielleicht musst du Händchen halten, wenn ich Angst bekomme.«

Adam schmunzelt. »Das könnte während der Fahrt schwierig werden, aber ich versuch's.«

»Also dann.« Ich folge ihm in Richtung des Eingangs und mein Herzschlag nimmt mit jedem Schritt, den wir uns der Attraktion nähern, etwas zu.

Inzwischen ist es schon kurz nach zehn und man merkt, dass sich der Park füllt. Deswegen müssen wir diesmal etwas warten. Offenbar ist diese Bahn sehr beliebt. Vor uns stehen drei Jugendliche, zwei Jungs und ein Mädchen, vielleicht vierzehn oder fünfzehn Jahre alt. Die Jungs feixen, wie cool die Bahn ist und dass diese Geschwindigkeit nicht jeder ab kann. Wie Tarek zum Beispiel, der würde bloß auf die Kinderkarussells gehen. Die Jungs finden das offenbar sehr komisch, das Mädchen verdreht genervt die Augen, während sie auf ihr Smartphone guckt. Ich überlege, eventuell doch besser den Rückzug anzutreten, denn vielleicht ist Tarek bloß schlauer als wir, die hier in der Schlange stehen. Doch inzwischen hat sich der Bereich hinter uns gut gefüllt. Ich käme zwar noch an den anderen Wartenden vorbei, aber es wäre ein bisschen peinlich, jetzt zu kneifen.

»Ich hab Schiss«, flüstere ich Adam ins Ohr.

Er wirkt überrascht und dreht sich um, blickt auf die Menschen hinter uns. Dann beugt er sich zu mir hinunter. »Willst du gehen?«

»Ich weiß nicht.«

»Händchen halten?«, fragt er und ich kann sehen, dass sein Mundwinkel kurz zuckt, aber dennoch ist es süß, dass er fragt, und ich schiebe meine Hand in seine. Ich hatte nicht erwartet, dass diese Beruhigungsgeste schon in der Warteschlange nötig wird.

»Danke«, wispere ich. Adams Hand fühlt sich warm und beruhigend an und kein bisschen schwitzig, so wie meine.

»Wir können auch gehen«, wiederholt er leise.

»Nein, ich ziehe das jetzt durch.« Ich habe nur eine Scheibe Toast gefrühstückt und rede mir ein, dass die bestimmt schon verdaut ist. Also kann mir gar nicht übel werden! Und jetzt wäre es auch zu spät, denn nun kommt der Wagen an, in den wir einsteigen dürfen ... oder müssen. Je nachdem, wie man es betrachtet. Prompt klopft mein Herz richtig schnell und ich bereue es ein bisschen, dass ich mir nicht die Blöße geben wollte, durch die Schlange zurückzugehen.

Kaum dass die Fahrt startet, komme ich nicht mehr dazu, mir Gedanken zu machen. Ich bin froh, dass ich es schaffe, zu atmen. Adam dagegen nimmt es gelassen hin, während ich das ein oder andere Mal ordentlich quietsche, zum Schreien fehlt mir die Luft. Deswegen bin ich ausgesprochen erleichtert, als die Fahrt endet. Das war sehr rasant und eindeutig zu rasant für mich – nächstes Mal gehe ich lieber wieder auf die Colorado-Achterbahn.

»Gehts?«, will Adam wissen, nachdem ich hinter ihm aus dem Wagen geklettert bin.

»Ja, nur etwas wackelig auf den Beinen.«

»Brauchst du Hilfe?«

»Nein, geht schon«, sage ich und sehe die drei Teenager

an uns vorbeilaufen. Einer der Jungs wirkt ebenfalls etwas mitgenommen von dem Achterbahn-Erlebnis. Ob er Tarek nun um seine Entscheidung beneidet, lieber auf die »Kinderkarussells« zu gehen?

36. Adam – Samstag, 10. Mai

»Da habe ich mir doch echt die Ferse wund gelaufen«, stellt Linnea überrascht fest, nachdem wir am frühen Nachmittag einen Platz vor dem kleinen Eiscafé ergattert haben. Angesichts des schönen Wetters ist diese Location heiß begehrt. Es sind knapp 22 Grad und es ist trocken, sodass viele Besucher im Park unterwegs sind.

»So viel bin ich in den Schuhen noch nie gelaufen, aber auf kurzen Strecken waren sie immer bequem.« Sie nimmt eine kleine weiße Box aus der Gürteltasche, öffnet diese und hält mir grinsend ein Pflaster entgegen. »Aber ich bin auf alles vorbereitet. Das habe ich nämlich von meiner Mama geerbt, sie läuft sich auch schnell die Füße wund.« Sie verarztet sich und wir bestellen unser Eis.

Auch ich merke, dass meine Füße langsam müde werden. Nach dem kleinen Snack am Vormittag waren wir noch mal auf der Colorado, sind mit dem Kettenkarussell gefahren und haben die Geisterbahn besucht. Den Quick Pass haben wir aufbewahrt, da Linnea noch ins Maus au Chocolat möchte und dort beträgt die Wartezeit ohne Quick Pass inzwischen mehr als vierzig Minuten.

Ich genieße es, den Tag mit Linnea zu verbringen, doch das Zusammensein führt dazu, dass ich viel darüber nachdenke, wie unsere Freundschaft aussehen wird, wenn sie über meine Gefühle Bescheid weiß. Wenn ihr klar ist, dass ich ihr stundenlang die Hand halten würde, auch ohne eine Achterbahn, die ihr Angst macht. Dass ich ihre Begeisterungsfähigkeit mag, auch wenn ich ein anderer Typ bin. Dass ich ihr endlos dabei zusehen könnte, wie sie um die Sahne drumherum isst, weil sie die fast lieber mag als das Eis, das darunter versteckt ist.

Ich vergesse fast, mein eigenes Eis zu essen. Erst als Linnea mich fragend ansieht und wissen will, ob ich keinen Appetit habe, greife ich zu meinem Löffel.

»Es schmeckt gut«, sage ich, nachdem ich probiert habe. »Ich war nur in Gedanken.«

Sie wirft mir aus ihren braunen Augen einen langen Blick zu. »Manchmal wüsste ich so gerne, was du gerade denkst.«

Sie sollte froh sein, dass sie es nicht weiß. Sicherlich wäre sie enttäuscht.

Nachdem wir unser Eis gegessen haben, beschließen wir, auf das Fahrgeschäft Maus au Chocolat zu gehen. Linnea hofft auf der Bahn auf ein gutes Foto von uns, und bestenfalls können wir danach schon in unser Hotelzimmer, um die Fotoerinnerung dort aufzubewahren. Ansonsten bringe ich das Bild zum Auto, wo auch unser Gepäck noch immer lagert.

»Willst du später noch auf die Chiapas?«, fragt Linnea.

»Ich will es mal ausprobieren. Auf dem Firmenevent war das Wetter zu schlecht für die Wildwasserbahn.«

»Sobald wir unser Zimmer haben, würde ich mitkommen, glaube ich. Weil ich mich dann anschließend umziehen kann, falls wir nass werden.« Sie schaut nachdenklich zu einer vierköpfigen Familie, die ziemlich durchnässt aussieht. »Die waren nämlich bestimmt gerade dort.« Dann fasst sie mich an der Hand und zieht mich zum Seiteneingang des Maus au Chocolat, der für die Gäste mit Quick Pässen gedacht ist, sodass wir zügig auf das Fahrgeschäft gelangen, das direkt neben der Eisdiele liegt.

Die Bahn ist ideal für Familien, denn die Wagen fahren langsam an animierten Trickszenen vorbei und man kann auf hunderte Mäuse schießen, die sich unerlaubt in einer Großküche aufhalten. Für jeden Treffer gibt es Punkte und am Ende wird der Sieger der Fahrt angezeigt. Wir sind es nicht, aber vor allem Linnea hatte Spaß und hat es immerhin auf Platz Drei geschafft.

Am Ausgang kann man die Bilder ansehen und kaufen. Ich bemerke, dass Linnea aufgeregt nach dem Foto von uns sucht und schließlich erfreut in die Hände klatscht. Da sie mich schon zum Eis eingeladen hat, drängle ich mich vor und kaufe ihr das Bild, wofür sie sich zigfach bedankt. Es ist eine schöne Aufnahme von uns. Linnea lacht, ich gucke etwas ernst, aber das tue ich meistens auf Fotos. Wie eine Trophäe hält sie es an die Brust, als wir uns auf den Weg zum Hotel machen.

37. Linnea – Samstag, 10 Mai

Adam wirkt nachdenklich, als wir zurück zum Hotel gehen. Wahrscheinlich ist nach mehreren Stunden im Freizeitpark der Zeitpunkt gekommen, an dem er sich gerne zurückziehen möchte. Mir ist bewusst, dass er seine Auszeiten braucht.

Obwohl es noch nicht fünfzehn Uhr ist, haben wir Glück und unser Zimmer ist bezugsfertig. Wir bekommen die Nummer 109, was angenehm ist, weil wir so nur eine Etage hochlaufen müssen. Adam bietet an, das Gepäck aus dem Auto zu holen und ich warte kurz auf ihn, dann nehmen wir die Treppe nach oben. Die Taschen sind nicht schwer, dennoch trägt Adam auch meine.

Das Zimmer gefällt mir auf Anhieb. Die dunklen Möbel und der Holzboden lassen den Raum gemütlich wirken. Neben dem Doppelbett befindet sich ein Hochbett mit Vorhängen in dem Zimmer, außerdem ein geräumiger Schrank sowie eine Sitzgelegenheit und ein Schreibtisch mit Stuhl. Das Doppelbett sieht sehr bequem aus und das Hochbett zum Glück auch, denn in dem werde ich mich für die Nacht einquartieren. Adam hat zwar angeboten, dass er dort schläft, aber ich liebe Hochbetten und mit den Vorhängen erinnert es mich ein wenig an mein Himmelbett. Außerdem hat er mal erzählt, dass er Betten mit einem geschlossenen Fußende nicht mag, weil er dann oft mit seinen Füßen dort anstößt. Das leuchtet ein. Wenn man einen Meter neunzig groß ist, hat man zum Kopf- und Fußende hin nicht mehr viel Platz. Solche Probleme hatte ich noch nie.

Dass wir uns ein Zimmer teilen, ist für mich völlig in Ordnung. Es ist nicht das erste Mal, dass wir gemeinsam in einem Raum übernachten. Als ich sechzehn war, waren meine Eltern für ein langes Wochenende verreist und mein Bruder hat bei einem Kumpel geschlafen. Ausge- rechnet zu dem Zeitpunkt gab es im Kreis Mettmann vermehrt Einbrüche. Als ich eines Nachts gemütlich im Pyjama vor dem Fernseher saß und eine Serie guckte, hörte ich plötzlich verdächtige Geräusche. Ohne die Einbruchsserie hätte ich mir vielleicht nichts dabei gedacht, aber so brach ich in Panik aus und rief Adam an. Vor lauter Aufregung hatte ich nicht mal daran gedacht, mich umzuziehen, bevor er schon fünf Minuten später vor meiner Tür stand und mir und meinem hellblauen Snoopy-Schlafanzug über Nacht Gesellschaft leistete.

Das ist etwas, das ich an Adam sehr schätze: Man kann nicht unbedingt ausgiebige Unterhaltungen mit ihm führen, aber wenn man ihn braucht, ist er da. Dabei weiß ich, dass Adam ein kluger Kopf ist. Er hätte bestimmt zu vielen Dingen was Schlaues zu sagen, er hat nur kein großes Bedürfnis, sich anderen mitzuteilen.

»Ist das wirklich in Ordnung, dass du in dem Hochbett schläfst?«, erkundigt er sich, während er das Bett mustert.

»O ja! Ich liebe Hochbetten. Als Kind wollte ich immer eines haben, aber ich habe keines bekommen.«

»Warum nicht?«

»Das musst du meine Eltern fragen.« Ich streife meine Schuhe von den Füßen und klettere die kurze Leiter hinauf, um ein Blick in das obere Bett zu werfen. Es sieht kuschelig und äußerst einladend aus. Mit der Faust drücke ich in die Matratze – nicht zu hart und nicht zu weich. Perfekt.

Ich hüpfe von der Leiter und gehe zu meiner Tasche, aus der ich mein zweites Paar Schuhe hervorkrame. »Wenn wir gleich noch mal losgehen, ziehe ich die an. Willst du erst mal eine Pause machen?«

Adam wirkt etwas unentschlossen, wie er da mitten im Raum steht.

»Vielleicht kurz«, sagt er, streift sich die Schuhe von den Füßen und zieht die Jeans aus, unter der eine Boxershorts zum Vorschein kommt. Dann legt er sich ins Bett, klopft das Kissen zurecht, bettet seinen Kopf darauf und schließt die Augen. So wie ich ihn kenne, wird er gleich eingeschlafen sein. Adam beherrscht Power Napping in Perfektion. Ich dagegen kann in manchen Nächten noch nicht mal einschlafen, obwohl ich müde bin. Da ich sowieso nicht werde schlafen können, genieße ich einen Moment den Ausblick vom Fenster aus, denn wir gucken auf die schöne Bar und den Teich. Schließlich nehme ich ein Buch aus meiner Tasche, setze mich in die Sitzecke und lese.

Fünf Minuten später bin ich mir sicher, dass Adam tatsächlich schläft. Seine nackten Füße hängen fast aus dem Bett und ich lasse den Blick etwas höher wandern. Er hat schöne lange Beine. Sicherlich würde es witzig aussehen, wenn ich meine daneben lege.

Ich nehme mein Handy, schreibe Marlene, Yuiko, Yasmine, meinen Eltern und sogar meinem Bruder eine Nachricht, dann krame ich leise die Ohrstöpsel aus meiner Reisetasche, um ein bisschen Musik zu hören. Als ich mich gerade auf die kleine Bank am Fenster gesetzt habe, zeigt mir mein Smartphone eine Nachricht von Chiron an.

Ich zögere kurz, ihm direkt zu antworten. Nicht dass er denkt, ich hätte nichts anderes zu tun, als die ganze Zeit auf genau diese Nachricht zu warten. Andererseits bin ich wahnsinnig gespannt auf das Ergebnis, zumal ich bisher noch keinen Blick auf das Porträt werfen durfte.

38. Adam – Samstag, 10 Mai

Die kurze Auszeit hat gutgetan und wir machen uns erneut auf den Weg zum Kettenkarussell, mit dem Linnea unbedingt ein weiteres Mal fahren möchte. Immerhin ist die Schlange dort nicht ganz so lang wie an manch anderer Attraktion, denn der Park ist noch immer rappelvoll. Doch mich stört die Warterei nicht. Ich mag es, Linnea dabei zuzusehen, wie sie den Park genießt. Sie lächelt versonnen, als zwei Mädchen, beide in blaue Latzhosen gekleidet, händchenhaltend an uns vorbeilaufen. Linnea war immer schon kinderlieb und sie ist die einzige Frau, mit der ich mir vorstellen kann, Kinder in die Welt zu setzen. Weil ich weiß, dass sie mir dabei helfen würde, ein guter Vater zu sein.

Als wir einige Minuten später im Kreis fliegen, lacht sie mich an und bringt mein Herz schneller zum Klopfen, als es irgendein Karussell jemals schaffen könnte.

Nach der Fahrt kommen wir wieder an den Buden vorbei, an denen wir vormittags den Obstsnack gekauft haben, denn so gelangen wir zu dem Aussichtspunkt, von dem aus man auf die Wasserbahn schauen kann. Linnea lehnt sich an die hohe Mauer und beobachtet stirnrunzelnd die Attraktion.

»Du musst nicht mitkommen«, sage ich, weil ich daran denke, wie unwohl sie sich auf der schnellen Achterbahn heute Morgen gefühlt hat.

»Schlimmer als die Achterbahn heute Morgen wird es nicht, oder was meinst du?«

»Das kann ich nicht sagen.«

Sie gibt mir einen Klaps gegen den Oberarm. »Hey, du solltest mich aufmuntern.«

Das würde ich gerne tun, aber ich war noch nie auf dieser Wasserbahn und habe keine Ahnung, ob es Linnea gefallen wird oder nicht.

Sie seufzt laut. »Na los, bringen wir es hinter uns.« Sie zwinkert mir zu, greift nach meiner Hand und zieht mich zum Eingang der Bahn, der ein ganzes Stück von unserem Aussichtspunkt entfernt liegt. Da wir unsere Quick Pässe schon verwendet haben, müssen wir uns gedulden, bis wir dran sind. Immerhin haben wir keine scherzenden Teenager um uns herum und Linnea wirkt recht entspannt. Erst kurz bevor wir dran sind, wird ein Vater mit seiner Tochter von einem Mitarbeiter zur Seite genommen, sodass wir noch nicht in eines der Boote steigen können. Das Kind wird gemessen und schließlich muss der Mitarbeiter dem empörten Vater erklären, dass die Tochter zu klein ist, um mitzufahren.

Linnea sieht mich aus großen Augen an. »Man braucht hier eine Mindestgröße?«

Ich muss schmunzeln. »Man muss einen Meter dreißig groß sein. Reicht für dich.«

Sie stupst mich an. »Ey! Ich wusste nicht, dass hier nicht alle mitfahren dürfen.«

Ich vermeide es, sie noch mal auf die Daten zur Bahn hinzuweisen. Das würde sie vermutlich doch nervös machen, dabei klettern wir jetzt endlich in unser Boot, mit dem wir gleich die weltweit steilste Abfahrt einer Wasserbahn absolvieren werden. Vielleicht hätte ich sie von der Mitfahrt abhalten sollen. Doch meine Sorgen stellen sich als unbegründet heraus.

Etwa nach der Hälfte der Fahrt wirft mir Linnea, die vor mir sitzt, über ihre Schulter ein strahlendes Lachen zu. Offenbar hat sie mehr Spaß als ich. Da ich in dem engen Boot arg wenig Platz für Beine und Füße habe, bekomme ich langsam einen Krampf in den Waden. Vielleicht sollten nicht nur Kinder vor der Fahrt gemessen werden.

»Wow! Das war toll!«, quietscht sie vergnügt, als wir kurze Zeit später aus dem Boot steigen. »Die letzte Abfahrt … Puh, die war heftig, aber sonst war es fantastisch.«

Vielleicht kann sie nach der Taron-Achterbahn nichts mehr schocken – und das, obwohl wir beide klatschnass sind, weshalb wir ins Hotelzimmer gehen, um uns was Trockenes anzuziehen.

Dort angekommen, beschließt Linnea, direkt duschen zu gehen und sich für das Abendessen fertigzumachen.

Ich freue mich auf das Essen später, doch zugleich frage ich mich, wann ich endlich mit ihr sprechen soll. Wir haben noch einen Filmabend nachzuholen. Dieser erscheint mir eine geeignete Gelegenheit zu sein, um ihr meine Gefühle zu beichten. Den Filmabend werden wir sicherlich wieder bei mir verbringen, sodass sie jederzeit gehen kann, wenn sie mit der Situation überfordert ist.

Mit der Überforderung wäre sie nicht allein. Ich bin es jetzt schon.

39. Linnea — Samstag, 10 Mai

Das Büfett-Restaurant, das passend zum Hotel im chinesischen Stil eingerichtet ist, ist gut besucht und die Kellner haben ordentlich zu tun. Zwei Kinder rennen lachend an uns vorbei, während wir unsere Getränkebestellung bei einem etwas hektisch wirkenden Mitarbeiter aufgeben. Anschließend sehen wir uns die große Auswahl am Büfett an und ich brauche eine Weile, um mich zwischen den Suppen, Salaten und anderen Vorspeisen zu entscheiden. Adam war diesbezüglich schneller als ich und sitzt schon am Tisch, als ich meinen Teller zu unserem Platz balanciere.

»Hast du schon die kalte Platte gesehen, auf der Eis gemacht wird? Diese Ice Cream Rolls kenne ich bisher nur von Videos auf Instagram.«

»Sie sehen interessant aus«, bestätigt Adam und wirkt ziemlich zufrieden mit seinem Essen. Anscheinend sehen die Gerichte nicht nur gut aus, sondern schmecken auch so. Umso besser, denn asiatisches Essen mag ich gern.

Als ich den ersten Bissen von meiner Vorspeise nehme, fällt mir auf, dass wir noch keine Getränke bekommen haben, doch in dem Moment sehe ich unseren Kellner mit einem Bier und einer Limo auf uns zueilen. Er entschuldigt sich, dass es länger gedauert hat, und eilt zum nächsten Tisch.

»Das ist ein harter Job«, stelle ich fest und es tut mir ein wenig leid, dass wir hier so entspannt essen können, während dieser Abend für andere harte Arbeit bedeutet. »Die haben sicherlich um die Jahreszeit jedes Wochenende so einen Betrieb hier.« Hoffentlich haben sie bessere Schuhe als ich!

»Wir müssen noch den Filmabend nachholen«, erinnert Adam mich und sieht mich an. Seine Augen sind dunkel, ganz anders als die von Malik, und doch könnte ich sie stundenlang ansehen. Irritiert wende ich den Blick ab.

Ich räuspere mich und konzentriere mich auf mein Essen. »Gut, dass du es sagst! Wann passt es dir?«

»Morgen, übermorgen … Ich bin die nächsten Tage flexibel. Es sei denn, Marlene braucht mich.«

»Dann können wir es notfalls verschieben, aber morgen kann ich nicht, da habe ich ein Da…« Ich mag plötzlich den Satz nicht zu Ende sprechen, ohne so richtig zu wissen, warum. Malik hat mich zu sich eingeladen. Auf den Abend habe ich mich bisher gefreut, aber plötzlich fühlt es sich seltsam an, mit Adam darüber zu reden.

»Ein Date?«, hakt Adam nach, der den Braten offenbar gerochen hat.

»Malik hat mich zum Essen eingeladen.«

»Dein neuer Nachbar?«

»Genau. Ich war auf seiner Einweihungsparty.«

»Du hast davon erzählt.«

»Er hat einen netten Freundeskreis. Unter anderem gehört auch Pia, die Kamerafrau, dazu.«

Adam legt den Kopf schief und betrachtet mich einen Moment schweigend, dann isst er weiter. Es ist nicht so, dass er desinteressiert wirkt, aber ich spüre, dass er plötzlich ein wenig reservierter ist.

Ob er sich Sorgen macht, weil mein letztes Date mit Finn so schiefgelaufen ist? Adam ist niemand, der einen belehrt oder ungefragt Ratschläge erteilt. Aber eventuell möchte er es gerade gerne tun und kämpft dagegen an.

»Malik ist nicht wie Finn«, versuche ich ihm seine Bedenken zu nehmen. »So was passiert mir nie wieder.«

Er bewegt leicht den Kopf. Es ist kein richtiges Nicken, sondern er wirkt eher nachdenklich. Ich versuche, das Gespräch in eine andere Richtung zu lenken, doch Adam bleibt verschlossen. Das ist er oft, aber es gibt Tage wie heute, an denen er offener ist und einen mehr an sich ranlässt. Ich frage mich, was ich falsch gemacht habe, sodass er sich nun zurückzieht. Er hat mir neulich erzählt, dass Natalie sich gemeldet hat. Ob es mit ihr zu tun hat? Kommt er ins Grübeln, weil ich jemanden date und er sich fragt, ob das mit Natalie auch was Ernstes hätte werden können?

Nach dem Abendessen verschlägt es uns in die Bar, die mit ihren kuscheligen Sitznischen dazu einlädt, es sich gemütlich zu machen. In einer Ecke gibt es sogar einen Kamin, der mit zahlreichen brennenden Kerzen bestückt ist. Dort suchen wir uns einen Platz und setzen uns so, dass wir durch die bodentiefen Fenster in den beleuchteten Garten schauen können. Es wirkt richtig romantisch und ich kann meinen Blick plötzlich kaum von Adam abwenden, bis er mir mit fragender Mimik die Getränkekarte vor die Nase hält.

Genau wie er entscheide ich mich für einen Cocktail, als eine junge Frau zu uns kommt, um unsere Bestellung entgegenzunehmen.

»Habe ich dich eben mit irgendwas verärgert?«, möchte ich wissen, nachdem sich die Kellnerin von unserem Tisch entfernt hat.

Er wirkt überrascht. »Nein.«

Das kam schnell. Ein bisschen zu schnell ... Oder bin ich gerade zu empfindlich? Es kann schließlich sein, dass ich mir nur eingebildet habe, dass er sich zurückzieht. Dann liegt es an mir, nicht an ihm, und ich will hier etwas kitten, das nicht gekittet werden muss.

»Ich dachte nur ... Na ja, du hast eben plötzlich so ernst gewirkt. Hat es mit Natalie zu tun?«

Das scheint ihn zu irritieren, er runzelt die Stirn.

»Ich habe mich gefragt, ob du sie vermisst. Ihr wolltet euch doch treffen, aber dann kam der Unfall dazwischen. Ihr habt euch ja schon länger nicht gesehen.«

»Ich vermisse sie nicht«, sagt er und ich klopfe mir eines der weichen Kissen zurecht. Ich bin ein wenig versucht, den Kopf darauf zu legen, denn ich habe viel gegessen und wir sind den ganzen Tag herumgelaufen. Trotzdem habe ich die Zeit mit Adam sehr genossen, auch wenn mich nun die Müdigkeit übermannt.

»Das war ein wirklich schöner Tag mit dir«, spreche ich aus, was ich empfinde. »Auch wenn Marlene und Maurice es übertrieben haben, bin ich froh über ihr Geschenk.«

»Es war eine schöne Idee von ihnen«, stimmt Adam zu.

»Und ich bin froh, dass wir uns wieder öfter sehen.«

»Ja?« Er wirkt erstaunt, was mich überrascht.

»Ja«, bekräftige ich daher. »Es war komisch, als du zwischendurch mal woanders gewohnt hast. Ich habe dich lieber in meiner Nähe.« Ich spüre, dass ich rot werde, aber es ist die Wahrheit – ich habe ihn zu der Zeit wirklich vermisst.

»Damit bist du wohl eher allein«, höre ich ihn murmeln, bin aber nicht sicher, ob ich ihn richtig verstanden habe.

»Was meinst du?«, hake ich nach, doch er winkt kopfschüttelnd ab.

»Nicht so wichtig«, meint er und trinkt von seinem

Cocktail. Ich kenne diesen Gesichtsausdruck von ihm und weiß, dass er jetzt nicht darüber reden will, was ihn beschäftigt. Es fällt mir schwer, nicht nachzufragen, aber so wie ich es schätze, dass Adam mir meine Macken lässt, halte ich es andersherum genauso.

40. Adam, Samstag, 10. Mai

Das Wasser rauscht im Bad, während Linnea sich für die Nacht fertigmacht. Ich nutze die Zeit in dem bequemen Doppelbett, um ein paar Seiten in dem Thriller zu lesen, den ich mitgenommen habe. Es tut gut, endlich wieder die Beine hochzulegen.

Das Buch ist spannend, daher vergesse ich die Zeit und sehe erst auf, als Linnea im Zimmer steht und sich räuspert. Sie trägt eine kurze graue Hose und ein pinkes Shirt, auf dem in großer goldener Schrift »Time for a nap« steht.

»Wie meintest du das eben, dass ich wohl alleine damit bin, dass ich dich gerne in meiner Nähe habe?«, fragt sie und sieht mich nachdenklich an. Offenbar hat sie meine Äußerung in der Bar die ganze Zeit beschäftigt.

»Hm?«, mache ich, obwohl ich genau weiß, auf welche Bemerkung sie sich bezieht.

»Eben in der Bar hast du das gesagt.«

»Das war nicht so wichtig.«

Sie zögert einen Moment, dann klettert sie auf die obere Matratze des Hochbetts, wo sie sich im Schneidersitz hinsetzt und zu mir runter sieht. »Ich denke schon, dass es wichtig ist.«

»Es war nur so daher gesagt.«

»Du sagst Dinge nicht so daher.«

»In dem Fall schon.« Ich werfe ihr ein Lächeln zu, in der Hoffnung, dass wir das Thema damit abschließen können, doch ihre Miene bleibt ernst.

»War jemand blöd zu dir?«

Die Frage hat sie mir schon lange nicht mehr gestellt. Zuletzt vermutlich, als wir noch in der Schule waren und ich mal wieder bei Mitschülern oder Lehrern angeeckt bin. Linnea sah die Schuld nie bei mir, sondern bei den anderen, die mit meiner Art nicht zurechtkamen.

Als sie Pädagogik studiert hat, hat sie mir irgendwann einen Vortrag über Neurodivergenz gehalten und mir den Tipp gegeben, am besten die Leute zu meiden, die mit mir nicht umgehen können oder wollen, weil sie lieber schwarz-weiß denken, statt alle Persönlichkeiten mit ihren Eigenheiten wertzuschätzen.

»Ich weiß, dass dich so was trifft, auch wenn du es dir nicht anmerken lässt«, sagt sie. »Ich frage mich auch die ganze Zeit, warum du denkst, dass du eine schlechte Wahl wärst, um dich um ein Kind zu kümmern.«

»Ich kann einem Kind nicht geben, was es braucht.«

»Das sehe ich anders.«

»Emotional«, ergänze ich, weil ich nicht sicher bin, worüber Linnea spricht. Finanziell wäre es kein Problem, aber es gibt viel mehr Dinge, die wichtig sind, wenn man für ein Kind verantwortlich ist.

»Du bist doch kein gefühlloser Mensch.«

»Sarah nannte mich nach der Trennung einen emotionslosen Krüppel und meinte, dass ich anderen Menschen nicht zumuten sollte, in meiner Nähe sein zu müssen.« Ich will noch mehr sagen, doch ich bemerke, wie Linnea regelrecht erstarrt, ihre Augen sind geweitet.

»Das hat sie nicht gesagt«, haucht sie, und als ich genauer hinsehe, fällt mir auf, dass eine Träne ihre Wange hinunterläuft. Sie wischt sich hastig mit der linken Hand über das Gesicht, klettert vom Hochbett und kommt zu mir aufs Bett.

»Es tut mir so leid«, sagt sie, streckt sich neben mich auf der Matratze aus und bettet ihren Kopf auf meine Brust. Fast automatisch lege ich meinen Arm um sie und frage mich, ob sie bemerkt, wie schnell mein Herz klopft.

»Ich fasse es nicht, dass sie so etwas Fieses über dich gesagt hat.« Dann murmelt sie noch etwas, das für mich klingt wie »blöde Kuh«, aber Linnea spricht eigentlich nie schlecht über andere.

»Es ist lange her«, versuche ich, sie zu beruhigen. Mehr als zwei Jahre. Zwei Jahre, in denen ich noch mehr an meinen Beziehungsfähigkeiten gezweifelt habe als zuvor. Weil ich weiß, dass es für Sarah manchmal schwierig mit mir war. Wir haben nicht zueinander gepasst und ich habe sie nicht richtig geliebt. Anfangs dachte ich es, bis mir klar wurde, dass ich nur versucht habe, darüber hinwegzukommen, dass Linnea vergeben war. Ich weiß schon seit fünf Jahren, dass ich meine beste Freundin liebe. Es wurde mir auf einer Gartenparty bei ihren Eltern bewusst, als sie mit ihrem Vater zu einem aktuellen Sommerhit getanzt hat. Ihr langes weißes Kleid flog ihr um die Beine und sie hat so glücklich ausgesehen und gelacht. In dem Moment habe ich gemerkt, wie wichtig sie mir ist.

Danach habe ich wochenlang überlegt, ob ich es ihr erzählen soll, aber dann, als ich mich schließlich dazu durchgerungen hatte, war es zu spät. Linnea hatte einen neuen Freund. Mit ihm war sie mehrere Jahre zusammen, bis er sie vor anderthalb Jahren ausgerechnet am Nikolaustag verlassen hat. Ich habe sie an dem Abend gesehen, weil ich ihr immer was zu Nikolaus vorbeibringe. Dadurch habe ich miterlebt, wie schlecht es ihr nach der Trennung ging und mich traf die Erkenntnis, dass ich niemals will, dass sie sich wegen mir so fühlt. Und ich weiß, das würde sie tun. Weil sie noch sensibler ist als Sarah, die mich als emotionslosen Krüppel bezeichnet hat. *»Nicht alles im Leben ist immer logisch, Adam!«* – Ich weiß nicht, wie oft Sarah mir das vorgeworfen hat. Mir ist bewusst, dass die meisten Menschen anders ticken als ich. Aber ich denke nicht so, um sie zu ärgern.

Linnea zieht die Nase hoch.

»Ich wollte nicht, dass du traurig wirst«, sage ich.

»Es ist grausam, so etwas zu sagen.« Sie klingt aufgebracht. »Wenn sie das wirklich so meinte, hat sie dich überhaupt nicht gekannt. Und sie hatte dich nicht verdient!« Sie hebt den Kopf und setzt sich ruckartig auf. »Du warst viel zu gut für sie.«

Das sind von einer Persönlichkeit wie Linnea harte Worte. Ich vermisse ihren Kopf auf meiner Brust.

»Jetzt bin ich wütend. Am liebsten würde ich sie anrufen und ihr die Meinung sagen!« Sie bekommt rote Flecken am Hals.

»Ich habe nicht mal mehr ihre Nummer.« Ich bin mir plötzlich nicht sicher, ob sie das ernst meint. Ich habe Linnea selten so verärgert erlebt, aber ich habe Sarahs Nummer wirklich nicht mehr. Wir sind nicht als Freunde auseinandergegangen.

»Komm her«, sage ich und bin froh, als sie sich wieder zu mir legt. »Sollen wir noch was gucken?«

»Ja, irgendwas Lustiges. Zum Einschlafen.«

»Was Lustiges zum Einschlafen?«

»Damit ich nicht mehr an Sarah denken muss!«

»Sie hatte es nicht immer leicht mit mir.«

»Du mit ihr auch nicht. Ich mochte sie nicht.«

Das höre ich zum ersten Mal. »Das hast du mir nie gesagt.«

»Warum auch«, nuschelt sie an meiner Brust. »Ich wollte dir das nicht schlecht machen. Als gute Freundin muss man es akzeptieren, wenn der beste Freund sich in jemanden verliebt, die vielleicht nicht die Richtige ist. Ich hätte mich ja auch irren können.«

Der beste Freund ... Und gleichzeitig liegt sie in ihrem Pyjama neben mir auf dem Bett. Es fühlt sich so gut an, mit ihr hier zu sein – so richtig.

Ich schalte den Fernseher ein, um mich von meinen Gedanken abzulenken. »Wir müssen mit dem TV-Programm vorliebnehmen oder auf dem Smartphone gucken.«

»TV-Programm ist okay«, murmelt Linnea. »Da wird doch an einem Samstagabend irgendwas Schönes laufen, oder?«

Ich zappe durch die Sender und wir bleiben schließlich bei einer Quizshow hängen.

Linnea scheint erschöpfter zu sein als ich, denn keine zehn Minuten später ist sie eingeschlafen. Vorsichtig lege ich die Decke über sie. Ich will sie nicht wecken, weil ich diesen Moment mit ihr festhalten mag, bevor wir morgen wieder nach Hause fahren und sie ihr Date hat. Mit Malik.

41. Linnea – Sonntag, 11. Mai

Als ich aufwache, liege ich in dem großen Doppelbett und bin völlig verwirrt. Ich hatte wilde Träume. Sehr wild, in sexueller Hinsicht. Habe ich wirklich geträumt, dass ich einen Orgasmus hatte? Ich spüre, wie mir heiß wird, denn Adam hat in meinem Traum die Hauptrolle gespielt.

O Gott! Der Cocktail muss wirklich stark gewesen sein oder vielleicht hat mir in den letzten Monaten die körperliche Nähe zu einem Mann gefehlt. Ich wollte mich nicht an Adam ranschmeißen, ich wollte ihn bloß trösten. Fast schießen mir wieder die Tränen in die Augen, wenn ich daran denke, was Sarah ihm an den Kopf geworfen hat.

Adam hat mir den Rücken zugewandt und die Decke liegt mehr über mir als über ihm. Der arme Kerl – hoffentlich hat er nachts nicht gefroren. Einen Moment überlege ich, mich an ihn zu kuscheln, dann denke ich an den Traum und rücke ein Stück von ihm ab, bevor ich leise die Bettdecke zurückschlage und mich ins Bad schleiche. Noch immer wütend über Sarahs Worte putze ich mir leicht aggressiv die Zähne. Nur weil es Adam schwerfällt, seine Emotionen zu zeigen oder in Worte zu fassen, heißt das nicht, dass er keine hat! Er hat meine Hand gehalten, weil ich Angst vor der Achterbahnfahrt hatte. Manch anderer hätte sich lustig gemacht oder mir gesagt, ich solle mich nicht so anstellen. Adam dagegen war einfach für mich da. Mag sein, dass Sarah wütend auf ihn war. Ich weiß, dass er derjenige war, der sich getrennt hat, aber dennoch … Es gibt Grenzen! So etwas sagt man einfach nicht.

Ich klatsche mir kaltes Wasser ins Gesicht, dann gehe ich zurück ins Schlafzimmer. Dort sitzt Adam inzwischen aufrecht im Bett und liest.

»Habe ich dich geweckt?«

Er schüttelt den Kopf. »Nein. Guten Morgen.«

»Sorry, dass ich dir nachts die Decke geklaut habe.«

»Habe ich gar nicht gemerkt. Mir war nicht kalt.«

Ich gehe zum Fenster und sehe hinaus. Einige andere Gäste laufen bereits durch den Garten, entweder auf dem Weg zum Park oder zum Frühstück. Passenderweise knurrt in dem Moment mein Magen. Adam stellt sich neben mich.

»Sollen wir frühstücken gehen?«, fragt er.

»Ja, gerne.«

»Ist das Bad frei?«

Ich nicke. »Dann kann ich mich hier eben umziehen.«

Er verschwindet im Bad und ich schäle mich aus dem Schlafanzug. Als Adam wenige Minuten später mit einem Duft nach Zahnpasta und Deo zurück in den Schlafbereich kommt, bin ich ebenfalls fertig und wir machen uns auf den Weg zum Frühstücksbüfett.

Es ist ziemlich voll dort, was kein Wunder ist an einem Sonntagmorgen. Doch da wir nur zwei Personen sind, haben wir Glück und bekommen noch einen Tisch neben dem Kinderbüfett, das unter anderem kleine Muffins und Schokoküsse anbietet. Die Sechsergruppe, die zeitgleich mit uns ankam und an einem gemeinsamen Tisch sitzen will, muss dagegen warten.

Wir bedienen uns gleichzeitig am Büfett, daher lasse ich meine Gürteltasche um die Hüfte geschnallt, weil ich sie nicht unbeaufsichtigt am Platz lassen will. Das war echt eine gelungene Kaufentscheidung im letzten Sommer.

Die Auswahl ist wieder groß und ich hoffe, dass mein Appetit für einen zweiten Teller reicht. Denn mit einem Brötchen, einem Croissant sowie Butter und Aufschnitt ist Teller Nummer eins schon voll. Auf dem Weg zu unserem Tisch schiele ich außerdem zu dem Kinderbüfett, an dem sich gerade zwei Kids bedienen. Sicherlich dürfen sich dort auch die Erwachsenen was holen.

Adam sitzt schon am Tisch und füllt Kaffee aus einer silbernen Kanne in seinen Becher. Ich weiß genau, was er als nächstes tun wird: Er nimmt das Milchkännchen, kippt etwas davon in die heiße Flüssigkeit, prüft die Farbe, stellt fest, dass er richtig dosiert hat, dann nippt er einmal daran, um dann zu warten, bis der Kaffee die richtige Trinktemperatur hat. Ich nehme auf meinem Stuhl Platz.

»Die haben echt eine tolle Auswahl hier«, sage ich und er nickt zustimmend. Er wirkt ebenfalls zufrieden mit dem Angebot und schneidet sein Brötchen auf. Was bei ihm immer mit viel weniger Rumkrümeln klappt als bei mir. Auf einmal möchte ich ihn am liebsten umarmen. Es ist schön, mit ihm Zeit zu verbringen. Mit ihm ist es auch nie unangenehm. Ich muss an den Spruch denken, der besagt, dass es wahre Freundschaft ist, wenn sogar das Schweigen zwischen zwei Menschen angenehm ist.

Ich betrachte ihn, während er sein Brötchen mit Käse belegt. Der Dreitagebart steht ihm gut und er hat einen schönen Mund. Ich frage mich, wie es wäre, ihn zu küssen ... Erschrocken wende ich mich ab und schneide mein Croissant auf. Als hätte der verwirrende Traum diese Nacht nicht gereicht.

»Alles in Ordnung?«, fragt Adam und zieht seine Stirn kraus, sodass kleine Fältchen auf der Haut zu sehen sind.

»Hm«, mache ich. »Meinst du, die Autobahn wird

gleich voll sein?«, frage ich, um die Stille zu füllen und nicht weiter über Adams Mund nachzudenken.

»Sonntagmorgens? Ich denke nicht.«

»Gut.« Ich bin verwirrt über meine Gedanken. Ich habe heute Abend ein Date mit Malik! Er hat mich zum Essen eingeladen, aber ich sitze hier und denke darüber nach, wie es wäre, meinen besten Freund zu küssen. Solche Gedanken hatte ich doch sonst nie, aber ich kann meinen Blick kaum von ihm abwenden. Dabei ist es derselbe Adam wie immer. Der, den ich seit sechzehn Jahren kenne. Der mich auf dem Schulweg begleitet hat und als Teenager bei jedem Nachbarschaftsgrillen gefühlt ein ganzes Rind alleine gefuttert hat, während sich niemand erklären konnte, warum er dennoch so schlank ist.

Es ist der Adam, der mich neulich vor dem durchgedrehten Pferd gerettet hat. Und damals, als wir noch Teenager waren, hat er Oliver umgeboxt, weil der mir im Freibad im Schwimmbecken das Bikinioberteil geöffnet hatte, sodass ich hilflos im Becken stand, mit den Händen vor der Brust. Ich war vierzehn und es war mir furchtbar peinlich, aber Adam hat meine Misere bemerkt. Da ich alleine den Verschluss nicht wieder schließen konnte, ohne die Hände von den Brüsten zu nehmen, half er mir dabei. Und dann wollte er wissen, wer das war. Dabei habe ich einen Blick an ihm gesehen, den ich zuvor noch nie bei ihm bemerkt hatte. Ich hatte nicht groß nachgedacht und ihm Olivers Namen genannt. Voller Zorn sprang Adam aus dem Becken. Es war damals der Zeitpunkt, zu dem er einen ordentlichen Schuss gemacht hatte und er größer war als die meisten anderen Jungs in seinem Alter. Ich werde nie vergessen, wie er Oliver von hinten auf die Schulter tippte und dann ohne Vorwarnung zuschlug, als dieser sich umdrehte. Ich hatte Adam nie zuvor derart wütend erlebt, aber in dem Moment war er mein Held, auch wenn ich Gewalt sonst ablehne. Mein Bruder hätte vermutlich nur blöde Witze über meine Situation gemacht, aber Adam hat sich für mich eingesetzt. Ich bin damals dazu geeilt, denn natürlich kam sofort der Bademeister und Oliver schrie was von einer Anzeige wegen Körperverletzung. Doch als Adam entgegnete, dass ihm das lieber sei als eine Anzeige wegen sexueller Belästigung, war Oliver ruhig und schlich mit seinen Freunden davon. Ich war völlig überwältigt von der Situation und Adam griff nach meiner Hand und fragte, ob ich auch keine Lust mehr hätte auf Schwimmbad, denn ihm wäre jetzt nach einem Eis zumute. Das habe ich ihm dann spendiert.

Adam betrachtet mich prüfend. »Ist wirklich alles in Ordnung?«

»Ja, wieso?«

»Du wirkst …«, er sucht einen Moment nach dem richtigen Wort, »abwesend.«

»Ich war in Gedanken.«

»Du wirst rot im Gesicht.«

Das spüre ich gerade selbst. »Es ist warm hier drin.«

»Nein, ist es nicht«, entgegnet er. Das ist nun mal Adam. Die meisten anderen hätten meiner Aussage aus Höflichkeit zugestimmt. Außer Yuiko natürlich. Sie hätte einen frechen Spruch gebracht, denn sie tanzt bei so was auch immer aus der Reihe. Sie allerdings mit voller Absicht, Adam nicht. Ich stehe auf. Vielleicht etwas zu hastig, denn er sieht mich perplex an.

»Ich … äh … muss mir noch einen Joghurt holen, bevor die alle weg sind«, sage ich und flüchte vom Tisch. Ich muss mich kurz sammeln, denn das, was da gerade in meiner Gefühlswelt passiert, läuft völlig aus dem Ruder. Ich muss schauen, dass ich wieder auf Kurs komme.

42. Adam – Sonntag, 11. Mai

Auf der Rückfahrt spricht Linnea kaum ein Wort. Vielleicht liegt es daran, dass sie ihr Telefon mit meinem Auto verbunden hat und ihre Lieblingssongs laufen. Ich weiß, dass sie genauso in der Musik versinken kann wie ich.

»Wann tretet ihr eigentlich wieder auf?«, unterbricht sie schließlich die Stille, als einer unserer Songs gespielt wird.

»Erst in drei Wochen wieder. Elli möchte aktuell etwas kürzertreten.«

»Ach ja, wegen der Prüfungen. Umso besser, dass Hannes die Zeit für ein neues Album nutzt. Clara erzählte mal, dass vor allem er und Elli sehr aktiv sind beim Schreiben neuer Texte.«

»Die beiden sind sehr kreativ.«

»Ich habe noch nie einen Songtext geschrieben.«

Das überrascht mich, da Linnea schon immer gerne geschrieben hat.

»Es hat sich nie ergeben«, sagt sie, als sie meinen fragenden Blick auffängt. »Aber wer weiß, vielleicht mache ich das irgendwann mal, jedoch ganz ohne KI. Inzwischen frage ich mich, wie viele Songtexte heute überhaupt noch von Menschen verfasst werden.«

»Die von Hannes.«

»Das dachte ich mir. Noch ein Grund mehr, eure Songs zu hören und die Auftritte zu besuchen.«

Ich weiß, dass Linnea regelmäßig unsere Posts in ihrem Instagram-Account teilt, worüber insbesondere Hannes und Alejandro dankbar sind. Sie betonen immer, dass jede Werbung hilft. Ich kann die Sicht der beiden nachvollziehen, frage mich aber, was Elli machen wird, falls unsere Band tatsächlich bekannter werden sollte. Es wäre schade, wenn sie abspringt, weil ihr der Trubel zu groß wird. Sie ist eine begabte Gitarristin und wäre nur schwer zu ersetzen.

Ich fahre an den Straßenrand, da wir das Mehrfamilienhaus erreicht haben, in dem Linnea wohnt, sowie neuerdings dieser Malik, mit dem sie heute Abend eine Verabredung hat. Obwohl ich den Kofferraum vom Fahrersitz aus öffnen kann, steige ich diesmal aus, um Linnea ihre Tasche anzureichen.

»Danke«, sagt sie, umarmt mich, tritt dann aber so hastig einen Schritt zurück, dass sie fast über den Bordstein hinter sich stolpert. Sie wirkt erschrocken.

»Huch«, ruft sie und bekommt Flecken am Hals. Vermutlich ist sie bereits jetzt aufgeregt wegen des Treffens heute Abend. Ihre Erfahrung mit Finn war nicht die beste. Ich hoffe, Malik lässt es langsamer angehen. Der Gedanke daran, dass er sie bedrängen könnte, macht mich wütend.

»Danke fürs Fahren.«

»Gerne.«

»Ich melde mich dann wegen des Filmabends, okay?« Sie hebt ihre Hand, winkt mir noch einmal zu und eilt zum Hauseingang.

43. Linnea – Sonntag, 11. Mai

Das aufgeregte Flattern in meinem Bauch beruhigt sich erst wieder, als ich in meiner Wohnung bin und mich mit dem Auspacken des Koffers beschäftige. Das ist allerdings schnell erledigt und anschließend tigere ich rastlos von einem Zimmer ins nächste. Ich weiß nicht, wohin mit mir. Das wusste ich schon beim Frühstück nicht, aber noch weniger seit regelrecht ein Blitz in meinen Körper eingeschlagen ist, als ich Adam zum Abschied umarmt habe. Das war doch früher nie so! Ich habe ihn schon hunderte Male umarmt. Was ist denn los mit mir? Obwohl, das ist die falsche Frage. Ich weiß, was los mit mir ist. Es fühlt sich an, als hätte ich mich in ihn verknallt. Bloß kann das gar nicht sein, denn Adam und ich sind nur Freunde, und das seit einer sehr langen Zeit. Was soll er denken, wenn er davon erfährt? Er wird mich für völlig verrückt halten! Außerdem wird er nicht damit umgehen können.

Ich habe das Bedürfnis, mit jemandem zu reden, aber Yuiko scheidet aus. Sie ist so besessen davon, mich an den Mann zu bringen, dass sie mir vermutlich raten würde, mich Adam einfach an den Hals zu werfen. Aber das kann ich nicht! Ich bin mir sicher, dass es für ihn in Ordnung wäre, eine Affäre zu haben – da ist er lockerer als ich, so war es mit Natalie auch. Aber ich bin kein Typ dafür. Ganz abgesehen davon habe ich heute Abend ein Date, nach dem mir allerdings kein bisschen zumute ist.

Ich gehe ins Wohnzimmer und mache meine Lieblingsmusik an, dann atme ich ein paarmal tief ein und aus. Es gibt keinen Grund zur Panik. Das ist sicherlich nur eine kleine Gefühlsverwirrung, weil wir so schöne Tage im Phantasialand hatten, und weil ich mich mit Adam dort wohler gefühlt habe als je mit einem meiner Ex-Freunde, wenn wir etwas unternommen haben.

Die Erklärung finde ich grandios, bis mir einfällt, wie heftig mein Herz bei der Verabschiedung geschlagen hat.

Ich muss an Malik denken. Er ist sympathisch und lustig und ich mag ihn. Doch es ist kein Essen unter Freunden heute Abend, sondern ein Date. Das macht es schwierig, weil ich nun diese Gefühle für Adam habe. Aber vielleicht legen diese sich, wenn wir erst mal ein paar Tage Abstand zueinander haben. Immerhin war es doch zuletzt Malik, der mein Herz ein bisschen schneller schlagen ließ! Ich muss nur einen kühlen Kopf bewahren und dem Abend mit meinem schauspielernden Nachbarn eine Chance geben. Auch wenn ich viel lieber mit Adam einen Filmabend machen würde. Dabei kocht Malik extra für mich! Sofort fühle ich mich noch schlechter, auch wenn man für seine Gefühle nichts kann. Andererseits ist es ein Vorteil, dass ich später Ablenkung haben werde. Adam ist eine ehrliche Haut und er hat nie signalisiert, dass ich mehr für ihn bin als eine Freundin. Wenn er in mich verliebt wäre, hätte er längst etwas gesagt.

Da ich zu unruhig bin, um mich auf ein Buch zu konzentrieren, beginne ich damit, mein Bücherregal aufzuräumen und höre dabei Radio.

Ob Adam seine Zeit nun mit Zocken verbringt? Ob ihm die Zeit im Freizeitpark auch so gut gefallen hat? Ich werde aus meinen Gedanken gerissen, als es an meiner

Wohnungstür klingelt. Als ich diese öffne, steht Malik vor mir. Er sieht gut aus – wie immer, allerdings wirkt er heute mit einem hellgrauen Hemd und einer schwarzen Chinohose ein wenig, als wäre er auf dem Weg zu einem Bewerbungsgespräch.

»Hey«, sagt er und macht einen zerknirschten Eindruck. »Gut, dass ich dich erwische. Ich will es dir lieber persönlich sagen, statt eine Nachricht zu schicken.«

»Was ist denn los?«

»Ich muss unser Date verschieben, tut mir leid.«

Ich spüre Erleichterung und zugleich ein schlechtes Gewissen.

»Es ist was dazwischen gekommen«, erklärt er. »Du hast vermutlich noch keine Zeitung gelesen heute, oder?«

Das habe ich tatsächlich nicht, daher schüttele ich den Kopf.

»Okay ... Hm, also ... glaub einfach nicht alles, was in den Klatsch-Nachrichten steht, ja? Ich muss ein paar Dinge regeln, aber morgen, da würde ich es dir gerne erklären. Ich bin jetzt erst mal unterwegs und es wird sicherlich spät.«

»Kann ich dir irgendwie helfen?«

»Nein, leider nicht.«

»Tut mir leid, dass du gerade Ärger hast.«

»Das kommt schon mal vor. Mal ist die Presse dein Freund, manchmal nicht.«

»Ich drücke dir die Daumen, dass du alles gut klären kannst«, sage ich und beherrsche mich nicht nachzufragen, was er denn regeln muss. Er hat schon zweimal auf seine Uhr geschielt und ich möchte ihn nicht aufhalten, wenn er auf dem Sprung ist.

»Danke. Ich hoffe, dein Wochenende war schön?«

»O ja, es war echt toll und wir hatten Glück mit dem Wetter.«

»Prima. Also dann ...« Er hebt die Hand zum Abschied und ich sehe ihm nach, wie er die Treppen nach unten läuft, wobei eine schwarze Laptoptasche gegen seinen Oberschenkel schlägt.

Mein Problem mit dem Date hat sich für den Moment erledigt, aber es tut mir leid für Malik, dass er Ärger mit der Presse hat. Und früher oder später werde ich mit ihm reden müssen, es sei denn, er fragt nicht nach, wann wir das Date nachholen können.

Obwohl ich die Klatsch-Nachrichten vielleicht besser ignorieren sollte, bin ich zu neugierig dafür. Also greife ich nach meinem Smartphone, das auf dem Couchtisch liegt, um herauszufinden, was da in Maliks Leben gerade los ist.

44. Adam – Sonntag, 11. Mai

Statt mich zu begrüßen, gähnt Hannes mir entgegen, als er mir seine Wohnungstür öffnet. Anscheinend hatte er eine lange Nacht und ist eben erst aufgestanden.

»Was machst du denn hier?«

Ich halte ihm ein DIN-A4-Blatt entgegen.

»Was ist das?« Er mustert den Text und kneift die Augen zusammen.

»Ein Songtext.«

»Von dir?«

»Ja.«

»Selbst geschrieben? Ohne KI?«

»Ja. Da gab es KI in der Form noch nicht.«

»Wow, cool. Ich wusste nicht, dass du mal einen Songtext geschrieben hast.« Er reibt sich die Augen und sieht auf seine Armbanduhr. »Und das fällt dir an einem Sonntagmittag ein, dass du mir den vorbeibringen willst? Aber sorry, komm erst mal rein. Ich bin auf der Couch eingeschlafen und noch nicht ganz wach. Willst du was trinken?«

»Ja.«

»Bier, Cola, Wasser?«

»Cola.«

»Okay.«

Ich laufe Hannes nach in seine Küche, wo er das Blatt

auf den Küchentisch legt. »Warum bringst du mir ausgerechnet jetzt den Text vorbei? Ich will damit nicht sagen, dass du hier nicht willkommen bist. Du hättest mir den aber auch einfach per E-Mail schicken können.«

»Linnea und ich sind eben aus dem Phantasialand zurückgekommen.«

»Oh! Shit!«, sagt Hannes und betrachtet mich mit sorgenvoller Miene. »Es geht nicht nur um den Text, oder?«

Ich zucke mit den Schultern und er drückt mir das gefüllte Glas in die Hand. »Lass uns ins Wohnzimmer gehen, da ist es bequemer. Geh schon mal vor, ich hole mir noch ein Bier.« Er zwinkert mir zu. »Alkoholfrei natürlich, um diese Zeit.«

Moritz erzählte mir mal, dass Hannes' Wohnung nach dem Einzug mehr als ein Jahr lang so aussah, als wäre er gerade erst eingezogen. Monatelang hatte er wohl überall Kisten herumstehen, weil er ständig beschäftigt war: entweder mit dem Job oder der Musik. Inzwischen ist seine Wohnung recht aufgeräumt. Es liegt zwar einiges herum, aber Kartons sind nirgends zu sehen. Ich nehme auf der großen, dunkelgrauen L-Couch Platz, die Hannes mit ein paar cremefarbenen Kissen dekoriert hat.

Als er mit seinem Getränk zu mir stößt, mustere ich gerade ein riesiges quadratisches Acrylbild, das hinter der Couch an der weiß gestrichenen Wand hängt. Auf dem Bild ist Elvis Presley zu sehen, der Gitarre spielt. Es ist eine abstrakte Version. Er trägt eine schwarze Lederjacke, die Gitarre ist hellbraun. Der Hintergrund ist in schwarzweiß-Tönen gehalten, doch überall sind bunte Farbkleckse verteilt.

»Das Bild haben mir meine Großeltern zur Einweihung geschenkt.«

»Es ist interessant.«

»Ist es. Ich mag es sehr.« Er stellt die Bierflasche auf

dem dunklen Couchtisch ab und setzt sich so, dass er zu mir sieht. »Hast du es ihr gesagt?«

Ich habe Hannes nie erzählt, wie ich für Linnea empfinde, aber mir war bewusst, dass er es ahnt. Ich weiß es zu schätzen, dass er sich mit Bemerkungen zu dem Thema stets zurückgehalten hat. Anders als manch anderer.

»Nein.«

»Ich habe eben in der Küche deinen Text gelesen. Der ist richtig gut. Du solltest öfters schreiben.«

»In so einer Stimmung wie damals bin ich hoffentlich nie wieder.«

»Es muss dir ziemlich schlecht gegangen sein.«

»Ja.«

»Willst du darüber reden?«

Eigentlich will ich das, aber es war einfacher, den Kunstdruck zu studieren.

»Ich hatte damals beschlossen, Linnea von meinen Gefühlen zu erzählen«, berichte ich, nachdem ich sicherlich fünf Minuten über meine Worte nachgedacht habe. Hannes hat geduldig abgewartet.

»Wir waren verabredet und ich hielt es für einen guten Zeitpunkt, um es ihr zu sagen. Aber sie kam mir zuvor und hat mir von ihrem neuen Freund erzählt. Das war vor fünf Jahren.«

Hannes beugt sich vor und stützt den Kopf auf die Hände. »O Mann! Was für ein beschissenes Timing. Also hast du es ihr damals schon nicht gesagt?«

»Nein. Wozu? Sie war offenbar in einen anderen Mann verliebt.«

»Inzwischen ist sie länger Single, oder? Zu unseren Auftritten kommt sie immer allein. Oder besser gesagt, meistens kommt sie zusammen mit Yuiko.«

»Die Trennung von ihrem Freund ist schon länger her.«

»Also war genug Zeit, um mit ihr zu reden.«

»Sie will mich nicht.«

»Das vermutest du nur. Vielleicht liegst du falsch.«

»Ich will ihr nicht wehtun.«

»Jetzt bin ich verwirrt.«

Also erkläre ich es ihm und Hannes sieht nachdenklich auf seine Bierflasche.

»Auch das muss sie für sich selbst entscheiden«, meint er schließlich.

»Was genau?«

»Ob das mit euch funktionieren kann. Du hast ihr die Entscheidung abgenommen, weil du denkst, sie wäre zu gefühlvoll und du ein emotionaler Holzklotz. Aber sie kennt dich lange genug, um das einschätzen zu können.« Er mustert mich. »Warum bist du mit dem Songtext zu mir gekommen?«

»Ich wollte deine Meinung hören. Ich überlege, ihr den zu schicken.«

»Statt mit ihr zu reden?«

Ich nicke und Hannes greift nach dem Blatt.

»Der Text hat Potenzial. Eigentlich hatte ich gehofft, du willst, dass ich daraus ein Stück mache. Mann, die Zeilen sind perfekt für eine Ballade. Ich weiß schon genau, wie...« Er winkt ab. »Sorry, das war daneben. Es geht hier um was ganz anderes.«

»Ein Song wäre okay«, entscheide ich spontan.

»Ehrlich?«

»Ja.«

»Ich darf den Text für das neue Album verwenden? Bist du sicher?«

»Bin ich.«

»Mensch, Adam! Das ist großartig. Ich habe schon eine Melodie im Kopf.«

Ich sehe ihm an, dass er hibbelig wird. Er schielt kurz zu seinem Klavier, das im Wohnzimmer steht, dann wendet er sich wieder mir zu. »Ich denke, über den Songtext wird sie sich sehr freuen.«

»Ich bin unsicher, ob ich dazu noch etwas schreiben soll, um es zu erklären.«

Hannes schüttelt den Kopf. »Ich denke nicht. Der Text spricht für sich.« Er reibt sich über den Dreitagebart, dann kratzt er sich an der Wange. »Wie wär's, wenn du ihr nicht einfach nur den Text schickst?«

»Was meinst du?«

»Ich kann mich heute noch ans Klavier setzen und komponieren. Ich habe heute Nachmittag nichts mehr vor. Anschließend musst du das Stück bloß noch einüben und wir können den Song vielleicht morgen schon aufnehmen. Wenn auch nur in einer Klavierversion.«

»Du meinst eine Aufnahme im Keller bei deinen Eltern?«

»Ja, klar. Du kannst Linnea auch einfach den Songtext schicken, aber wenn du den einsingst, dann …«

»Ich singe nicht.«

Hannes sieht mich erstaunt an. »Aber ich weiß, dass du es kannst.«

»Ich singe nicht.« Aber die Idee mit der Aufnahme gefällt mir. Es wäre schöner, wenn Linnea den Song hören kann, statt nur einen Text zu lesen, den ich ihr in den Briefkasten werfe oder per E-Mail schicke.

»Aber Clara kann singen. Dann müssen wir nur zeitnah die Band zusammentrommeln«, meint Hannes, geht zu seinem Klavier und legt den Songtext vor sich. Dann fängt er an, eine Melodie zu spielen, hört aber nach kurzer Zeit wieder auf und spielt sie noch mal mit einer kleinen Änderung. Er hört wieder an derselben Stelle auf und fängt von vorne an, diesmal singt er leise den Text mit. Ich bin beeindruckt, wie schnell er die Idee hatte. Vermutlich hat er inzwischen schon vergessen, dass ich überhaupt anwesend bin. Ich will ihn in seinem kreativen Flow nicht stören, also bleibe ich auf der Couch sitzen und höre ihm schweigend zu.

Etwa eine Stunde später dreht er sich wieder zu mir um. Er hat nicht mal mitbekommen, dass ich mir zwischendurch noch was zu trinken aus seiner Küche geholt habe.

»Entschuldige«, sagt er. »Ich war wohl ein wenig vertieft.«

»Es klingt gut. Sehr gut sogar.«

»Besser als die andere Ballade, oder?«

»Ja.«

»Es ist natürlich noch nicht ausgereift, das ist auch nur eine erste Idee. Aber ich kann es schnell per Handy aufnehmen und Clara zusammen mit dem Text schicken. Dann weiß sie schon mal Bescheid. Die anderen können wir später einweihen.«

»Das ist nicht der übliche Ablauf.«

Hannes grinst. »So läuft das nun mal in der Kunst, man muss flexibel sein.« Er zwinkert mir zu. »Willst du das Mädchen nun erobern, oder nicht?«

I should have told you

I don't know what you see
when you look in your mirror
But whenever I look at you
then the sun rises for me

I don't know when it happened
but I thought I should tell you
I missed the moment and now
I'm sitting here without you

Bridge
Now I'm trying to sort out the chaos in my head
into words that I will probably never tell you

Refrain
I should have told you how I feel about you
I should have told you that I feel true love
I should have told you that it's more than friendship
and that it is you who makes my feelings shine

I know this song is too late
you have found your happiness
Someday I will be happy for you
but now the pain is too strong

Der Song ist über die üblichen Streamingdienste erhältlich.

45. Linnea – Montag, 12. Mai

»Erde an Linnea!«

»Entschuldige, was hast du gesagt?«

»Ah, da bist du ja wieder.« Sunny lacht mich an und ihre roten Locken hüpfen dabei auf und ab. Ihre Naturhaarfarbe ist blond, wie sie mir mal verraten hat, aber sie färbt schon seit Jahren und ich kenne sie nur mit dunkelrotem Schopf.

»Ich habe dich gefragt, wo du gerade mit deinen Gedanken bist? Auf der Arbeit jedenfalls nicht.«

Ich seufze laut und rolle ein Stück mit dem Bürostuhl nach hinten, um besser aus dem Fenster blicken zu können.

»Ich bin abgelenkt heute«, gebe ich zu. Zum einen wegen Adam, zum anderen wegen Malik. Zudem bin ich ein bisschen aufgeregt, weil ich heute Abend das Porträt sehen darf, das Chiron von mir angefertigt hat.

Von Malik habe ich gestern nichts mehr gehört, aber dafür habe ich die Schlagzeile gefunden, die seinen Tagesablauf durcheinandergebracht hat. Ich bin gespannt, was er mir dazu noch erklären möchte. Das Foto, das ich in der Online-Zeitung gesehen habe, war ziemlich eindeutig – oder ob er Opfer von einem Deepfake wurde? Immer mehr Prominente tauchen schließlich in irgendwelchen Fake-Bildern auf, die mit KI erstellt worden sind, und werden in kompromittierenden Situationen gezeigt, die es in Wirklichkeit nie gab. Ich habe sogar schon überlegt, Alessio zu fragen, ob er Hinweise darauf erkennt, dass das Bild nicht echt ist, habe mich dann aber entschieden, mir erst mal Maliks Version zu der Geschichte anzuhören.

»Was lenkt dich denn so ab?«, will Sunny wissen.

Ich blicke zur Bürotür, die geschlossen ist, und überlege, ob ich ihr anvertrauen soll, was mich beschäftigt. Ich habe Redebedarf, schrecke aber weiterhin davor zurück, Yuiko einzuweihen.

Was Sunny wohl sagen würde? Ihre Tochter ist siebzehn und bestimmt hat sie schon die ein oder andere Herzensproblematik mitbekommen. Vielleicht hat meine Kollegin einen Ratschlag für mich, wie ich das Thema angehen sollte.

»Ich habe mich verliebt«, platzt es aus mir raus.

Sunny gibt einen jauchzenden Laut von sich und klatscht in die Hände. »Wie schön! Kein Wunder, dass du mit deinen Gedanken woanders bist. Da musst du doch nicht gleich rot werden.« Ihre Miene wird nachdenklich. »Du hattest zuletzt diesen Schauspieler erwähnt. Ist er der Glückliche?«

»Nein. Er ist nett, aber es hat dann doch nicht richtig gefunkt«, kläre ich sie auf.

»Ach.« Neugierig blickt Sunny mich an.

»Ich habe doch erzählt, dass ich ins Phantasialand fahre, oder?«

»Lass mich raten«, meint Sunny und trommelt mit den Fingerspitzen auf den Schreibtisch. »Du hast dich in einen unwiderstehlich attraktiven Parkmitarbeiter verliebt, schmeißt hier alles hin und heuerst im Freizeitpark an.«

»Ich wünschte, so wäre es.«

Sie reißt verblüfft die Augen auf. »Wie jetzt?«

»Ehrlich, ich glaube, das wäre unkomplizierter.«

Sunny lehnt sich in ihrem Stuhl zurück. »Jetzt musst du aber mit der Sprache herausrücken.«

»Hast du dich schon mal in einen guten Freund verliebt?«

»Nein. Ich hatte nie einen guten Freund. Ich habe mich mit ein paar Männern zwar gut verstanden, auch in der Schulzeit. Aber eng befreundet war ich mit einem Mann nie.« Sie streckt die Brust raus und zieht den Bauch ein. »Ich bin einfach zu unwiderstehlich für die Männerwelt, sie wollen immer mehr von mir.« Sie lacht und schüttelt ihre Lockenpracht. »Jetzt erzähl mal: Heißt das, du hast dich in einen Freund verliebt?«

»In Adam.«

»Ach, der dunkelhaarige Schlagzeuger von Wild Weekend?«

Überrascht sehe ich sie an.

»Ich folge dem Account auf Instagram, seit du mir die Musik empfohlen hast. Hübscher Kerl und Musiker. Das hat doch was.«

Ich lasse meinen Kopf auf die Tischplatte sinken. »Ich weiß nicht, wie ich es ihm sagen soll.«

Als ich wieder aufblicke, hält Sunny einen Kugelschreiber in der Hand, den sie zwischen ihren Fingern hin und her wackeln lässt. Das macht sie sonst, wenn sie über einen Artikel sinniert.

»Ich habe da einen super Tipp«, sagt sie.

»Ehrlich?«

»Ja, geh zu ihm und sage ihm, dass du dich in ihn verliebt hast.«

»Das ist nicht komisch.«

»Das war auch nicht komisch gemeint. Das ist der einzige Weg, wenn du dir Klarheit verschaffen willst, statt noch tagelang zu grübeln. Du kannst ihn natürlich auch überraschen und ihm um den Hals fallen bei eurem nächsten Treffen. In Filmen geht das meistens gut. Doch offenbar bist du dir nicht sicher, wie er für dich empfindet. Also wäre eine etwas dezentere Vorgehensweise vermutlich empfehlenswerter.«

»Es ist dumm, dass ich so viel Schiss vor dem Gespräch habe«, gebe ich zu. »Wir kennen uns so lange und er wird mich ja nicht auslachen oder so was. Aber unsere Freundschaft könnte sich für immer verändern. Das macht mir Angst.«

»Das kann ich schon verstehen«, meint Sunny in mütterlichem Tonfall. »Aber wenn es stattdessen Liebe ist, dann ist das doch viel schöner.«

»Und wenn es bei ihm keine Liebe ist?«

»Das wäre bitter. Aber auch ein gebrochenes Herz heilt irgendwann.«

»Eine gebrochene Freundschaft auch?«

Doch auf die Frage weiß auch Sunny keine Antwort.

46. Adam, Montag, 12. Mai

Ich lese noch einmal die Nachricht, die Hannes mir am frühen Nachmittag geschickt hat. Ich habe ihm zugesagt und nicht weiter nachgefragt, da ich wieder viel zu tun hatte. Also gab es nach der Arbeit nur ein schnelles Abendessen und jetzt, um kurz vor sieben, parke ich meinen Wagen vor dem Haus von Hannes' Eltern. Zu meiner Überraschung stehen auch schon Alejandros und Ellis Autos hier. Als ich in den Probenraum komme, begrüßt mich außerdem Clara.

»Ihr seid früh«, stelle ich fest.

»Ausnahmsweise bist du mal nicht der Erste«, meint Clara und zwinkert mir zu.

Hannes reibt sich zufrieden die Hände. »So! Klasse, dass ihr alle so kurzfristig kommen konntet. Wir haben ein neues Projekt, aber das hatte ich euch schon in der Nachricht geschrieben.« Er sieht mich an. »Dir nicht, du wusstest sowieso schon Bescheid.« Er stellt sich an sein Keyboard.

»Geht es um *den* Song?«, frage ich.

Hannes bestätigt das mit einem Nicken. »Jep. Clara

kennt ihn schon. Ich habe fast die ganze Nacht durchgearbeitet.« Er gähnt, als wolle er seine Worte bestätigen. »Und heute konnte ich mir zum Glück kurzfristig Urlaub nehmen.«

»Adam, der Text ist fantastisch«, schwärmt Clara. »Wenn auch traurig. Die Zeilen haben mich sehr berührt.«

»Ich dagegen habe noch nicht so richtig einen Plan, worum es geht«, gibt Elli zu. »Außer, dass es sich um einen neuen Song dreht.«

»Mehr weiß ich auch nicht«, stimmt Alejandro zu.

»Das ist auch die wichtigste Info.« Hannes grinst. »Clara und ich haben schon ein bisschen üben können.«

Clara lacht. »Genau! Ein bisschen! Hannes hat mir ein Sprachmemo mit einer Klavierversion geschickt, die er eingesungen hat, damit ich mich vorbereiten kann.«

»Weil es eilt. Wir brauchen eine Aufnahme. Eine Klavierversion reicht für den Anfang, aber vielleicht klinkt ihr euch einfach in den Song mit ein und wir schauen, was draus wird.«

»Zuhören also«, sagt Elli und klingt ungeduldig. »Jetzt bin ich gespannt.« Sie nimmt in dem Sessel Platz.

»Bereit?« Hannes sieht Clara an. Sie nickt und stellt sich näher ans Mikrofon.

Ich habe Hannes gestern schon beim Komponieren zuhören dürfen, doch er hat seitdem einiges verändert. Die Melodie klingt noch flüssiger und passender zum Text. Obwohl es für Clara eine kurzfristige Aktion war, schielt sie beim Singen nur zweimal auf das Textblatt. Es ist unglaublich, was Hannes in so kurzer Zeit auf die Beine gestellt hat. Elli wischt sich eine Träne aus dem Augenwinkel, nachdem Clara die letzte Zeile gesungen hat.

»Wow«, sagt Elli. »Da haben wir also die gefühlvolle Ballade, die wir für das neue Album haben wollten.«

Alejandro klatscht, während Elli sich neben mich stellt. »Er ist für sie, oder? Du solltest ihr den Song unbedingt vorspielen.«

»Das ist der Plan«, antworte ich, doch es fühlt sich seltsam an. Plötzlich zweifele ich an meiner Idee, den Text mit Linnea zu teilen. Sie hatte gestern ein Date und ich habe es noch nicht über mich gebracht, ihr seitdem zu schreiben und zu fragen, wie es war. Die Ungewissheit fühlt sich besser an, als einen neuen Mann an ihrer Seite zu wissen.

47. Linnea – Montag, 12. Mai

Ich bin aufgeregt, als ich die Treppen zu Chirons Wohnung hochlaufe. Eigentlich habe ich eine recht passable Ausdauer, aber gerade bin ich etwas kurzatmig. Dennoch ist das fertige Porträt, das ich gleich zu Gesicht bekomme, eine willkommene Ablenkung, denn ich muss noch immer ständig an Adam denken. Egal ob ich arbeite, esse, dusche oder Auto fahre. Ich vermisse ihn. Ich habe ihn auch früher zuweilen vermisst, aber dann als Freund – das fühlte sich anders an, weniger intensiv. Inzwischen bin ich überzeugt davon, dass es keine Gefühlsverwirrung ist, sondern dass ich einfach bloß kapiert habe, wie viel er mir bedeutet.

Als ich seine Wohnung erreiche, steht Chiron in der geöffneten Tür. Er hält ein Küchentuch in der Hand und mir strömt ein angenehmer Duft nach würzigem Essen in die Nase.

»Hey«, sagt er. »Schön dich zu sehen.« Diesmal umarmt er mich zur Begrüßung.

»Störe ich beim Kochen?«

»Nein, das ist Stifado.«

»Was?«

Er lacht und fährt sich durch die dunklen Haare, während er einen Schritt zur Seite macht, damit ich den Flur betreten kann.

»Das ist ein griechischer Eintopf. Der kann was länger köcheln. Lass dir also ruhig Zeit beim Betrachten des Bildes.« Er führt mich ins Wohnzimmer und dort steht das Werk direkt vor den hohen Altbau-Fenstern. Es ist zwar abends, aber die Tage sind lang, sodass genügend Licht in den Raum fällt. Chiron stellt sich neben mich, doch er sagt kein Wort, während ich fasziniert auf das Porträt von mir schaue. Meine Gesichtszüge hat er perfekt getroffen und auch mein Lachen, denn das Bild zeigt mich von vorne. Auch den minimal kürzeren Schneidezahn hat er bestens eingefangen. Mann! Ob er diesen kleinen Makel korrigiert hätte, wenn ich darum gebeten hätte? Andererseits wäre es dann nicht mehr ich.

Ich gehe einen Schritt näher heran. Auf meinen Wangen sieht man ganz leicht angedeutet einen Flush, aber nicht so, dass es mich stört. Wer nicht weiß, dass ich dazu neige, wird es vermutlich gar nicht bemerken. Mein Gesicht ist jedoch nicht das Einzige, was er gemalt hat. Der Hintergrund des Bildes ist in einem hellen Blau gehalten und oben rechts auf der Leinwand sind drei goldene Spiralen gemalt, die ineinander verwoben sind. Zwei goldene Federn umrahmen die Spiralen. Ich bin mir nicht sicher, was das zu bedeuten hat, aber wie gut er meine Persönlichkeit mit dem Porträt eingefangen hat, beeindruckt mich.

»Es ist großartig geworden«, flüstere ich und Chiron stellt sich näher an mich heran. »Ich bin richtig gerührt.« Ich spüre einen Kloß im Hals und räuspere mich angestrengt.

»Danke. Ich bin froh, dass es dir gefällt.«

»Was bedeuten die Spiralen? Das Symbol kommt mir bekannt vor, aber ich kann es nicht zuordnen.«

»Das ist die Triskele. Ein sehr altes Symbol, dem zahlreiche Bedeutungen zugeschrieben werden.«

»Und welche Bedeutung hat es in dem Bild?«

Chiron lächelt mich an und fährt mit dem Finger das Symbol in der Luft nach. »Ich sehe in den drei Kreisbögen die Vergangenheit, die Gegenwart und die Zukunft.«

»Weshalb umrahmen die Federn das Symbol?«

»Für mich symbolisieren sie in diesem Bild die Sanftheit, weil ich denke, dass das deine Stärke ist, die dich immer schon begleitet hat und auch weiterhin begleiten wird. Ich schätze, du musst sie nur noch als Stärke erkennen und annehmen.«

Jetzt kann ich die Tränen nicht mehr zurückhalten und Chiron hält mir ein Taschentuch hin, dann nimmt er mich kurz in den Arm.

»Tut mir leid, ich bin nur so gerührt.«

»Du musst dich nicht entschuldigen. Ich freue mich, dass es dir gefällt.«

»Das tut es wirklich. Vielen Dank. Ich fühle mich sehr geehrt.«

Er sieht mich mit hochgezogenen Augenbrauen an. »Darf ich es ausstellen?«

»Was stellst du denn noch für Bilder aus?«

»Bei dem Termin im Juli überwiegend Porträts, aber auch ein paar Aktbilder.«

»Haben alle deine Bilder zusätzlich solche Symbole?«

»Nicht alle«, sagt er. »Wenn es dich stört, kann ich es übermalen, aber …«

»Nein, das musst du nicht. Es passt zu mir, das hast du gut ausgesucht. Ich finde es toll.«

»Schön, dass du das sagst. Es ist eine meiner besten Arbeiten.«

Skeptisch sehe ich ihn an.

»Das sage ich nicht zu jedem.« Er stupst mich an. »Und nach der Ausstellung kannst du das Bild gerne haben.«

»Das heißt, es gehört mir?«

»Natürlich. Es ist schließlich dein Gesicht.« Er zwinkert

mir zu. »Manche Bilder stehen auch zum Verkauf, aber das nicht. Ich muss mal nach dem Eintopf sehen. Möchtest du zum Essen bleiben?«

»Ich will mich nicht aufdrängen.«

»Tust du nicht.«

»Dann gerne«, sage ich, denn ich bin direkt von der Arbeit hergefahren und hungrig. Außerdem wird mich ein gemeinsames Essen von meinen aufreibenden Gedanken ablenken.

Etwa zehn Minuten später sitzen wir an Chirons Küchentisch und ich denke darüber nach, dass die Frau, die ihn irgendwann zum Partner haben wird, sich glücklich schätzen kann. Auch wenn seine Ex-Freundin das vermutlich anders sieht. So wie Adams Ex-Freundin ihn nie zu schätzen wusste. Ich bin noch immer entsetzt darüber, was sie ihm vorgeworfen hat.

»Du wirkst nachdenklich«, meint Chiron.

»Du kannst Menschen gut lesen.«

»Zum Glück. Es hilft mir als Künstler.«

Ich zögere einen Moment, doch andererseits habe ich nichts zu verlieren, wenn ich ihm erzähle, was mich aktuell bewegt. »Ich habe am Wochenende festgestellt, dass ich mich in meinen besten Freund verliebt habe.«

»Wie schön. Warst du mit ihm im Phantasialand?«

»Ja.«

»Warum hast du ihn nicht mitgebracht? Er will das Bild sicherlich auch sehen.«

»Er weiß nicht, wie ich neuerdings für ihn empfinde.«

Fragend zieht er seine linke Augenbraue hoch.

»Wir waren als Freunde dort. Es war ein Geschenk und es hat sich nicht ergeben, mit ihm darüber zu sprechen.«

Er schmunzelt und nimmt einen Löffel von dem Eintopf.

»Das Essen ist sehr lecker, vielen Dank.«

»Meine Mutter hat darauf bestanden, dass jedes Kind wenigstens ein paar Gerichte zubereiten kann.«

»Das klingt vernünftig.«

»Sagst du es ihm?«

»Das habe ich vor. Ich weiß nur nicht, wie. Ich habe Angst davor, wie er reagiert. Ich will unsere Freundschaft nicht kaputtmachen.«

»Ist sie das nicht schon?«

Die Frage erschrickt mich und ich sehe ihn verdattert an. »Was?«

»Deine Gefühle haben sich verändert und damit auch eure Beziehung zueinander. Für dich ist es doch jetzt schon keine Freundschaft mehr.«

Es ist ein wenig ernüchternd, es zu hören, auch wenn mir bewusst ist, dass er richtig liegt. Ich kann Adam gegenüber so tun, als wäre alles wie immer und vielleicht würde er nichts bemerken, aber für mich wäre es dennoch anders.

»Weise Worte«, murmele ich. »Leider.«

Er lächelt mich aufmunternd an. »In Griechenland sagt man: Immer laufen wir den Menschen nach, die wir lieben. Es wäre gut, ab und an anzuhalten, um zu sehen, wer denn hinter uns läuft.«

Das muss ich einen Moment sacken lassen. »Du meinst, ich habe nicht genug nach hinten geschaut?«

»Das solltest du herausfinden.«

»Ich habe echt Schiss davor.«

»Wenn ihr eng befreundet seid, werdet ihr mit der Situation zurechtkommen. Egal, wie seine Antwort lautet.«

»Danke«, sage ich. »Es tut gut, das zu hören.«

»Aber vielleicht solltest du nicht mehr heute zu ihm fahren, um ihm deine Gefühle zu gestehen.« Er grinst breit. »Meine Mutter hat eine ausgeprägte Vorliebe für Knoblauch und die habe ich wohl geerbt.«

Als ich gerade meine Wohnungstür aufschließen will, erklingt hinter mir ein leises »Hey«. Ich drehe mich um und sehe, dass Malik sich nähert.

»Sorry, dass ich dir so auflauere. Ich hatte zwischendurch geklingelt, aber du warst nicht zu Hause.«

Er wirkt bedrückt. Kein Wunder angesichts dessen, was ihm vorgeworfen wird.

»Möchtest du reinkommen?«, biete ich an und deute in meinen Flur. Plötzlich fällt mir ein, was Chiron zum Thema Knoblauch gesagt hat und ich halte mir die Hand vor den Mund. »Ich war allerdings essen und es gab viel Knoblauch.« Ich spüre, dass meine Wangen rot werden.

»Umso besser.« Malik grinst. »Ich hatte heute Mittag Döner.«

»Na dann.«

Er betritt meinen Flur und sieht sich um.

»Möchtest du was trinken?«

»Hast du Kaffee da?«

»Klar.«

»Cool. Ich bin allerdings inzwischen ziemlich verwöhnt. Eine Nachbarin hat mir neulich echt leckere Bohnen mitgebracht.« Er zwinkert mir zu.

Das Feedback freut mich und ich führe ihn in die Küche, wo ich den Kaffee zubereite, während er sich an den Tisch setzt.

»Eine schöne Wohnung hast du.« Er sieht mich nachdenklich an und reibt die Handflächen aneinander, als wäre ihm kalt. »Ich schätze, ich muss dir ein bisschen was erklären, bevor morgen der nächste Artikel über mich erscheint«, meint er, als ich seinen Kaffee auf den Tisch stelle und mich zu ihm setze.

»Oh.«

»Diesmal ist es nichts Schlimmes«, versichert er rasch. »Es ist eine Korrektur zu der Darstellung von gestern.«

»Das klingt doch schon mal gut.«

»Ja, das ist es auch. Mann, der Mist gestern hätte mich die Rolle in der Serie kosten können.«

Was ich durchaus nachvollziehen kann, aber ich merke, dass ihm das Gespräch schon schwer genug fällt und ich will ihn nicht vorschnell verurteilen. »Das klingt hart«, sage ich daher nur.

»Das wäre es auch gewesen.« Er trinkt einen Schluck Kaffee und atmet laut aus. »Ich meine, ein Schauspieler, der alkoholisiert in der Kölner Innenstadt einen Unfall baut und bei dem dann noch Partydrogen im Auto gefunden werden? Das kann es dann vorerst gewesen sein mit der Karriere.«

Ich muss an die Schlagzeile denken, die ich gestern gelesen habe: *»Beliebter Soap-Star baut alkoholisiert Unfall und hortet Drogen im Fahrzeug«*. So einer Behauptung hätte ich niemals geglaubt, denn Malik macht kein bisschen den Eindruck eines Mannes, der derart verantwortungslos handelt. Doch unter der Schlagzeile war ein Foto von ihm abgebildet, das ihn neben einem kaputten Fahrzeug zeigt, während er von der Polizei befragt wird. Malik war auf dem Bild eindeutig zu erkennen.

»Und … äh, das ist jetzt anders? Also, das hat keine Konsquenzen für deinen Job?«

»Hat es nicht, denn ich war das nicht. Und das konnte ich dann ja auch beweisen.«

»Krass, also war es tatsächlich ein Deepfake?« Es ist beängstigend, wie realistisch solche Bilder inzwischen aussehen.

»Nein, es war kein Fake-Bild. Das auf dem Foto ist mein Bruder.«

Ich bin verwirrt. »Der Kapitän?«

»Nein, nicht Simon. Ich rede von Damian. Ich hatte ihn auf der Party kurz erwähnt, aber ich glaube, ich habe nicht erzählt, dass wir Zwillinge sind.«

»Nein, das hast du nicht gesagt.« Aber das erklärt alles. »Wow, das ist … ich weiß nicht – einerseits ist es gut für dich, aber für deinen Bruder wird das ja nicht so glimpflich ausgehen.«

»Nein, das wird es nicht. Für ihn wird das noch Konsequenzen haben. Und auch mein Management und ich haben mit dem Thema noch zu tun. Ich habe heute Mittag auf TikTok und Instagram Stellung dazu bezogen, aber einige haben mir prompt vorgeworfen, ich würde meinen Bruder nur vorschieben. Ich habe Damian sonst immer aus der Presse herausgehalten, aber das war diesmal nicht möglich.« Er greift mit beiden Händen nach dem Kaffeebecher, als wäre die Wärme ein kleiner Trost.

Am liebsten würde ich ihn in den Arm nehmen, aber ich will keine falschen Signale senden. Er hat zwar gestern das Date abgesagt, aber sonst hätte ich ihm beim Abendessen reinen Wein einschenken müssen, dass ich mich in einen anderen Mann verliebt habe. Und nun sollte ich es wohl heute tun. Mir wird das Herz schwer, wenn ich daran denke, aber ich will ehrlich zu ihm sein.

»Damian hat schon lange Probleme mit Alkohol und Drogen. Ich hatte gleich ein komisches Gefühl, als er so kurzfristig die Einweihungsfeier abgesagt hat. Eigentlich hatte ich gehofft, er hat sich inzwischen ganz gut im Griff. Aber da lag ich wohl falsch.« Er zuckt mit den Schultern und wirkt furchtbar niedergeschlagen.

»Das tut mir so leid. Das muss eine schwierige Situation für deine Familie sein.«

»Das ist es.«

»Immerhin wurde er nicht schwer verletzt. Zumindest

stand im Artikel, dass der Fahrer nur leicht verletzt wurde.«

Malik verzieht den Mund. »Genauer gesagt stand im Artikel, dass der betrunkene Malik Duczek Glück im Unglück hatte und nur vorsichtshalber ins Krankenhaus gebracht wurde.«

»Umso besser, dass morgen eine Gegendarstellung kommt.«

»Allerdings! Damian hatte wirklich Glück. Er hat eine leichte Gehirnerschütterung und sonst ist niemandem was passiert. Mal abgesehen von dem Baum, in den er reingebrettert ist.«

»Besser in einen Baum als in einen Menschen«, flüstere ich.

»Ja.« Malik ballt die rechte Hand kurz zur Faust, dann lockert er die Muskeln wieder. »Er hätte jemanden töten können. Mann, ich bin so wütend auf ihn.« Er fährt sich durch die Haare. »Ich meine, ich bin natürlich trotzdem für ihn da, aber er verbaut sich so viel!«

Ich kann seinen Schmerz nachempfinden. Solange ein Mensch mit Suchtproblemen diese Problematik nicht erkennt und einsieht, sind Angehörige oder Freunde, die helfen wollen, leider machtlos.

»Kann ich irgendwas für dich tun?«

Er lächelt mich an. »Nein. Aber danke fürs Zuhören. Mir war es wichtig, das richtigzustellen. Ich wollte nicht, dass du denkst, dass ich so einen Mist baue.«

»Danke, das ist lieb, dass du hergekommen bist. Ich war echt überrascht, als ich den Artikel gestern gelesen habe.«

»Wenn man genau hinsieht, dann merkt man, dass Damians Haare ein ganzes Stück länger sind als meine.«

»Nachdem ich die Schlagzeile und das Bild gesehen habe, kam mir ehrlich gesagt nicht in den Sinn, das zu überprüfen.«

Er stößt ein kurzes Lachen aus. »Das kann ich verstehen. Tut mir echt leid mit dem Date.«

»Es ist absolut verständlich, dass du das erst mal regeln musstest. Und ehrlich gesagt, muss ich dir auch was erzählen, da du es gerade ansprichst.«

Er runzelt die Stirn. »Okay.«

»Als du das Date abgesagt hast, kam mir das gar nicht so ungelegen. Nicht dass ich nicht gerne Zeit mir dir verbringe«, ergänze ich schnell, als ich seine betroffene Mimik bemerke. »Es ist nur so, dass ich im Phantasialand gemerkt habe, dass Adam mehr für mich ist als nur ein bester Freund.«

Malik legt den Kopf schief. »Ich hatte ja gleich so einen Verdacht, aber dann nahm ich an, ich bilde es mir nur ein.«

Seine Aussage irritiert mich. »Was meinst du?«

»Als du von ihm gesprochen hast auf meiner Party, hattest du so einen versonnenen Blick und dann hast du auch noch erzählt, dass ihr zusammen ins Phantasialand fahrt und deine Augen haben so geleuchtet dabei. Ich habe mich gefragt, ob da vielleicht mehr zwischen euch ist, aber dann dachte ich, dass ihr vielleicht wirklich nur Freunde seid, so wie Pia und ich. Aber ich glaube nicht, dass ich so gucke, wenn ich von ihr erzähle.«

»Auf deiner Party hatte ich noch keine Ahnung von meinen Gefühlen für ihn. Ich hätte nie gedacht, dass ich mich mal in Adam verliebe.«

»Vielleicht hast du dich ja auch gar nicht erst jetzt in ihn verliebt?«

Fragend sehe ich ihn an.

»Es gibt Paare, die bleiben noch jahrelang zusammen und merken dann erst, dass es schon lange keine Liebe mehr ist, die sie zusammen bleiben lässt. Warum sollte es umgekehrt nicht genauso passieren?«

Hat er recht? War mir vorher bloß nicht bewusst, dass Adam mehr für mich ist als mein bester Freund, weil es einfach selbstverständlich war, dass wir nur befreundet sind?

»Es freut mich für euch«, sagt Malik. »Auch wenn es für mich jetzt natürlich Pech ist.«

»Entschuldige«, sage ich zerknirscht.

»Das hast du dir nicht ausgesucht. Liebe passiert eben einfach.«

»Dann muss ich nur noch hoffen, dass es Adam genauso passiert ist.«

»Das heißt, er weiß es noch gar nicht?«

»Nein. Er hat keine Ahnung.« Und ich frage mich, ob ich jemals den Mut aufbringe, es ihm zu sagen.

48. Adam – Dienstag, 13. Mai

Es ist nur ein Klick und die E-Mail wird abgeschickt und mein für lange Zeit gehütetes Geheimnis wird offenbart. Beruflich verschicke ich ständig E-Mails, ohne groß darüber nachzudenken, aber diese hier ist ein spezieller Fall.

Der Song ist gut geworden. Die Aufnahme ist noch nicht perfekt, aber in der Kürze der Zeit haben wir eine schöne Version erstellt, die reicht, um Linnea zu zeigen, was ich für sie empfinde. Ich bin den anderen von der Band dankbar für ihren Einsatz, aber dennoch kann ich mich nicht dazu überwinden, ihr das Lied zu schicken.

Wäre es eventuell doch besser, persönlich mit ihr zu sprechen? Oder einfach nie?

Ich fahre meinen Rechner herunter und schalte meine PlayStation ein. Ich weiß nicht, wie ich mich verhalten soll, die Situation überfordert mich. Irgendwas war anders zwischen uns, als Linnea und ich im Phantasialand gefrühstückt und uns verabschiedet haben. Ich wünschte, ich wäre besser darin zu erkennen, was in anderen Menschen vorgeht. Ob sie gemerkt hat, dass ich sie liebe und versuche, meine Gefühle zu verbergen? Hat sie die Erkenntnis verschreckt?

Vielleicht werde ich es irgendwann erfahren, aber nicht mehr heute. Morgen ist auch noch ein Tag.

49. Linnea – Mittwoch, 14. Mai

Ich lege das Telefon beiseite und greife nach meinem Kakao, der inzwischen so weit abgekühlt ist, dass ich ihn trinken kann, ohne mir die Zunge zu verbrennen. Bis eben habe ich mit Marlene gesprochen, daher weiß ich, dass es ihr und Maurice so weit gut geht. Maurice ist weiterhin ein ungeduldiger Kranker, auch wenn sie mit Jakob sehr zufrieden sind und auf dem Hof alles reibungslos läuft.

Das Gespräch mit Adam hingegen schiebe ich weiter vor mir her, aber ich habe mir vorgenommen, gleich noch mit Yuiko zu telefonieren und ihr zu erzählen, was mich Tag und Nacht beschäftigt. Adam habe ich immerhin eine Nachricht geschickt mit Terminvorschlägen für einen Filmabend. Mit der Nachricht an ihn will ich ein bisschen Druck aufbauen, denn ich habe mir vorgenommen, ihm spätestens an dem Filmabend meine Gefühle zu gestehen. Schon beim Abschicken der Nachricht hatte ich heftiges Herzklopfen. Das ist völlig absurd! Wir haben uns schon tausende Nachrichten geschrieben, doch plötzlich macht mich sogar das nervös. Was, wenn ich vor lauter Angst erstarre, wenn ich es ihm sagen will? Wie in dem Moment, als Pythagoras auf mich zugestürmt ist.

Seit meiner Nachricht an ihn blicke ich ständig auf mein Handy, weil ich hoffe, dass er mir endlich antwortet. Seit dem Wochenende habe ich nichts mehr von ihm gehört.

Doch statt dass Adam mir schreibt, erhalte ich eine Benachrichtigung von Instagram, dass mir jemand eine Nachricht geschickt hat. Sie ist von Hannes, der fragt, ob ich ihm meine E-Mail-Adresse geben würde. Ich stutze, weil ich mich darüber wundere, wozu er die braucht. Danach will ich zunächst fragen, doch dann möchte ich nicht zu misstrauisch auf ihn wirken und schicke ihm meine Adresse. Ob er einen Newsletter von Wild Weekend rumschicken will? Bisher hat die Band keinen, aber Clara erwähnte mal, dass Hannes überlegt, zukünftig die Fans auch auf diesem Weg über neue Songs und Auftritte zu informieren.

Wenige Minuten später habe ich eine E-Mail mit einem ziemlich großen Anhang in meinem Posteingang.

Hey Linnea.

Danke für die Adresse. Eigentlich ist es nicht meine Art, mich in solche Angelegenheiten einzumischen, doch ich schätze, wenn ich es nicht tue, macht es niemand. Obwohl Adam das eigentlich selbst übernehmen wollte. Aber von ihm hast du noch keinen Song zugeschickt bekommen, oder? Sorry für die riesige Datei. Ich hoffe, du kannst sie problemlos herunterladen.

Falls Adam sich doch bei dir gemeldet hat, dann kannst du diese E-Mail einfach löschen. Falls du nichts von ihm gehört hast, solltest du dir den Song anhören. Adam hat diesen vor ein paar Jahren geschrieben – für dich. An dem Tag, an dem du ihm von deinem neuen Freund erzählt hast.

Ich glaube, er trägt das Geheimnis lange genug mit sich herum.

Gruß, Hannes

Fast wie in Trance lade ich die Datei herunter und drücke auf Play, als der Song endlich als Download bereitliegt. Ich bin so aufgeregt, als würde es um ein wichtiges Prüfungsergebnis gehen.

Ich höre wahnsinnig gerne Klavier und schon das Intro der Ballade stimmt mich ein wenig traurig, dann setzt der Text ein. Ich erkenne Claras Stimme, doch am Ende des Songs bin ich so durcheinander, dass ich mir diesen ein zweites Mal anhören muss, um die gesungenen Zeilen richtig wahrzunehmen.

Ich bin fassungslos. Diesen Text hat Adam geschrieben – für mich? Ich dachte immer, ich wäre so sensibel dafür, wie es anderen Menschen geht. Deswegen habe ich sogar darauf verzichtet, Therapeutin zu werden. Aber er ist seit Jahren in mich verliebt und ich habe es nicht erkannt. Wie konnte ich das nur übersehen?

Ich fühle mich schrecklich, obwohl ich die Antwort eigentlich weiß. Adam hat es sich nicht anmerken lassen. Ich habe ihm damals von meinem Glück erzählt und er hätte nicht gewollt, dass ich mich wegen ihm schlecht fühle. Und so jemand wurde von seiner Ex als emotionsloser Krüppel bezeichnet! Jetzt laufen mir Tränen über die Wangen und ich muss eine Packung Taschentücher suchen, während ich den Song ein weiteres Mal abspiele. Der Text nimmt mich emotional mit, aber auch die Musik dazu … Ich tupfe mir die Augen ab und meine Wimperntusche hinterlässt schwarze Flecken auf dem weißen Tuch. Ich stoppe das Lied und muss einige Male tief durchatmen, um mich zu beruhigen. Ich fühle mich noch immer mies, weil ich nichts gemerkt habe. Aber so leid mir das auch im Nachhinein tut: Ich muss mir keine Sorgen mehr darüber machen, wie Adam auf meine Gefühle reagieren wird, denn jetzt weiß ich es. Das regt meine Tränendrüsen erneut an und lässt die verlaufene Wimperntusche in den Augen brennen.

Ich laufe ins Bad und spüle die Augen mit kaltem Wasser aus.

Es gibt keinen Grund mehr, irgendetwas auszusitzen.

Obwohl meine Augen verheult aussehen, verwerfe ich den Gedanken, mich rasch noch mal zu schminken. Adam kennt mich in fast allen Lebenslagen. Er hat mich schon weinen sehen, kennt mich im Pyjama, weiß, wie ich mit meinen roten Flecken aussehe und dass ich vor Angst erstarre, wenn ein Pferd auf mich zurennt. Vom Weinen gerötete Augen werden ihn nicht schocken.

Dennoch ist mir ein wenig übel vor Aufregung, als ich ins Schlafzimmer stürme, um mir eine Jeans anzuziehen. Dann schnappe ich mir noch eine Sweatjacke und ziehe meine bequemen Sneakers im Flur an. Erst will ich nach den Autoschlüsseln greifen, doch vermutlich ist es keine gute Idee, mich in diesem Gemütszustand ans Steuer zu setzen. Ich bin viel zu aufgewühlt. Die drei Straßen kann ich auch laufen. Vielleicht hilft das sogar, um mich ein bisschen zu fassen, auch wenn ich das eher nicht glaube.

50. Adam – Mittwoch, 14. Mai

Es ist zwanzig Uhr, als es bei mir klingelt. Ich erwarte keinen Besuch und um diese Zeit wird auch kein Paket mehr ankommen. Ich hatte zwar einen neuen Controller bestellt, aber der soll erst morgen geliefert werden. Vielleicht ist es ein Klingelstreich oder ein Nachbar hat mal wieder Schwierigkeiten, die Haustür aufzubekommen. Das Schloss klemmt häufiger mal. Also gehe ich zu meiner Wohnungstür und drücke den Knopf, um die Tür unten am Hauseingang zu öffnen, und öffne zugleich meine Wohnungstür. Niemand ruft »Danke«, also war es wohl wirklich ein Klingelstreich. Als ich gerade meine Tür schließen will, höre ich, dass jemand die Treppen nach oben läuft, also bleibe ich im Türrahmen stehen.

Ich bin überrascht, als ich Linnea erkenne. Sie ist ein wenig außer Atem und sieht aus, als hätte sie geweint. Wenn dieser Malik ... Doch ehe ich den Gedanken weiter spinnen kann, stürmt sie auf mich zu, springt mir auf die Hüften und presst ihren Mund auf meinen.

Linnea ist ein Leichtgewicht, aber dennoch stolpere ich ein Stück nach hinten, weil ich damit nicht gerechnet habe. Ich spüre, wie sie sich versteift, also lege ich meine Arme fester um sie und erwidere ihren Kuss. Ich will nicht, dass dieser Moment endet, ihre Lippen fühlen sich perfekt an. Ein heftiges Verlangen durchzieht meinen ganzen Körper, während die Zeit plötzlich stillzustehen scheint.

Als wir uns voneinander lösen, sind wir beide etwas atemlos. Linnea wirkt verlegen. Da wir noch immer in der geöffneten Wohnungstür stehen, ziehe ich sie zu mir in den Flur.

»Wie kommt es, d …«

»Der Song«, flüstert sie.

»Woher …?«

»Hannes hat ihn mir geschickt.«

Vielleicht sollte ich verärgert darüber sein, aber ich bin es nicht. In diesem Augenblick fühle ich nur Dankbarkeit, denn Linnea schmiegt sich an mich und legt ihren Kopf an meine Brust.

»Ich bin so froh, dass er mir den geschickt hat. Seit wir im Phantasialand waren, bin ich total durcheinander. Ich habe erkannt, dass du viel mehr für mich bist als nur ein Freund. Das hat mich völlig verwirrt.«

Ich kann nachempfinden, wie sie sich gefühlt haben muss. So ging es mir damals auch.

»Es tut mir so leid, dass ich vorher nie etwas bemerkt habe.«

»Das war vermutlich besser so«, erwidere ich.

»Was? Wieso?«

»Wenn es dir erst im Phantasialand bewusst geworden ist, wie hättest du dann früher darauf reagiert?«

Sie legt ihren Kopf in den Nacken und sieht zu mir hoch. »Das ist eine gute Frage. Ich weiß es nicht.«

»Ich wollte unserer Freundschaft nicht schaden.«

»Genau die Sorge hatte ich seit dem Wochenende auch.« Sie stellt sich auf die Zehenspitzen und gibt mir einen flüchtigen Kuss auf den Mund. Sie wirkt plötzlich ein wenig schüchtern, ihre Wangen sind gerötet. »Können wir jetzt den Filmabend nachholen?«

»Sicher.«

»Gut. Ich kann mir nämlich nicht vorstellen, jetzt ohne dich zu sein.« Linnea lehnt ihren Kopf wieder an mich und wir bleiben einige Minuten eng umschlungen stehen, ehe wir ins Wohnzimmer gehen. Sie schaltet den Fernseher ein, während ich meine PlayStation im Arbeitszimmer ausschalte, an der ich bis eben gezockt habe. Dann bringe ich Getränke und Chips ins Wohnzimmer, wo sie auf der Couch sitzt. Ich setze mich neben sie und sie kuschelt sich an mich, als ich den Film starte.

»Bleibst du über Nacht?«, will ich wissen.

Linnea hebt den Kopf und sieht mich an, wobei sie rot wird.

Ich lehne meine Stirn an ihre. »Ich meinte es nicht *so*.«

»Ich weiß«, sagt sie und küsst mich erneut.

Nie zuvor hat sich die Nähe zu einem anderen Menschen so richtig angefühlt. Ich bin glücklich.

51. Linnea – Mittwoch, 14. Mai

Das T-Shirt, das Adam mir für die Nacht gegeben hat, geht mir bis zu den Knien und ist ein wunderbarer Pyjamaersatz. Mir entgeht allerdings nicht, dass er schmunzelt, als er mich in diesem Outfit sieht, während ich zu ihm ins Bett klettere. Er hat ein Boxspring-Doppelbett und ich liebe die Matratze auf Anhieb. Aber vielleicht liegt es auch daran, dass ich gerade alles liebe.

Meine Lippen sind vom Küssen wund, da ist Adams Dreitagebart ein Nachteil. Von dem Film haben wir nämlich nicht viel mitbekommen, aber das war es wert.

Obwohl wir uns im Phantasialand ein Zimmer geteilt haben und ich neben ihm auf dem Bett eingeschlafen bin, macht mich die Situation nervös und kribbelig zugleich. Adam würde nie etwas erwarten, wozu ich nicht bereit bin, doch gerade weiß ich selbst nicht so richtig, was ich will. Wenn ich an den Traum zurückdenke, dann eindeutig mehr als nur küssen und kuscheln. Aber beim Gedanken daran, mit ihm zu schlafen, wird meine Nervosität sofort schlimmer.

Adams Smartphone, das auf dem Nachttisch liegt, summt. Er greift danach. »Hannes sagt ›gern geschehen‹ und lässt dich grüßen.«

»Oh! Ich habe mich nach seiner E-Mail gar nicht bei ihm gemeldet.« Ich hatte andere Dinge im Kopf.

»Das wird er verstehen.«

»Er hat vermutet, dass du mir den Song nicht schicken wirst.«

Adam zuckt mit den Schultern.

»Hatte er recht?«, will ich wissen.

»Vielleicht. Ich weiß es nicht.«

»Ich hatte auch Schiss, es dir zu sagen. Wenn du nicht so empfunden hättest, dann hätte sich so viel verändert.«

»Jetzt verändert sich auch vieles.«

Ich muss grinsen. »Ich kann jetzt deine T-Shirts als Sleepshirt tragen.«

Lachfältchen erscheinen um seine Augen.

»Und ich kann jetzt jederzeit auf deinem großen TV Filme gucken«, versuche ich den Gedanken weiterzuspinnen, um mich von meiner Aufregung abzulenken, die ich empfinde, weil ich neben ihm im Bett liege.

»Das hättest du auch vorher schon gekonnt. Du hattest sowieso schon einen Schlüssel zu meiner Wohnung.« Er wackelt unter der Decke mit den Zehen. »Du kannst nun in einem Bett mit Übergröße schlafen.«

»Also doch! Es kam mir so riesig vor.«

»Es ist zwei Meter zwanzig lang.«

»Mann, da bin ich erleichtert. Ich hatte schon Sorge, ich könnte mit dem Kopf irgendwo anstoßen.«

Adam lacht, dann beugt er sich zu mir und seine Lippen berühren meine. Erst nur ganz sanft, schließlich ein wenig fordernder. Das nervöse Gefühl wird von Verlangen verdrängt, als er mit seiner Zungenspitze über meine Unterlippe fährt. Endlich mal hat die Hitze, die augenblicklich durch meinen Körper schießt, nichts mit roten Flecken zu tun.

Epilog

Linnea – Sonntag, 15. Juni

Mister Mick kommt auf mich zu und ich bleibe wie angewurzelt stehen. Mein Herz für einen gefühlten Moment auch, ehe es dann umso heftiger weiter schlägt. Den gequälten Laut, der aus mir herauskommt, kann ich nicht unterdrücken.

»Soll ich den Apfel nehmen?«, fragt Adam.

»Ja«, japse ich und halte meinen ausgestreckten Arm zu ihm. Zum Glück steht Adam direkt neben mir und nimmt das Obst an sich.

»Er hat riesige Zähne«, hauche ich. »Er wird mich bestimmt beißen.«

»Das ist ein Pferd, kein Raubtier«, meint Adam.

Ein schönes Pferd eigentlich, mit einer dunkelbraunen Mähne und nicht zu groß.

»Alles, was Zähne hat, kann beißen.«

Er lacht. »Ich beiße dich auch nicht.« Er mustert mich. »Wie groß ist die Angst auf einer Skala von ein bis zehn?«

»Hundert«, piepse ich und gehe ein paar Schritte zurück, als ich mich endlich wieder bewegen kann. Mister Mick kommt neugierig auf uns zu, doch Adam stellt sich so hin, dass er zwischen mir und dem großen Tier steht. Dass ich eben dabei zugesehen habe, wie eine Fünfjährige

Reitunterricht auf Mister Mick hatte, hilft mir leider kein bisschen. Die Angst ist überwältigend, das Atmen fühlt sich schwer an.

»Ich glaube, wir müssen das etwas langsamer angehen«, höre ich Marlene aus dem Hintergrund rufen.

»Ja, bitte«, flüstere ich.

»Ich halte ihn fest, dann kann er nicht näher zu dir«, sagt Adam, dann höre ich Kaugeräusche.

»Sind das deine Knochen oder der Apfel?«

Adam dreht sich zu mir um und wirft mir einen amüsierten Blick zu. »Das war der Apfel. Sollen wir gehen?«

»Ich geh schon mal vor.« Ich eile zum Zaun und klettere darüber, weil das schneller geht, als den Umweg über das Tor zu nehmen. Dass ich noch in der Lage bin, mit meinen zittrigen Beinen über die Begrenzung zu klettern, beeindruckt mich selbst. Das ist ein gewaltiger Fortschritt im Vergleich zu der Situation mit Pythagoras, in der ich mich gar nicht mehr regen konnte.

Da Mister Mick inzwischen mit Marlene beschäftigt ist, stütze ich meine Arme auf den Zaun und gucke ihr zu, wie sie dem Pferd ein paar Streicheleinheiten verpasst. Adam, der deutlich eleganter über den Zaun klettert als ich kurz zuvor, stellt sich hinter mich und nimmt mich in den Arm.

»Das war doch schon viel besser als beim letzten Mal«, murmelt er in meine Haare. Letztes Mal habe ich den Apfel fallen lassen und bin erstarrt. Doch trotz des Fortschritts zweifle ich daran, ob die mir selbst auferlegte Konfrontationstherapie das Beste ist, was mir in der letzten Zeit so eingefallen ist.

Von einer befreundeten Therapeutin kenne ich die Schritte, die bei einer Phobie nötig sind, aber es ist wirklich schwierig. Vielleicht sollte sie mich mal begleiten, wenn ich auf dem Reiterhof bin. Sie hat mir auch angeboten, ein paar Entspannungstechniken mit mir einzuüben. Zwar ist es großartig, dass Marlene und Adam mich unterstützen, aber Adam kann sich nicht um all meine Probleme kümmern. Er hat schon das Orgasmusproblem gelöst. Yuiko war sehr verstimmt darüber, dass ich ihr keine Details erzählen wollte, wie ihm das gelungen ist. Dabei fiel es mir schon schwer genug, dieses Thema überhaupt anzusprechen. Da sie jedoch von meinem wenig erfüllten früheren Sexleben wusste, wollte ich ihr zumindest ein kleines Update geben.

Marlene sieht zu uns und formt ein Herzchen mit beiden Händen, dann widmet sie sich wieder Mister Mick. Inzwischen sieht man eine Wölbung an ihrem Bauch. Ich finde es furchtbar aufregend, dass ich bald Tante werde. Es fühlte sich schon vor unserer Beziehung so an, aber jetzt umso mehr.

Hannes haben wir als Dankeschön für seine Starthilfe neulich zum Essen eingeladen. Ich glaube, anfangs hat er sich etwas unwohl gefühlt, denn Moritz und Elli waren auch dabei und er als Einziger alleine. Ich wünschte, ich würde jemanden kennen, der perfekt zu Hannes passt. Adam hat erwähnt, dass er nicht so richtig glücklich ist aktuell. Leider hat es mit dem Titelsong zur Serie auch nicht geklappt, aber dafür hat Wild Weekend viele neue Follower bekommen, denn Pia und Malik folgen der Band inzwischen. Insbesondere Malik bringt sehr viele Follower mit, die dadurch auf die Band aufmerksam geworden sind. Adam sagte, dass sich ihre Streams mehr als verdoppelt haben.

Nachdem Adam gestern Abend lange bei der Bandprobe war, haben wir für heute einen Filmabend geplant. Auf den freue ich mich, denn dieses Wochenende waren wir viel unterwegs und morgen beginnt schon wieder eine neue Arbeitswoche. Viktor war zum Glück offen für meinen Vorschlag, demnächst zwei Artikel pro Zeitschrift zum Thema Selfcare und Mental Health zu veröffentlichen, wovon ich mindestens einen als Autorin übernehmen werde. Außerdem werden wir ab Herbst von zwei Therapeutinnen unterstützt, die auf Rückfragen von Leserinnen antworten und Hilfestellung in schwierigen Lebenslagen geben können.

»Hungrig?«, fragt Adam.

»O ja!«

»Sollen wir nach Hause fahren und auf dem Weg was zu essen holen?«

»Gerne«, sage ich, obwohl ich mich eigentlich schon zu Hause fühle, weil ich bei Adam bin.

Inzwischen kann ich gar nicht mehr begreifen, dass ich so lange gebraucht habe, um mich in ihn zu verlieben. Vielleicht sollte es genau so sein. Manchmal dauert es ein bisschen, bis man bereit ist für die Dinge, die gut für einen sind. Und bestenfalls fällt einem das Glück dann völlig unerwartet vor die Füße – zum Beispiel in Form eines Songtextes.

Yuikos & Claras

Geschichte

Yuiko

Einige Jahre zuvor, November

Was für ein beschissener Tag! Wenn es erst einmal schlecht läuft, dann richtig. Ich weiß nicht, wie andere jetzt bereits in Adventsstimmung sein können. Das Wetter ist trüb und nass, es gießt schon seit der Mittagszeit. Meine Jeans ist unterhalb der Knie patschnass, denn windig ist es auch. Eigentlich klang es perfekt – Late Night Shopping in Düsseldorf im November. Ganz entspannt nach der Arbeit noch Weihnachtsgeschenke kaufen. Ich hätte es wissen müssen! Ein paar aufgehängte Weihnachtslichter und der Geruch nach Glühwein reichen nicht, um ein besinnliches Shoppen zu ermöglichen. Das Wetter müsste auch mitspielen, tut es aber nicht. Und was die Geschenke angeht, war ich nur mäßig erfolgreich. Ich versuche immer, möglichst viel in Läden zu kaufen, statt online zu shoppen, aber von acht geplanten Geschenken habe ich lediglich die Hälfte bekommen. Fuck!

Inzwischen ist es 21:30 Uhr und die Läden haben noch eine halbe Stunde geöffnet. Aber ich habe keine Lust mehr! Ich bin bedient. Mir ist jetzt eher danach, zu Hause was Warmes zu trinken und mich vom Fernseher berieseln zu lassen. Ich muss abrupt abbremsen, als ein junges Pärchen direkt vor mir kichernd aus einer Tür herauskommt. Wärme strömt mir entgegen und Musik sowie ein absolut schauriger Gesang. Ich werfe einen Blick in das Etablissement. Offenbar findet in dem Laden ein Karaokeabend statt. Die Liebe zu Karaoke habe ich von meiner Mutter, die Japanerin ist. Als Teenager wollte ich es uncool finden, aber es ist mir nie gelungen. Ich fand es ätzend, dass ich dem Klischee entsprach, dass Japaner solch eine Vorliebe für diese Aktivität haben.

Ich sehe dem Pärchen nach, das lachend im Regen verschwindet. So eine kleine Pause auf dem Weg zum Parkhaus kommt mir plötzlich sehr verlockend vor, also betrete ich die Bar. Gerade läuft keine Musik mehr, sondern es ist Applaus zu hören. Ein junger Mann verbeugt sich auf der Bühne. Das ist dann wohl der Herr, der eben keinen Ton getroffen hat. Ich bin eine recht passable Sängerin. Profisängerin hätte ich jedoch nicht werden können, aber für Karaoke reichts. Da liege ich meistens im guten Mittelfeld mit meiner Leistung.

Da alle Plätze belegt sind, setze ich mich an die Bar, an der noch ein paar Stühle frei sind. Meine beiden Taschen mit den Einkäufen stelle ich auf dem Boden ab und werfe meine nasse Jacke darauf. Ein Mann in den Vierzigern bedient gerade drei Frauen, die kichernd an der Bar sitzen, neben mir sitzt ein junger Mann, der zu warten scheint. Leider muss ich noch fahren, aber ein Blick auf die Kaffeemaschine zeigt mir, dass man hier auch warme, alkoholfreie Getränke bekommt. Ich überlege gerade, ob ich einen Cappuccino oder Latte macchiato bestellen möchte, als eine atemberaubend schöne Frau aus der Küche tritt und zu uns an den Tresen kommt.

»Entschuldige, dass du warten musstest«, sagt sie zu dem jungen Mann. »Was darfs denn sein?«

»Ein Pils vom Fass, bitte«, sagt er und fügt flüsternd hinzu, »und deine Telefonnummer.« Doch das hat sie sicherlich nicht hören können. Selbst ich hatte Mühe, seine Worte zu verstehen.

»Kommt sofort«, antwortet sie freundlich und zapft souverän das Bier, das sie kurz danach vor ihn stellt. Ich sehe, dass er den Mund öffnet, um etwas zu sagen, aber da wendet sie sich schon mir zu.

»Und für dich?«, fragt sie und blickt mich an. Ich weiß nicht, wann ich zuletzt solche blauen Augen gesehen habe. In meinem Gehirn herrscht plötzlich Nebel.

»Brauchst du noch einen Moment?«

»Äh, einen Latte cappuccino bitte.«

»Hm.« Sie knabbert an ihrer Unterlippe. »Soll ich mir was ausdenken oder verrätst du mir das Rezept?«

»Ich ... Sorry, ich nehme einen Latte macchiato.«

»Okay.« Sie wendet sich der Kaffeemaschine zu.

»Sie ist der Hammer«, sagt der Typ neben mir, als sie außer Hörweite ist. »Ich komme seit sechs Wochen regelmäßig her, aber ich weiß nicht, wie ich sie ansprechen soll.«

»Am besten gar nicht«, schlage ich ihm vor. Denn es ist offensichtlich: Sie ist höflich zu ihm, weil er ein Gast ist, aber definitiv nicht interessiert. Sonst hätte sie mich nicht so angesehen. Mein Herz macht einen Hüpfer, als ich daran denke, wie sie mich gemustert hat.

»Wieso?«, fragt er verwirrt.

»Ich schätze, du hast das falsche Geschlecht.«

Ihm klappt der Mund auf, dann sieht er zu Clara, die gerade mit dem Kaffeegetränk auf uns zukommt.

»Lass es dir schmecken«, meint sie und zwinkert mir zu, dann kümmert sie sich um die anderen Gäste.

»Shit!«, stöhnt der Typ neben mir. »Sie hat mir noch nie zugezwinkert.«

Ich hebe die Schultern. Tut mir leid für ihn. Ich kann ihn verstehen. Er nimmt sein Bier und verpieselt sich mit missmutigem Gesichtsausdruck, während sie in meine Richtung schaut und mir zulächelt. Mein Puls fühlt sich plötzlich an, als hätte ich Sport gemacht. Aber das habe ich nicht. Ich bin bloß ein paar Meter durch die Stadt gelaufen und habe zwei mittelschwere Einkaufstaschen getragen. Es ist nicht die körperliche Anstrengung, die mein Herz flattern lässt. Es ist diese Frau. So etwas ist mir noch nie passiert.

Sie wischt sich eine lange blonde Haarsträhne aus dem Gesicht, als eine der Kellnerinnen mit einem Tablett und neuen Bestellungen an die Bar kommt. Es ist ordentlich was los hier und inzwischen wird der nächste Song gespielt. Diesmal ist eine Frauenstimme zu hören, die erfreulich gut die Töne trifft. Dennoch gucke ich lieber zu der blonden Bedienung als zu der Sängerin. Ob dieser Blick von ihr eben wirklich etwas zu bedeuten hatte? Oder habe ich mir das nur eingebildet? Aber der Typ neben mir hat es auch bemerkt, sonst hätte er sich bestimmt nicht so schnell getrollt, nachdem er seit Wochen in der Hoffnung hierher kommt, ihre Aufmerksamkeit zu erlangen.

Als sich unsere Blicke erneut treffen, nippe ich an meinem Latte macchiato, nur um mich zu beschäftigen. Eigentlich brauche ich nichts Warmes mehr. Mein Inneres steht regelrecht in Flammen.

»Schmeckts?«, fragt sie, als sie auf mich zukommt.

»Perfekt.«

»Schön. Kaffeevariationen sind meine Spezialität.«

»Wärst du dann nicht bei Starbucks besser aufgehoben?«

Sie grinst und entblößt ihre weißen Zähne. »Verdient man weniger, aber da habe ich angefangen.«

»Und jetzt hast du dich also hier zur Bardame hochgearbeitet.«

Sie lacht. Ich liebe es, wie sie lacht. Aus vollem Herzen,

nicht gekünstelt, und es zaubert wunderschöne Grübchen auf ihre Wangen. Mein Gott! Hat sie mir was in den Kaffee getan? Von wem stammen diese Gedanken? So einen kitschigen Müll denke ich doch sonst nicht! Reiß dich zusammen, Yuiko! Tief durchatmen und den Verstand einschalten.

»Ich muss mir was dazu verdienen neben dem Studium. Das Leben in Düsseldorf ist ganz schön teuer.«

»Ach, und wo studierst du? Am Barista-College?« Uh, was für ein mieser Witz! Warum labere ich so einen Müll?

Sie schüttelt den Kopf und geht lachend davon, weil ein weiterer Mann an die Bar gekommen ist und was bestellen möchte. Kurz darauf verschwindet er mit zwei Gläsern Bier.

»Ich studiere an der HHU in Düsseldorf«, antwortet sie mir dann.

»Ah! Soll eine schöne Uni sein«, sage ich, weil ich weiter ihre Stimme hören möchte und hoffe, dass sie das Gespräch nicht abbricht. Ich kann den jungen Kerl verstehen, der seit Wochen wegen ihr hierher kam.

»Hast du auch studiert?«, möchte sie wissen.

»Ja, aber nicht dort. Ich bin Sozialpädagogin.«

Ihre Züge werden noch weicher. »Das ist so eine wichtige Arbeit.«

»Danke. Machst du auch was mit Pädagogik?«

»Nein, ich studiere Rechtswissenschaften.«

»Ehrlich? Du siehst nicht aus wie eine Juristin.«

Sie zieht erstaunt ihre Augenbrauen hoch. »Ach nein? Wie sehe ich denn aus?«

»Ich weiß nicht ... vielleicht nach Medizin oder so.«

»Auch toll, aber ich möchte für Gerechtigkeit sorgen.«

»Und falsch Beschuldigte vor dem Knast retten?«

»Nein. Ich will zur Staatsanwaltschaft.«

Oh! Wow. Die Frau hat Pläne. Doch ehe ich etwas sagen

kann, muss sie wieder einen anderen Gast bedienen.

»Soll ein hartes Studium sein«, meine ich, als sie ihre Aufmerksamkeit ein paar Minuten später wieder mir zuwendet. Im Hintergrund ertönt das nächste Lied. Diesmal singt ein Pärchen, aber sie sind beide nicht besonders talentiert. Was sie wohl auch selbst merken, denn sie lachen mehr, als dass sie versuchen, die Töne zu treffen. Ich sehe den beiden einen Moment zu und frage mich, ob sie ein Paar oder nur Freunde sind.

»Na, willst du auch mitmachen?«, fragt sie.

»Heute nicht.« Ich zeige auf meine Tüten, die am Boden stehen, ehe mir einfällt, dass sie die gar nicht sehen kann, mit der Theke zwischen uns.

Fragend runzelt sie die Stirn.

»Ich habe meine Einkäufe hier stehen«, erkläre ich.

»Ich kann darauf aufpassen«, bietet sie mir an.

»Ach nee, lass mal. Ich bin heute nicht in Stimmung.«

»Schlechten Tag gehabt?«

»Irgendwie schon.«

»Singen könnte dich aufmuntern.«

»Ach ja?«

Sie nickt wissend. »Dabei werden Glückshormone produziert.«

»Dann lasse ich dir gerne den Vortritt.«

»Sehe ich etwa unglücklich aus?«

»Nein, gar nicht. Aber hey, wenn du jetzt echt auf die Bühne gehst und singst, dann lade ich dich zum Essen ein.« Das ist gewagt und ich habe das Gefühl, mein Herz bleibt für einen Moment stehen, ehe es im schnellen Takt weiter schlägt.

»Das klingt nach einem Deal. Ich bin echt hungrig«, sagt sie.

Ich bin irritiert. »Musst du nicht noch arbeiten?«

»Meine Schicht geht nur bis halb elf und der nächste

Imbiss ist nicht weit.« Sie grinst. »Oder gilt der Deal plötzlich nicht mehr?«

»Doch«, sage ich und bin ein wenig überrumpelt. Sie sieht aus wie ein Engel, aber sie ist ziemlich forsch. Das gefällt mir. »Aber erst mal musst du deinen Part erfüllen«, fordere ich ein.

»Ich soll also singen?«

»Richtig.«

»Okay.« Sie dreht sich zu ihrem Kollegen um. »Frank?«

»Jo?« Der Mann, der mit ihr hinter der Bar arbeitet, gesellt sich zu uns.

»Kannst du mal kurz alleine übernehmen? Ich muss einen Deal einlösen.« Sie zeigt auf die Bühne.

»Alles klar, Clara.«

Clara! Erst jetzt wird mir bewusst, dass ich zwar weiß, was sie studiert, aber noch nicht mal nach ihrem Namen gefragt habe. Und ich bin wirklich überrascht, dass sie nun – ohne zu zögern – in Richtung der Bühne geht. Sie stellt sich an den Rand und redet kurz mit einem Mann, der die Musikanlage bedient. Das Pärchen singt derweil die letzte Zeile und kaum, dass die Musik verstummt, johlt und klatscht das Publikum. Es gefällt mir, dass hier alle Sänger so fair beklatscht werden, egal, wie gut oder schlecht sie den Song gemeistert haben.

Dann betritt Clara die Bühne und sie wirkt ziemlich locker, kein bisschen aufgeregt. Ob sie das öfters macht, wenn hier Karaoke-Abend ist? Oder ob sie, so wie ich, mit regelmäßigen Karaoke-Abenden aufgewachsen ist?

Das Playback startet und ich erkenne den Song sofort, denn meine Mutter ist ein großer Fan der »Mamma Mia«-Filme. Es ist »Andante, Andante«, was Clara nun singen wird. Ein anspruchsvoller Song, den ich mir nicht zutrauen würde.

Dann legt sie los – und ... Verdammt! Sie kann das.

Jeder Ton sitzt und ich sehe, dass ich nicht die Einzige bin, die an ihren Lippen hängt.

»Ich weiß«, sagt plötzlich eine tiefe Stimme zu mir. Es ist Frank und ich bin ein bisschen verstimmt, dass er mich von ihrem Gesang ablenkt. Ich sehe nur kurz zu ihm und dann wieder zur Bühne.

»Abba-Songs passen prima zu ihr«, meint er. »Nächste Woche tritt sie mit ihrer Band Wild Weekend hier auf. Da wirds dann etwas rockiger.«

Sie singt also in einer Band. Da hat sie mich ganz schön auflaufen lassen. Ich proste ihr mit meinem Latte macchiato zu, auch wenn ich nicht weiß, ob sie das sehen kann. Aber dennoch habe ich das Gefühl, sie singt diesen Song gerade nur für mich.

Als das Lied endet, geht sofort der Applaus los, einige rufen Zugabe. Aber Clara winkt lachend ab, deutet auf die Bar und macht eine Bewegung, als würde sie ein Bier zapfen.

»Ich habe meinen Part eingelöst«, sagt sie, als sie wieder hinter der Theke steht. Sie sieht äußerst zufrieden aus. »Ich denke, jetzt bist du dran.« Sie reicht mir die Hand. »Ich bin Clara.«

»Yuiko«, sage ich und verdamme meine verschwitzten Hände.

»Schön, dich kennenzulernen.« Sie tippt auf ihre Uhr. »Da du jetzt noch bis zum Feierabend auf mich warten musst, geht dein nächstes Getränk aufs Haus. Was darf es denn sein? Soll ich mich doch mal an einem Latte cappuccino versuchen?« Sie zieht fragend die Augenbrauen hoch.

Ich muss lachen. »Klasse Idee.«

Sie grinst. »Kommt sofort.«

Ich schaue ihr nach, als sie zur Kaffeemaschine geht und bin gespannt, welche Kreation sie mir gleich vorsetzen wird. Diese Frau mit den blonden, gewellten Haaren und den schönsten blauen Augen, die ich je gesehen habe. Die sich ihr Studium finanziert, indem sie Kaffee zubereitet und wie ein Profi Bier zapft. Die schlagfertig ist, Humor hat, außerdem singen kann und in einer Band spielt. Ich hielt Liebe auf den ersten Blick immer für ein Märchen. Wie soll man sich in jemanden verknallen, den man doch gerade erst getroffen hat? Ich kenne Clara kaum, sondern nur einen kleinen Ausschnitt ihrer Persönlichkeit. Aber dennoch muss ich mir eingestehen, dass ich schockverliebt bin. Zum ersten Mal in meinem Leben. Jetzt muss ich es nur noch schaffen, später im Imbiss keinen absoluten Unsinn zu reden, damit ich meine Traumfrau nicht gleich in die Flucht schlage.

Falls es das Schicksal ist, das mich in diese Bar geführt hat, wird es mich beim Date gleich hoffentlich nicht im Stich lassen ...

Anmerkungen zu den Handlungsorten

Die Restaurant-Kneipe »Zum Türmchen«, in der Yuiko, Chiron und Linnea den Abend nach dem Aktmalkurs verbringen, gibt es wirklich auf dem Marktplatz in Mettmann und war keine Erfindung von mir.

In Wülfrath gibt es zwar einige Reiterhöfe, der Hof von Marlene und Maurice ist jedoch erfunden, auch wenn es sicherlich Höfe gibt, die diesem sehr ähneln.

Das Phantasialand in Brühl ist ein sehr schöner Freizeitpark, der einige rasante Fahrgeschäfte bietet. Ich bin da allerdings eher Typ Linnea und halte mich an die etwas ruhigeren Attraktionen. Meine Beschreibungen des Parks stammen von unserem letzten Besuch im Mai 2024. Da regelmäßig neue Fahrgeschäfte dort gebaut und ältere abgerissen werden, kann sich in dem Park immer mal was ändern, sodass meine Beschreibungen dann nicht mehr hundertprozentig zutreffen. Aufgrund der begrenzten Fläche wird im Phantasialand nämlich häufiger umgebaut, als man es von den meisten anderen Freizeitparks kennt.

Die mehrfach erwähnte Musikkneipe, in der die Wild Weekends auftreten und in der Yuiko und Clara sich kennengelernt haben, ist ebenfalls erfunden. Wer aber solche Musikkneipen mag, wird in Düsseldorf dennoch fündig, denn es gibt einige Kneipen in der Stadt, in der Live-Auftritte stattfinden. Für die meisten Musiker sind solche Auftritte eine wichtige Einnahmequelle, da sich Streaming für die meisten Künstler finanziell leider tatsächlich nicht lohnt.

Danksagung

Ich danke euch Leserinnen und Lesern dafür, dass ihr die Wild Weekends auf ihrer Reise begleitet. Ich hoffe, ihr hattet eine schöne Lesezeit.

Ganz besonders möchte ich mich bei meinen Testleserinnen Christiane König, Katrin Braun und Anja für euer hilfreiches Feedback zu dieser Geschichte bedanken und dass ihr euch die Zeit genommen habt, das Manuskript vorab so aufmerksam zu lesen. Solch eine Unterstützung ist immer wahnsinnig wertvoll.

Das großartige Cover von Florin hatte ich in ihren Storys auf Instagram entdeckt und sofort zugeschlagen. So hat es das Cover nicht mal auf ihre Website geschafft, wo es zahlreiche Premades zu bestaunen gibt (nicht nur Bücher shoppen macht Spaß, Cover shoppen auch ;)). Vielen Dank, Florin, für das schöne Design und die tolle Zusammenarbeit.

Mara Meester hat mir wichtige Tipps zum Verhalten von Pferden gegeben, denn ich brauchte eine Situation, in der Pythagoras' Fluchttrieb geweckt wird – vielen Dank dafür.

Wieder geht ein großes Dankeschön an meinen Mann, Marc Meester, weil Du Dir die Zeit genommen hast, um einen passenden Song zum Buch zu komponieren. Und das, obwohl ich zwischenzeitlich den Text noch mal geändert habe, weil mir die ursprüngliche Version nicht mehr gefiel.

Mir fällt es nicht leicht, Songtexte zu schreiben, aber inzwischen ist es einer meiner Lieblingstexte, auch wenn es der zweittraurigste Songtext ist, den ich bisher geschrieben habe.

Zum Schluss geht noch ein Dank an Thomas Schefter, der eine Website zu Aphorismen betreibt, denn dort habe ich das griechische Zitat gefunden, das ich Chiron in den Mund gelegt habe, als er Linnea den Rat gibt, auch mal nachzusehen, wer hinter einem läuft.

Liebesroman
Buch 1 der Band-Reihe »Wild Weekend«

Eigentlich hat Elli mit ihrer Zeit als Gitarristin in der Band »Wild Weekend« abgeschlossen, da sie unter Bühnenangst leidet und sich mehr auf ihr Studium konzentrieren möchte. Doch als der Bandgründer Hannes sie bittet, bei einem wichtigen Auftritt einzuspringen, lässt sie sich auf einen letzten Gig ein. Zu Ellis Überraschung findet dieser anlässlich einer Hochzeit in Las Vegas statt. Dass sie sich dort mit dem neuen Schlagzeuger Adam ein Zimmer teilen muss, erfährt sie erst kurz vor dem Abflug am Flughafen. Als wäre das nicht Aufregung genug, flirtet ausgerechnet Hannes' Bruder Moritz auf der Reise mit ihr, den Elli aus Bandzeiten als Frauenheld in Erinnerung hat. Kann ein Typ wie Moritz es wirklich ernst mit ihr meinen? Und was hat es mit dem wortkargen Adam auf sich, der Gespräche scheut, aber dennoch ihre Nähe sucht?

Cosy Crime
Band 1 der Lucy-Maiwald-Reihe (auch als Hörbuch erhältlich)

Schon früh musste Lucy lernen, dass ihre Begabung als Medium nicht nur ihre guten Seiten hat. Daher will sie ihr Talent vor anderen verbergen, doch das erweist sich als schwierig, als eine Nachbarin ermordet wird. Ausgerechnet der Geist Vadim, der Lucy seit einigen Jahren begleitet, hat den Täter gesehen. Da Vadim der Polizei nicht helfen kann, fühlt Lucy sich verpflichtet, dem ermittelnden Kommissar die nötigen Hinweise zu geben. Allerdings durchschaut dieser schnell, dass seine Zeugin etwas zu verbergen hat, und damit ist er nicht der Einzige. Plötzlich ist Lucy selbst in Gefahr, gerät aber zum Glück an den attraktiven Personenschützer Ben, der eigentlich wenig Wert auf Lucys Gesellschaft legt, aber dennoch bereit ist, sie vor den Leuten zu beschützen, welche die unerwünschte Zeugin aus dem Weg räumen wollen.